大宋 点酥娘

徐君 著

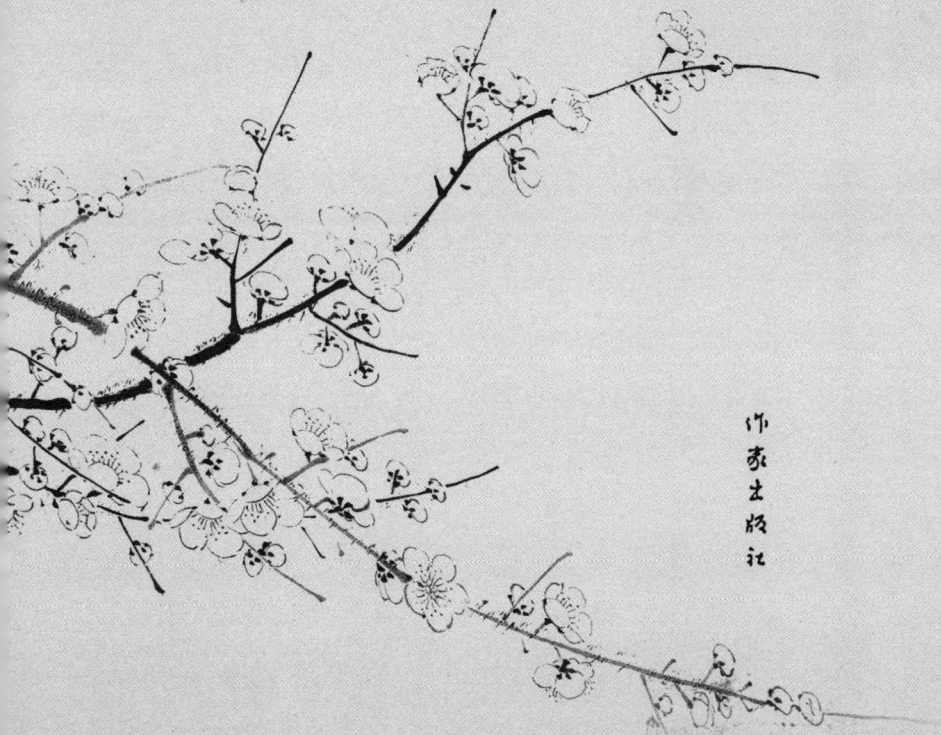

作家出版社

第一节

西夏都城兴庆府的大街上，熙熙攘攘，人声喧哗，十五岁的西夏公主李琼儿和好姐妹灵瑶匆匆穿行于集市。兴庆府有宫城和外城两重，宫城位于兴庆府西北部，四面置城门，上有门楼，上书大字"摄智门""广寒门""南怀门""北怀门"，虽用西夏文写成，但还是端丽大方、气宇非凡。楼宇雄伟壮丽，四角尤其壮观，绕城门有池，池阔十丈，一年四季有清泉汩汩流出。现如今，琼儿和灵瑶刚刚走进北怀门内，从这里即可入宫。

琼儿催促说："快点，快点，被太后知道了，我又该挨罚了。"

灵瑶扎着一头密密的发辫，眉毛很粗，透着一股子英气，身上挎着刀，穿得不男不女，黝黑的脸蛋上一双大眼睛骨碌碌乱转。她漫不经心地说："你不用怕那妖婆子，琼儿姐姐，她以后若再打你，我为你出气！"

琼儿笑笑："你为我出气？你真是长本领了！"

"我爹爹说我的武功越练越好了，我以后要做大将军，我保护你！"

琼儿赶忙回道："好好，你保护我！"说着说着，突然滚出两行热泪："自从爹娘死后，我还不知被人保护是什么滋味！"

"琼儿姐姐，你别伤心啦！"灵瑶上前拉住琼儿的手，"我知道你心里难过，今天是百花娘娘的祭日，咱俩悄悄地去坟上拜了拜，这一下子消磨了几个时辰。那妖婆子让你干的活还没干完呢，御妈肯定找你的碴儿。"灵瑶咬了咬嘴唇："得想想怎么对付这妖婆子！"

"御妈是太后的心腹，以前老是找碴儿打我，这几天不知怎么，倒消停了不少……你看——"她挽起袖子，雪白的胳膊上只有几块淡淡的青痕，"最近倒是没有新伤了。"

"这坏女人，坏到骨头里，最近没打你，可能憋着更大的坏呢！"两人正喁喁说着，身边突然响起一声响亮的马嘶，琼儿猛地抬头，见阳光下一张英俊无比的脸，一少年正惊惶地拽着马缰绳盯着她，连声问："小姐、小姐，没撞着你吧？"

琼儿惊魂未定："还好、还好！"见那少年十七八岁的样子，穿着白色蓝边的异族服饰，头戴远游冠，加金附蝉，首施珠翠、犀簪导，两耳边垂下两条银貂裘，脸部轮廓硬朗，在阳光底下更显得英气逼人。琼儿心中暗想：看此人穿着不像是大夏人，只怕是大辽人，只是看他穿戴十分富贵，不知什么来头？

那少年见琼儿抬起头，风儿吹开遮了半边脸的面纱，少女虽一脸惊怒，但真的是眉目如画，肌肤胜雪，眉如刀裁，美得不可方物。他心中暗想：都说西夏盛产美女，看来不错！只是这个姑娘，五官长得这么美，偏偏肌肤还像雪似的白，西夏女子很少有这样肌肤胜雪、肤若凝脂的，倒有点像大宋中原的女子，可五官又长得这么开阔美丽！人人都说我妈妈是大辽第一美人，我那三个姐姐也是如花似玉，可跟她一比，恐怕还不如她一半……若能做我的王妃就好了。

少年正胡思乱想时，突然手臂上重重地挨了一拳，女孩身边跳出来一个和她年龄相仿的女孩子，伸手就给他一拳。别看那姑娘小，力气倒是蛮大，少年只觉手臂又疼又麻。那女孩拽住马的缰绳，便要把他扯下马来，嘴里还叽里咕噜地骂着。少年也听不懂她说的什么，就觉得这女孩子脾气大得吓人。虽然人长得也不丑，但皮肤黝黑，身材也较粗壮。她俩肤色一黑一白，一胖一瘦，看上去倒很有趣。

少年的身后闪过西夏官员，上前用西夏语制止了发飙的灵瑶。琼儿这才知道，这少年原来是大辽国王子耶律浚，专程出使西夏。她虽没见过大辽皇族的人，但深知大夏曾和辽交好多年，皇爷爷李元昊还娶了大辽的兴平公主。只是到了她父亲李谅祚时，一度想和大宋交好，和大辽也只是面和心不和。李谅祚崇尚汉文化，曾向宋仁宗求娶公主，但仁宗没许，只是赐了他一名貌美的宫女，晋封百花公主，嫁给了他，那便是她的母亲百花娘娘。

但后来宋夏之间开始交恶。1064年，夏使吴宗赴宋贺正月，与宋朝引伴使发生争执，宋使声称"当用一百万兵逐入贺兰巢穴！"夏使回来禀报，李谅祚认定宋朝这是侮辱西夏，于是这年七月，李谅祚率兵数万攻略宋朝秦凤、泾原诸州。其后二三年间，西夏的进攻持续不断。但奇怪的是，交战期间，西夏派赴宋朝的使节依旧络绎不绝。李谅祚既不想与宋朝闹翻，以免宋朝彻底断绝岁赐和贸易，让大辽有机可乘；又像个自尊心很强的孩子般，必须向宋朝显示一下西夏的实力和尊严。

拱化四年八月，李谅祚又率步骑兵围攻大宋庆州大顺城，李谅祚亲自上阵，身披银甲，头戴毡帽，宋军将领狄青将军下令放箭，一时箭下如雨，李谅祚被流矢射穿铠甲，死里逃生。没想到时隔一月，大伤未愈的他又遣使向大宋请求时服和岁赐。仁宗皇帝被他搞得哭笑不得，颁诏谴责李谅祚，谁知李谅祚不失时机地保证一定履行前朝合约，两国关系又暂时恢复正常。

琼儿虽居深宫，但一直留心前朝的事，这是母亲百花娘娘生前对她的要求。"身为女子，生于皇家，权力富贵的顶级争夺地，稍有不慎，就会惹来杀身之祸，要眼观六路、慎之又慎，方能保全。"母亲生前极爱读书，《二十四史》《资治通鉴》读过多遍，已烂熟于心。琼儿四岁时母亲便教她认字，吩咐她的日课便是读史书，特别是历朝历代人事祸乱、权力更迭的章节要熟读。因此，琼儿虽一个小小女子，未出深宫，却世事洞明。

后来父亲李谅祚又与大辽交好，双方来使不断。李谅祚作为一个矛盾的帝王，在三国关系之间也一直摇摆不定，反复无常。六年前，父亲死了，他的生命永远定格在二十一岁，他死之后，她可怜的母亲，那个沉静、忧郁、一辈子与世无争的大宋美人，也被现在的太后——当年的皇后梁落瑶，赐了毒酒，说是要让妃嫔殉葬，陪伴李谅祚。

琼儿一夜之间父母双亡。

母亲死后，她战战兢兢地长大，每日都如履薄冰。如今，大辽皇太子亲临大夏都城兴庆府，这还是头一遭。自父亲李谅祚死后，弟弟李秉常继位，由于弟弟年幼，大权便旁落到太后梁落瑶手里。梁落瑶仗着太后身份垂帘听政，年幼的李秉常不过是一个傀儡。

梁落瑶虽是汉人，但恐怕党项族人不服，其行事做派故意比党项人更像党项人。她掌权之后更是屡屡与大宋交恶，经常派兵滋扰大宋边关，与大宋打仗。她实行的是联辽抗宋的政策，所以此时，辽派使节来到西夏似乎也很正常。

百花娘娘一直告诉琼儿，后宫和前朝是连在一起的。女儿家的身家性命，也是和前朝息息相关的。琼儿知道，母亲就是吃了这样的亏。她安静自持，从不争宠，更不涉足任何权力纷争，到头来还是没有被放过，女儿还未成年，她便被逼自杀，去地下陪伴那个她并不爱的男人。

看着年幼瘦弱的女儿蜷缩在角落瑟瑟发抖，百花心如刀割。没有父母护她，在这血雨腥风的人间，她如何保全自己？百花娘娘最后流下的泪，和嘴角的鲜血一样殷红。"琼儿，娘护不了你了，你要自己多保重，好好活下去。千万别走娘走过的路。"

深宫寒冷无比。除了琼儿，还有两个公主的母亲也被鸩杀了。三个小公主被迫搬到偏殿的几处破房子里，像宫女一样干活、受打骂，而且三餐不继，像遗落在民间的珠宝被随意践踏。亏得有灵瑶，琼儿才活了下来。

灵瑶是大将军慢咩的女儿，百花还活着时，与慢咩将军的夫人交好。百花深知自己身单力薄，若有个将军夫人做朋友，可以在大夏这个地方多一份保障。百花擅长医术，她的父母都是大宋的医者，百花凭借为人诊病治病结下了一些好人缘，这其中就包括慢咩将军的夫人。她治好了慢咩将军夫人的胃病，还将小时候高热惊厥的灵瑶从死亡线上拉回来。慢咩将军夫人出于感恩，让灵瑶认百花做了干妈，因此琼儿与灵瑶便成了干姐妹。

百花死后，尸骨随李谅祚埋在兴庆城外的地宫，琼儿若去祭拜，常常要想办法出宫。慢咩夫人就会贿赂大夏王宫的女管家梁在御，让灵瑶带琼儿一起去祭拜。亏得慢咩将军一家对琼儿的关照，琼儿才能在这充满倾轧的深宫顺利长大，而父亲李谅祚留下的另两位公主却被折磨、虐待得不成人形，早已香消玉殒了。

因此琼儿与慢咩将军一家感情深厚，尤其与灵瑶情同姐妹。虽然两人个性相异，却是无话不谈。今天是母亲百花娘娘的祭日，一大早，灵瑶就溜进宫来，花银子打发了梁落瑶亲信西夏第一女管家梁在御，也就是灵瑶嘴里那个御妈，两人就偷偷溜出宫去，去坟上祭拜了百花娘娘。

琼儿正胡思乱想的工夫，那个少年又向前进了一步，关切地询问："姑娘没有受伤吧？"他看琼儿神思恍惚，"姑娘是不是受到了惊吓？"琼儿这才回过神来，轻轻摇了摇头："不碍事。"说着要走。没想到那少年却死死拽住她："姑娘留步！还没请教姑娘芳名呢！"

琼儿回过头去，看他目光热烈，一望便知已暗生情愫，顿时觉得脸上火辣辣的，一种从未有过的奇怪感觉弥漫全身，一时竟然不知如何作答。灵瑶从前面拉住她："快走吧、快走吧！待会儿御妈又要责骂你了！理他做什么！"

琼儿被灵瑶这么拖拖拽拽的，已往前走了好几步。没想到少年又大踏步追来，从怀里掏出一块玉佩："我是大辽皇太子耶律浚，今天惊扰了姑娘，这玉，就当赔罪吧！"

琼儿迷迷糊糊地接过来，轻轻说了句："太子客气了，我是毅宗公主李琼儿，有缘再会。"声音犹在，人已被灵瑶拖拽着没了踪影。只留下耶律浚一个人呆站在那里，后面随行辽使拍拍他："太子爷请。"戏谑地冲他挤挤眼睛。耶律浚这才意识到自己的失态。

琼儿回到王宫，打算偷偷溜进房间。西夏王宫富丽堂皇，琼儿却住在一间狭小的宫人住的房间里，里面布置得虽简朴，倒也雅致，摆满了诗词、佛经，还有一把古琴。如今的西夏王——琼儿的异母弟弟李秉常虽刚满八岁，梁落瑶已将自己哥哥梁乙埋的女儿嫁给他做了皇后。而李谅祚生前的嫔妾早已被遣散或杀害殆尽，之所以留下琼儿，梁太后自有打算。

门外响起一个中年女人冰冷的声音，是梁太后的贴身侍女梁在御。这个女人一张方脸，偏偏眉毛细如柳叶，颧骨很高，一看就是刻薄之人。她厉声喝道："吩咐你做的事做完了吗？别以为我最近对你宽松些，你就越来越懒散了。今天的活做不完，明天罚你一天不能吃饭！"

琼儿垂手恭立，低低答应了"是"，并不多话。多年的宫廷生活已使她明白，对付这样的恶人，沉默是最好的回应。一切仇恨，在羽翼未丰之时只有深深藏在心底，只有自己力量强大了，才有能力去对付她们。她还年轻，有的是耐心。

第二节

梁在御轻蔑地扫了一眼琼儿。她确实没把眼前这个十四五岁的小丫头放在眼里，虽然她已经出落成一个艳光四射的美人。梁太后刚刚召她过去，特意问起琼儿，并让她格外留心，好生照看着。从太后的神情和语气，梁在御明白了这个小丫头对太后而言还是有点用的。也难怪，小丫头如今已经出落得亭亭玉立、美貌惊人，放眼整个大夏王宫，她的美貌足以碾轧所有人。

梁在御盯着琼儿看时，琼儿也正偷偷打量着梁在御。猛地碰上梁在御那双阴鸷的眼睛，琼儿不禁打了个寒战！琼儿还记得，那一年她只有八岁，母亲正在教她读《汉书》，风儿掠过枝梢，吹来丁香的芬芳，她依偎在母亲怀里。她们的寝宫已经好久没人来过了，仿佛被人遗忘了一般，但母亲似乎不以为意，她总是神情淡淡的。梁在御推门进来，后面跟着几个凶神恶煞的妈妈，她们逼着母亲喝下那杯毒酒。百花平静地端起那杯毒酒，没有任何表情的变化，甚至嘴角还浮现出一丝笑容。

再早些时候，那时大夏王宫的皇后还是没藏皇后，百花也是永远一副淡淡的样子，从不邀宠，甘守寂寞。看史书多了，对世事已洞若观火，对宠辱从未上心，她只想自己这个独生的女儿能好好长大，有个好的未来。

没藏皇后是李谅祚舅舅家的女儿。那是个姿色平平、少言寡语的女人，她虽然平时高高在上，对嫔妃和下人不理不睬，但并不怎么刻薄狠毒。没想到，大夏皇宫女主人突然换人，梁落瑶来了，她美艳冷傲，一双美眸总泛着冷冷的光，让人望而生畏。她来了之后，一切都变了，先是没藏家族被灭门，紧接着没藏皇后被推出去杀了头，整个后宫一片血雨腥风。琼儿挤过去看到了那骇人的一幕，没藏皇后的脑袋被皇宫守卫一刀砍下，血溅了很高，热血喷涌而出，一颗头颅滚了很远，滚到很远处没藏皇后的眼睛还是怒睁着，很是骇人。多年之后这个情景总是出现在琼儿的噩梦中。

梁落瑶之前是没藏皇后的嫂子，也就是没藏厄庞的儿媳妇。李谅祚成人之后，没藏厄庞还是权势遮天，为夺回政权，李谅祚和梁落瑶私通，联手杀死了没藏厄庞一家。没想到在西夏一手遮天的没藏家族，被只有十二岁的梁落瑶一手摧毁了。由此可见，这是个心狠手辣又颇有手段的女人，是个很不容易对付的敌人。

梁落瑶入宫并执掌后宫，最倒霉的不是百花娘娘和琼儿。没藏皇后被诛杀之后，好多李谅祚宠爱的嫔妃都接连被杀，当时的西夏王宫可谓血雨腥风、人人自危。母亲百花娘娘因为与世无争、从未邀宠，还多活了几年，直到父亲李谅祚去世。

琼儿知道，母亲一直不喜欢父亲，所以她从不曾争宠，她只是安静地待在自己的寝宫里，教琼儿读书识字、研究医书，那也是琼儿记忆中最温馨美好的岁月。

百花娘娘温柔沉静。她爱医术，熟读医书，常常跟琼儿讲她幼年在大宋都城汴梁生活的场景：那繁华如梦的汴梁城，遍寻汴梁城的每个角落，也找不到一处栅栏，城门是不设防的，商铺林立，热闹非凡。汴梁城既有街边药摊，也有高级医馆。百花的爹爹也即琼儿那从未谋面的外公，便在汴梁城郊开了一间医馆，由于他医术精湛，在那一带颇负盛名。

百花娘娘钻研医术，除了家学渊源，还深感行医能减人病痛、救人性命。她总觉得天下苍生可怜，尤其有了病之后无钱医治，只有慢慢忍痛等死。母亲曾不止一次告诉琼儿，若有机会，一定要救人于苦痛，且不计回报。

百花的爹爹便是这么教导她的。有一次，爹爹救了一名负伤的年轻将军，那将军受了严重的箭伤。他长相俊美异常，是难得一见的美男子，偏又性格刚毅。百花那年只有十二岁，给将军上药时，需用尖刀刮出伤口处溃烂的腐肉，可将军居然一声不吭，神色自若，反而向百花绽开了一个极美、极灿烂的笑容。他的笑如春日暖阳，吹开了百花少女的心扉，只那一朵白莲花般的笑容，百花便不可救药地爱上了他。

后来将军伤愈后离开了那里，百花发疯般打听和那个将军相关的消息。她才知道他的名字叫狄青，也知道了他更多的故事：他打仗时总是戴着一副凶神恶煞的面具，遮住他俊美的容颜；他冲锋陷阵时无人能挡，而敌军一见到他骇人的面具便吓得四散溃逃；他身先士卒、亲兵如子，尤其昆仑关一战堪称传奇。

当年，身为枢密副使的狄青奉命夺取昆仑关。当时正值上元佳节，第一夜他还宴请军中将领，众人狂欢至深夜；第二夜宴请随从军官，众人依然狂欢不休，但二鼓时分，狄青忽称病，即刻起来进入内帐。过了很久，却派人传消息说他已经降服了侬智高，可以去昆仑关吃早餐了。听到这个消息，众将无不震惊欢呼！

这神出鬼没，简直是人人传颂的一个传奇。

而那次狄青受伤，就是同西夏作战受的伤。狄青一生，曾与西夏大大小小打了二十五场战争，这些战争中他一共中了八次箭，好几次差点把命丢在西夏。他曾带军攻下了岁香、毛奴、庆七等部落家族，焚烧了西夏粮食几万石，也缴获了很多帐篷。他的故事，他的勇不可当，他的智谋过人，使所有人都对他竖起大拇指。在一个十二岁的少女心中，他就是个神。

百花暗暗下了决心，这辈子找到他、嫁给他，哪怕只做个小小的侍妾。只要让她与他在一起，做什么她都愿意。

她听说他最终到朝里当官去了，当了很大的官，至于当什么官她不知道。她的心中充满了忧虑。对于一个十二岁的普通少女来说，朝堂远在天边，她一个小小的民女，怎样才能找到他呢？

皇宫派人到民间来选秀女了，到宫里只是当个卑贱的宫女，父母当然不舍得她走，然而这却是百花寻找狄青的唯一机会。她天真地以为，到了皇宫，就能见到他。但她万万没想到，她却在几年后嫁给自己爱郎的死敌——西夏王李元昊的儿子李谅祚。

她如愿被选入宫。她实在没有落选的理由，她姿容秀美、身材颀长，如同一块未经雕琢的璞玉，在那一拨宫女里，她是最出挑的一个。当年的执事太监对她相当客气，曾对她说：如若小娘子蒙官家怜爱，还请照拂一下老奴。

百花微微一笑。她心内的这个秘密无人知晓，她要嫁的其实不是端坐在龙椅上的大宋天子，而是一个叫狄青的男人。

百花进宫那年，才十四岁，却已经爱了那个男人两年，她觉得自己的心都老了。她进宫见的第一个贵人就是张贵妃，宋仁宗最爱的女人。那女人长得浓艳明丽，浑身珠光宝气，一双眼睛有遮不住的精明和霸道，在宫中受宠多年、盛宠无两，就连当年的曹皇后她都丝毫不放在眼里。但是，她只看了百花一眼，便决定把她打发到御膳房去做饭，甚至连医女都不能当，她要让百花永远没有面君的机会，决不能让仁宗看到这样水灵妩媚的小美人儿，永远不能。

于是百花在御膳房里灰头土脸地做了两年饭，始终没有见过这皇宫里身份最尊贵的那个男人。两年之后的一天，她突然被招了去，说要晋封她为公主，和亲远嫁到西夏去。她一夜之间变成了百花公主，被浓妆艳抹，带着丰厚的嫁妆，千里迢迢，送到西夏。

她哭得死去活来，为自己不能自主的命运，为自己无疾而终的爱情。临行前，她远远地望了一眼皇座上的那个男人，那个男人慈祥而威严，身材微胖，相貌普通，正惊讶于新娘装扮的她如此艳光四射。她低眉敛目，没有看皇帝一眼，便施礼告退。她对皇帝没有半点爱意和留恋。她的心已经空了，像个木头人一样被梳妆打扮后塞进轿里。

送亲队伍浩浩荡荡离开东京汴梁，前往黄沙漫漫的西夏。大宋的繁华被彻底抛在了身后。百花渐渐不哭了，她的眼泪已经流干了，安于命运的安排。她知道这一切是张贵妃的主意，留她在宫里，她终究还是不放心。和亲西夏，以她的姿色和美艳，也足见大宋的诚意。两全其美，何乐而不为？

百花在和亲的路上走了很久很久，那条路长得永远看不到头，到处黄沙漫漫，就像她未知而混乱的前程。故土离她越来越远，大宋和她年迈的爹娘被彻底抛在身后。她知道，她和十二岁便开始爱的那个男人，此生永远不会再见了。

　　她嫁给了残暴的西夏王李谅祚，就像大宋每年赏赐给西夏的岁赐金帛一样，她也是大宋向西夏示好的一件礼物，一个美丽的物品。李谅祚也曾经喜欢过她两年，不仅因为她生得美，还因为那时整个西夏尊儒学、崇尚汉文化，李谅祚疯狂地喜欢汉文化，甚至喜欢穿汉服，看到美貌温润的大宋女子，不可能不动心。

　　然而，百花却是个执拗的女子，始终对他淡淡的，从不逢迎，更不热情。对年轻的西夏皇帝来说，身边从来不缺对他献媚的女人，于是对神色落寞、落落寡欢的百花，他也很快厌倦了。

第三节

琼儿刚出生那一年，李谅祚还是很喜欢这个粉妆玉琢的女儿的。只是后来梁落瑶来了，再到两人合谋剿杀整个没藏家族、处死没藏皇后，发动宫廷政变，在权势倾轧争斗中，李谅祚很快忘了自己还有个可爱漂亮的女儿。

看着那个不可一世的皇后和不可一世的家族瞬间变成刀下鬼，宫里所有人都感到触目惊心，百花娘娘只淡淡地对女儿说了句：如果有一天，我死了，你一定要想办法保全自己。记得，自己的命要自己能握得住，要嫁给自己爱的男人，要开心地生活。

原来母亲早就看出了梁后的狠毒，从她的行事做派早就预知了自己以后的结局。所以当父亲一死，梁后逼着妃妾们自杀陪葬的时候，母亲没有丝毫犹豫就端起了毒酒。

她仰头喝下了毒酒，不久嘴角便流下了鲜红的血，鲜血从她艳丽的五官流出，艳若桃花。她的一生，短暂而迷茫，充满了毫无希望的相思和幽怨。这世上她唯一不放心的是女儿，那个幼小单薄的女儿，她怎样才能在没有父母庇佑的皇宫生存下去？临死前，百花带着万般的不舍，对女儿叮嘱说：你一定要好好活下去！如果有机会，你去娘的故国看一看。在你外公外婆……还有他的坟前，替我烧点纸。

原来，百花早知道狄青已死，她更没有理由苟活在这冰冷的世间。远离故土，形影相吊，无人关心亦无人疼爱，一生萧瑟孤寒。爱人是她心里的一道白月光，爱人没了，她——生无可恋。

梁落瑶借李谅祚之死杀掉所有妃嫔，把自己的情敌一夜之间剿灭干净，让这些青春美艳的女人陪葬在年轻的西夏国王身边。临死前，百花剪下一缕青丝给女儿，如果尸骨回不去，身体发肤的一部分，也得穿越千山万水回去，回到故土，回到狄青的身边。

昨天是百花的忌日，琼儿跪在母亲坟前，不觉细细回想了母亲的一生。母亲的一生是落寞而不幸的，带着身不由己、不能自主的悲哀，她暗暗下定决心，决不再走母亲的老路。

梁在御冷冷地看了琼儿一眼："太后说让你过去一趟……你今天偷出宫这事儿，以后再跟你算账！"

见到梁落瑶时，琼儿仍觉得陌生。虽住在同一个皇宫七八年的光阴，但两人见面总共不超过三次。最近的一次，就是八年前这个女人赐给自己母亲一杯毒酒。那是琼儿一生都难忘的情景，这情景在她心里咀嚼多次，虽经历数年却越加醒目。这个三十岁的西夏帝国的实际掌权人，仍然是容光焕发、异常美丽。她冷冷地瞥了琼儿一眼："你大了，该出嫁啦，我给你找了门好亲事。"

琼儿一凛。她没想到梁太后会跟她说这个。

"大辽的迎亲使已到，这次是他们皇太子亲自驾临，三天后你们便可出发。"梁太后继续用冰冷的语气说道，不带任何感情色彩。说完便不再看她，梁在御急急拉了她告退出来。

琼儿简直不敢相信自己的耳朵，难道这恶婆子要把她许给耶律浚？她会这么大发善心？琼儿心里一直嘀咕着回到房间，不知道梁太后葫芦里卖的什么药。然而，少女的心却控制不住地充满了希冀。

夜深了，富丽的西夏皇宫结束了一日的喧嚣，终于安静下来。西夏的日光格外漫长，月亮迟迟不愿升上来，待到它真的圆盘般悬挂空中，耶律浚却久久睡不着了。今天，他见到了号称西夏第一寡妇的梁太后，那女人看着比自己的妈妈年轻几岁，虽然同样地俏丽，眉宇间却多了一股杀气，西夏王李秉常虽然刚刚八九岁的年纪，也是杀气腾腾，跟他母亲一样，只是神情变换间流露出抑郁之色。外界都传他母子二人不和，看来的确传言不虚。

父王耶律洪基临行前叮嘱他探知西夏朝政及军备虚实，

迎亲只是个幌子。他早已打探清楚，兴庆府内有元昊避暑宫、戒坛寺、承天寺、军营、仓库、民舍、内学和太学等，再加上各种政府机构，都城的职能特别齐备，耶律浚打定主意趁这几天好好转转，打探一下军营的虚实。现如今，梁后实行联辽抗宋的政策，大辽正乐得送个顺水人情，他日一旦西夏与大宋打起仗来，鹬蚌相争，大辽必然从中渔利。

他是大辽储君，日后要登大宝的，为君之日，必然少不了处理与西夏和大宋的关系。现如今，大宋赵顼皇帝在位，这位青年皇帝，重用王安石推行变法，改革时弊，富国强兵，国力日强，大辽自然想搞好和宋的关系。宋仁宗在位时，他的父亲耶律洪基和大宋相处很融洽，仁宗驾崩时，父亲痛哭失声，还说来生要做大宋子民。

作为大辽皇太子，他又何尝不向往中原文化呢？那是个富饶绮丽之地，文化深厚，诗词歌赋、宴饮欢乐可以通宵达旦，和落寞的大漠戈壁自然不一样。只不过，今晚的晚宴上并没有见到那位李琼儿公主，想到这里，他的心微微一动，一种甜蜜的东西从内心流淌出来，这是独属情窦初开的少男少女的甜蜜。父王母后虽已为他娶妃，然而宫里的那些妃子，加在一起，也不如今天遇到的这个西夏公主这样好看，这样令他怦然心动。

月光照进窗棂，冷冷的，月华如水。耶律浚辗转反侧，继续回味李琼儿的一颦一笑：这样的绝色美人儿，若真能嫁给我，也算不枉此生啦。不知这梁太后赠予父王的，究竟是哪位西夏公主？长得如何？太美了会不会招惹妈妈生气？这么想着想着，也便迷迷糊糊地睡着了。

这一觉自然睡到天亮。西夏的日光长，明晃晃的阳光照进七彩琉璃阁，变幻出宝石般的七色光芒。早晨起来早餐便极为丰盛，凉拌沙葱、西夏贡米、手抓牛羊肉等，均是鲜美异常。这里的手抓羊肉与大辽不同，它是用宁夏"滩羊"中的羯羊烹制，瘦肉多，肉质嫩，配料极为精细，一上桌便异香扑鼻。十几个戴红面纱、露肚脐的宫女服侍他用膳，国舅梁乙埋亲自过来陪同用餐。

宾主寒暄之际，梁国舅突然说："不知太子要在兴庆府盘桓几日呀？近日，大宋频频对我大夏用兵，惹得太后与皇上烦心不已。此番，太后将先皇亲生的公主嫁与大辽皇帝，足见我们的诚意。我朝愿与大辽交好，共抗大宋，还望太子回去后在皇帝面前多多美言，联合抗宋啊！"

"这个自然。"耶律浚微笑作答，忽然心头一紧，脱口问道，"不知太后要将哪位公主许配给我父皇？"

"哦，这个嘛。"梁乙埋抚须大笑，"自然是最美的，才显诚意嘛。"

"不知公主名号？"耶律浚心想：难道还有比昨天见到的公主更美的？从进入西夏王宫，触目所及，自然是美女如云，虽然都罩着极薄的面纱，五官和肌肤却在朦胧之际一览无余。

尤其是纤细婀娜的腰身,中间露出雪白的肌肤和可爱的肚脐,真的让年轻的王子血脉偾张呢。耶律浚又暗想:西夏的服饰真是比辽国女人的要好看一百倍呢!

然而,纵使美女如云,仿佛也不及昨天的那少女的惊鸿一瞥,尤其是昨晚上宴会见到的小梁皇后,也就是眼前这位梁相国的女儿,姿容甚是一般,不过一个俗物而已。耶律浚隐隐有些担心,忙追问公主名号。

梁乙埋浅浅一笑:"和辽公主。"

"和辽公主?"耶律浚心中暗暗思索:毅宗李谅祚好色过度,死时只有二十一岁,并没有留下几个公主,名讳称号也不为外人所知。梁太后执权后,据说对先皇几个公主都很苛刻,有的吃穿待遇连宫女都不如,曾经的天之骄女,一旦落魄,还不如亲王大臣家的女儿,也是可怜可叹!

但无论如何,只要不是李琼儿便好。耶律浚稍稍放心,又抓了几块羊肉,大口撕咬起来。

过了早膳时分,梁在御就吩咐小宫女传唤琼儿,说太后传她觐见。琼儿匆匆收拾了一下便过去,一路上还在思虑再三:这梁落瑶不会这么大发善心,把她许配给大辽皇太子吧。依梁落瑶的个性,必会拉拢大辽联合抗宋,可联辽最直接的方式是把她献给当今的大辽皇帝耶律洪基。耶律浚是耶律洪基唯一的儿子,也是铁定的皇位继承人,难道她要放长线?不对,眼下三国局势扑朔迷离,大辽皇帝耶律洪基也只有四十多岁，正当壮年，一时半会儿也不会传位给太子，难道……琼儿左思右想，不由得吓出了一身冷汗，一抬头，梁太后的寝宫已到了。

第四节

　　梁落瑶穿一件杏黄色党项族人贴身寝衣，正在逗鸟儿，看到琼儿进来了，也不太理会。这梁落瑶本来也是汉人，娘家是兴庆府的名门望族。梁落瑶掌权西夏之后，知道自己的汉人身份是执政的一大障碍，也深知"矫枉必须过正"的道理，因此，为了消除国内对其汉人身份的疑惑，为了取得各部落党项贵族的支持和认可，她表现得比党项人更像一个党项人。她下令废除了丈夫李谅祚实行的一切汉化政策，全面恢复了李元昊时期党项族的蕃礼，并频频对宋发动战争，手段狠辣。琼儿看着这个不到三十岁的女人，心想：这样一个彪悍强势的女人，不知要将大夏领往何处？

　　"即日起，哀家封你为和辽公主，和亲大辽。作为大夏公主，你应该知道自己身负大夏使命，必得竭尽全力劝辽抗宋，实现当今皇帝的宏图大业。"梁落瑶用一贯的冰冷的语气说。

　　"就是。"梁在御一旁冷冷地说，"怎么也要感念太后多年的养育之恩，不辱使命才是。"

"是。"琼儿低声应答，一瞬间，她如堕冰窟，路上的揣测居然变为现实了，她突然涌出一股热泪。她是如此身不由己，无法掌控自己的命运；她是如此弱小，只能任人宰杀。一瞬间，她几乎失去了活下去的勇气。

梁落瑶冷冷地挥挥手："嫁衣已备好，后天就启程吧。"

琼儿退出，夏日炎炎，阳光炽烈，她却彻骨寒冷。梁后虽没有明示，琼儿却已坐实了自己的猜测。她本来就是个聪明伶俐的女子。她要嫁的，并不是年轻英俊的大辽皇太子——那个自己心仪的英俊少年，而是他的父亲，昏聩好色、已过不惑之年的耶律洪基！

琼儿一路走，一路流泪，怕人看见，只好折身走到后花园里，想找一处僻静的地方哭个痛快。她不知道为什么也和她娘的命运一样，要和亲嫁给一个自己完全不爱的人。

就在昨天，她还满怀欣喜，等了十五年，终于等到一个让她心动的男人。她指望他能带她逃出这污秽的西夏王宫，远走高飞，像母亲祝愿的那样，和他幸福度完余生。

那是多么可笑的想法啊。

很早她便听说那耶律洪基好色、昏聩，若嫁给他，则是刚离虎穴，又进狼窝啊，难道自己真逃不脱和母亲一样的命运魔咒吗？琼儿越想越伤心，忍不住低声啜泣起来。

忽听一个男子的声音："是谁?"琼儿看到枝叶掩映处闪过

一张阳光俊气的脸，原来是耶律浚，一惊之下，哭声也停了。

"琼儿公主，是你？"耶律浚惊喜地问，旋即看到琼儿梨花带雨的样子，吃了一惊，"这两天我四处在找你，一直找不到，这是谁欺负你了吗？"

琼儿平复一下，没有作声。她还是个姑娘家，这样的苦恼不知该怎么说出口。

耶律浚犹疑地开口："那天我给公主的玉佩，是我母后……给我的。"

"嗯。"琼儿以为他要收回信物，心中一痛，旋即高傲地说，"我即刻还你。"说着向怀中掏去。

"不！"耶律浚一下子攥住她的手，不小心碰到她的酥胸，触电般闪开。

"我是说，这是我母后……给我的，她让我……见到自己真正喜欢的女子，才可送她……做信物。"

琼儿没料到他会这么说，一下子羞红了脸。耶律浚继续说："我找琼儿公主，是要跟你商议一下，我可否求梁太后……请她将你……许配给我？"

琼儿听了，一阵喜、一阵忧，心里顿时翻江倒海，几乎要昏过去，眼泪更是扑簌簌落下。她忍住难受，哽咽着说："你可知道你父王这次迎娶的是谁？"

"和辽公主。"

"就在刚才，太后封了我做和辽公主。"

"啊？"耶律浚失声叫出来，声音里似有无限懊悔和失落。一时两人无言，一片静默。直到听到一个熟悉的女声传来："琼儿姐姐！琼儿姐姐！"

琼儿闪出花丛，摆摆手示意耶律浚别动。只见灵瑶从远处风风火火地跑来，一张小脸蛋因为跑得匆忙，沁出了汗珠，红通通的："我刚刚听说你要和亲大辽，要嫁给那个老头子，而且要即刻出发，是真的吗姐姐？"

"你怎么知道得这么快？"

灵瑶还气喘吁吁的："今天一大早，太后就宣我爹爹进宫，说要商议攻宋事宜。我缠着爹爹一起进宫，爹爹刚刚把这事告诉我了……琼儿姐姐，你打算怎么办？"

"还能怎么办？"琼儿叹气。

"要不我就保护姐姐逃走吧，千万不能嫁给那老头子，听说他……不光好色，还性格残暴。"

耶律浚听灵瑶这样说他父亲，又羞又怒，又不好发作。

就听琼儿幽幽地说："逃往哪里？若在这之前逃掉，梁落瑶追查不到，也就算了。可如今逃走，就是背负欺君叛国之罪了。"

灵瑶急得直跺脚："姐姐，从小咱俩一块儿长大，我怎么忍心看姐姐落入虎口？我就知道那妖婆子没安好心！"

耶律浚听她俩不光直呼梁太后的闺名，还大骂她妖婆子，就知道琼儿和梁太后之间肯定不睦，幸亏没有直接去求她，看来就算是求了，也是自取其辱。又想，这灵瑶虽然疯疯癫癫的，但说的话也有几分道理。索性他带着琼儿逃了，两人逍遥快活去，又能怎的？

可又转念一想，他是大辽储君，他的父王母后只有他一个儿子，怎能为了儿女情长放弃为人子、为国君的责任？耶律浚就这么胡思乱想之时，听得灵瑶又说："如今大夏是待不下去了，大辽也不行，恐怕只能逃往大宋了。我回去跟爹爹说一声，姐姐出发时，我护送姐姐去！"耶律浚听她说的有几分道理，不禁叹了口气，心想：舍了琼儿也实在不甘心，毕竟从未对一个女子如此动情，若把她真的献给父王，恐怕不止我伤心，母后也会不高兴。如今只能从长计议，先回大辽，慢慢请母后劝劝父皇，说不定父皇看在自己是他独子的分儿上，也能成全。

耶律浚毕竟刚刚十七八岁，虽然聪慧贤明，在大辽臣子间深受爱戴，也未免把事情想得有些简单了。可事已至此，还有什么好办法呢？

"谁？"耶律浚叹息声未落，灵瑶的拳头已劈了过来，这个野丫头！耶律浚一躲，只好从花丛中闪出身来。

"原来是你！"灵瑶惊呼，"是前天冲撞了姐姐的那小子！"话没说完，被琼儿一把捂住嘴巴。

"什么那小子，对皇太子太失礼了。"

耶律浚只好抱拳说："灵瑶姑娘，见过了！小王认为，此事还要从长计议，小王保证……保护好琼儿公主，不让公主受委屈。"

"哼！"灵瑶恶狠狠地说，"我琼儿姐姐才不要嫁入什么大辽！"气氛非常尴尬。三人一时无语，为了防止他人看到，只好匆匆告别。

两人自然是一夜无眠。

第三天早上，梁太后在王宫设宴为辽使送行。宴会上所有人都是各怀心事。琼儿虽然穿着大红的喜服，显得娇艳无比，但却神色悒郁，愁眉不展。耶律浚看上去也心事重重。

迎亲队伍浩浩荡荡地离开兴庆府，向上京方向前进。然后再由必庆府，经顺化渡或吕渡东渡黄河，估计路上要走一个月左右。

第一次离开生养她的西夏，琼儿反而有一丝不舍。前方路途迢迢，难道真的是命运的魔咒，她要像她的母亲一样，十几岁便离开故土，最后客死异乡吗？等待她的，又将是怎样的命运呢？

第五节

　　灵瑶执意要送琼儿赴辽。从小一起长大，灵瑶早已经把琼儿当成了自己的亲姐姐，如今她远嫁大辽，恐怕此生再也无缘相见，怎么也得把她送到西夏边境。灵瑶性格执拗，连她爹爹慢咩将军都奈何她不得。琼儿也很不舍得与灵瑶分开，此一去，前程未卜、生死难料。再说灵瑶从小到大没有出过兴庆府，她从小的心愿便是舞刀弄枪，跟随爹爹在战场杀敌，怎奈一直未能如愿。十四岁的孩子向往外面的世界也很正常，因此琼儿并没过分阻拦她。

　　车队缓缓前进，戈壁大漠骄阳似火，琼儿乘坐一辆装潢华丽的马车。她的身边，几步之遥，便是自己意中的爱人。琼儿从车窗软帘旁看耶律浚的侧面，是那样完美，浓眉深目，英气勃勃，但此刻由于心事重重，浓眉紧锁，显得郁郁寡欢。恰巧耶律浚也回首看她，四目相对，一时无言。

　　风在身边哗哗地吹着，吹来了黄沙，吹来了青春悸动的气息，吹来了叵测的命运喘息。琼儿率先打破了沉默："你的父王母后一定极爱你，你自小什么也不缺，要风得风，要雨得雨，所以即使你如此聪明，还是像个大男孩，什么心事都会写在脸上，让人看出来。"琼儿暗想，虽然耶律浚长她两岁，在她眼里却像个小孩子　样，惹她怜爱。

其实琼儿已然想明白，抵达大辽时，若耶律浚求他母后向父王求情，耶律洪基不允的话，她便立即服毒自尽。她至死也不愿做她心爱男人的父妃，不能在一起就罢了，还要尴尬地日日相对。所以她贴身内衣里只揣着三样东西：耶律浚所赠玉佩，母亲的一缕青丝，还有一颗她亲手配置的足以致命的鹤顶红。

迎亲车队在热辣辣的阳光底下缓缓移动。大漠风烟、戈壁沙滩虽然风光旖旎，但因少男少女的满腹心事已没了色彩，两人俱是愁眉苦脸。只有灵瑶一个人欢蹦乱跳的，毕竟是年龄小，又初次出远门，况且她完全顽皮懵懂，尚不知情为何物！这样也好，至少没有她和耶律浚那样的烦恼。琼儿苦笑。

琼儿转念一想，如果自杀的话，那这一个月的光阴，岂不是我和他在一起的最后也最长的时光吗？无论如何，要好好相处，留下最快乐的记忆。下定了必死的决心，琼儿反而轻松起来，她开始没话找话起来。

"耶律浚，你可曾听过柳永的《雨霖铃》？"

"听我母后讲过。"耶律浚懒懒地答。

"是啊，我差点儿忘了你母后是大辽第一才女！这首词也是我母亲教我的，我最喜欢其中两句：念去去千里烟波，暮霭沉沉楚天阔。"

"我却最喜欢它头里两句：执手相看泪眼，竟无语凝噎。"耶律浚答，声音里竟有点儿哽咽。

"要说起来，全词都是金句呢：多情自古伤离别，更那堪冷落清秋节。今宵酒醒何处？杨柳岸，晓风残月。此去经年，应是良辰好景虚设。便纵有千种风情，更与何人说？妙不可言！"琼儿喋喋不休的，"不过我不太喜欢柳三变的词，他的词虽艳、虽至情至深，却少了些风骨。"

耶律浚一时没有接话。心想，柳永必有过和心爱女子诀别的痛苦，否则这词怎么这么贴合他的心境！

"耶律浚，人人都说你母后貌美多才，你母后都写过什么诗？"

耶律浚看琼儿语气平缓，以为她已想开，心想：女人就是凉薄，可能看我父王毕竟是大辽皇帝，我只是个太子，想开了。于是赌气故意地说："我父王极宠爱我母后，每次外出打猎都要带着她，一日来到一个叫伏虎林的地方，父王让母后作诗，母后一会儿就赋诗一首：威风万里压南邦，东去能翻鸭绿江。灵怪大千俱破胆，那教猛虎不投降。当时博得众人喝彩，父王称赞她为女中才子！"

"你母后确实有才，你父王肯定很爱你母后吧？"

"那是……当然……"耶律浚也知道他父王好色，母亲又善妒，两人前段时间刚刚闹了别扭，所以说话间就有了犹疑。

"自古君恩似流水，难免、难免。"琼儿略一低头，旋即又轻松地问，"你们大辽有什么好吃好玩的？"毕竟是小孩子，琼儿想：死之前也要大吃大喝一顿，不能太委屈了自己。

"有的是！比你们大夏的要多！"耶律浚赌气说。

琼儿听耶律浚的语气，明白他误解了自己，话锋一转："耶律浚，我若死了，你会不会想念我？"

"你说什么？我可不许你死！"耶律浚脱口而出，忽然一下子明白了琼儿如此这般，似已抱定必死之心，"你不要傻，我会想办法救你的！"

"你怎么救我？你父王肯听你母后的？你父王肯成全我们？"

耶律浚一怔，他也心知此举胜算不多。

琼儿继续幽幽地说："我不想像我母亲那样，一辈子活得委屈。若不能跟自己喜欢的人在一起，还不如早点儿走了，省得日日不开心。"

"琼儿！"耶律浚鼻头一酸，"你先不要这么想，到时候，自然是有办法的。"

琼儿忽然眼睛一热，泪水汩汩滚落："有什么办法？我们都是身不由己的人！要看上天怎么安排了。"

这对小情侣一路上忽喜忽悲的，说个没完，好像要把这一辈子的话都说完了。就这样车队走了几天，走走停停。这一天，来到了黄河边，眼看黄河水浊浪滔天，几个少男少女忍不住欢呼起来。去大辽要从渡口渡过黄河再朝北去，而这里是必经之路——也是大宋和西夏的边境。

之前大宋和西夏交好时，为了方便民众贸易，还专门设立了交易用的榷场。这几年，尤其是梁太后掌权之后，双方战事不断，民众之间再也不相往来，榷场便渐渐形同虚设了。

正行进间，忽听一片人喊马嘶的巨大声音传来，在这寂静的地方尤显突兀。迎头过来几匹高头大马，伴着几个男子的大声谈笑，耶律浚一紧张，腰间的挎刀都抽出来了。那几个男子看到这浩大的迎亲车队也吃了一惊，不由自主勒住马缰。

一时双方僵住，都不敢向前。耶律浚看到几个男子宋人打扮，中间的两个一身书生打扮，其中一个戴着方山冠，旁边的则是两个武将打扮的人，情知是宋臣。琼儿在车里见了，暗想：中间那个戴方山冠的高高大大的人，难道是大宋的苏轼？苏轼名动天下，听人说他喜欢戴这样的高帽，民间称之为子瞻帽，这是他的标志啊。不过兴许有人戴了相同的帽子也未可知，否则苏大学士怎么有空到这里来？他身边那位俊雅的白面书生又是谁呢？看服饰，也像个世家公子。那武将看着，倒是威风，剑眉虎目，虎背熊腰，一看便是将门之后。琼儿正思忖间，只见对面男子双手抱拳问："敢问，阁下可是大辽皇族，皇太子耶律浚殿下？"

耶律浚吃了一惊：素未谋面，对方居然一下子认出了他，眼力着实厉害！嘴里却朗声答道："正是在下，请问相公高姓大名？"

"在下凤翔府节度判官苏轼。"中间男子大大方方应答，声音洪亮。果然是苏轼！琼儿顿时激动万分，她可是仰慕苏轼已久了。不止在大宋，就是在西夏和大辽，苏轼的名字也是如雷贯耳，余者还有欧阳修、司马光、秦观等，但都不及苏轼诗名隆盛。西夏虽与大宋路途迢迢，但苏轼的诗词一旦写出来，总以最快的速度传遍辽、夏各地，其中各国各地的驿站成为重要的中介站，驿馆的墙壁上都有人题写苏词，这成了民间一大乐事！在西夏皇宫的艰辛岁月里，读苏词成了琼儿的最大安慰。

只见他身边略微年轻点的男子也随即抱拳道："在下大理评事王巩！这位是种师道种将军！"旁边武将打扮的男子亦抱抱拳，并不多言。居然是大名鼎鼎的种家军第三代！琼儿不及细想，就见身边的灵瑶一下子拍马过去，她并不乘车，而是和耶律浚并骑，见到种师道，便不管不顾地冲种师道激动地大嚷："你就是种师道？你伯伯和我爹爹打仗，伤了我爹爹，这回冤家路窄，遇到了本姑娘，我这就替他老人家报仇!"

话音未落,人已冲到种师道马前,拿起武器便打,种师道看也不看她,提起统帅剑轻轻一挡,灵瑶不由自主倒退几步。可她旋即又不管不顾地冲上去,像只发狂的小兽,眼看场面尴尬,琼儿不得不下车喝止她。

第六节

苏轼、王巩正笑嘻嘻地抱拳看他俩打闹,忽觉眼前艳光一闪,一个身穿红嫁衣的少女款款从马车上下来,只见她肌肤似雪、眉目如画、乌发如云,仿佛从敦煌壁画中刚刚走下来的天女。

"天女下凡啦!"王巩失声叫道,苏轼也不由看呆了。两人这一生没少见过美女,像这般绝色还真是少见!就连和灵瑶正打架的种师道也愣了片刻,肩上不小心中了灵瑶一枪,哎呀一声叫出声来。

"灵瑶!不得无礼!"琼儿喝止,随即款款施礼,"苏大学士、王相公、种将军,灵瑶年幼不懂事,多有得罪了!"

三人还礼,看琼儿这身打扮,便已明白了几分。耶律浚命令车队暂时整顿休息,身后的大辽士兵迅速搭起一顶硕大的帐篷,准备好吃食,耶律浚邀请众人进来共进午膳。

午膳虽比在皇宫时逊色很多,但在这荒郊野地,也还算丰盛。各式花馕、冷了的牛羊肉和各式干果，以及马奶子葡萄榨出的鲜红的葡萄汁，还有大辽的各式香肠和烈酒，满满地摆了一大桌子。众人热热闹闹围坐一起，边吃边聊。

耶律浚道："苏博士，久闻您大名，如雷贯耳啊。不知各位到黄河之滨，是来游玩的吗？"

苏轼拱手道："回大王，子瞻与王贤弟久不见种将军，甚是想念，得知种将军在此驻兵，遂相约来探望。"

琼儿、耶律浚都知道自大宋太祖起，就一直重文抑武，文官武将来往不多，不知苏轼为何和种师道这样熟悉。苏轼仿佛看出了二人心思："子瞻在凤翔府主办差事便是为我朝将领攻打西夏调度粮草，因此得以与种将军熟识。子瞻一直钦佩种家军忠烈几代，所以常有走动，这次是公务加探望。"

这话倒是不差。种家五代从军，英雄辈出，先后有几十人战死沙场，威名无人不知、无人不晓，民间也处处流传种家军的传说。苏轼虽是文人，但一向侠肝义胆、仗义执言，两人相交，是最自然不过的。灵瑶口中的"你伯伯"就是指的种师道的伯父种衡将军。

王巩问："大王这是为大辽皇帝娶妃？"耶律浚面色凝重地点头，一旁的琼儿也郁郁低下头去。苏轼看两人神色便明白了几分："近年来，西夏与我大宋纷争不断，梁太后这是使的美人计啊！不过在下早听说大辽皇太子聪慧贤明、年轻有为，今日一见果然不虚。大辽与我大宋素来交好，自澶渊之盟后辽宋即亲如兄弟，不再言战，我想大王对我大宋，自有自己的测度。"

耶律浚听后点点头。王巩转向琼儿拱手："敢问公主芳名？我今日和子瞻还说起李公麟兄画的《维摩诘图》，人物绝艳无双，没想到今天就见着天女本尊了，定国自幼便喜绘画，定国想以公主为形象来摹画，不知可好？"

琼儿看他说得认真，正不知如何作答，苏轼笑笑："我这定国弟可是个大才子，不仅善写，还善画，他大约从未见过像公主这般美貌的女子，所以有些唐突了。"

王巩也意识到自己失态，一时脸有些发红，尴尬地低下头去。

灵瑶还兀自对着种师道挤眉弄眼做鬼脸，种师道只不理她，灵瑶嗔怒道："种将军也太严肃了，这又不是在战场上。"

"如果在战场上，你小命早就没了。"种师道瓮声瓮气地说，"你是慢咩将军的女儿？"

"你怎么知道我父帅的名字？"灵瑶吃惊地瞪大眼睛。

"在西夏能与我种家军交战的也没几个。"种师道淡淡地说，"我们各为其主，姑娘不必太介意。"

"谁跟你介意了！"灵瑶小声嘟囔着，"我长大后也要跟爹爹去打仗，保家卫国！"

"保家卫国？"种师道从鼻子里哼了一口气，"你们的梁太后骚扰我大宋边界，鲸吞我大宋国土，你们这还能叫保家卫国?!"

"我……我也不是为那妖婆子打仗的!我是为了大夏,为了大夏子民!再说,她待琼儿姐姐不好,她就是我的仇人!"灵瑶兀自强辩道,"她将我琼儿姐姐嫁给那个好色的大辽皇帝,我看她是故意的!我才不为她打仗呢!"

"这就对了!"苏轼接口道,"灵瑶姑娘真是女侠!在下佩服!那梁太后是为了在党项人中树威,才变本加厉,多次侵犯我大宋!像这样为了一己私利而置广大将士与百姓性命于不顾,不值得忠勇之士为她效忠!"苏轼本已看出了耶律浚和琼儿有满腹心事,现在听灵瑶这么没头没脑地一说,一切更明白了。他本来还忌惮琼儿是西夏公主,说话还颇有保留,此番一听梁太后似乎与琼儿积怨颇深,说话便已不再顾忌了。

王巩亦插话:"我们三国互为唇齿,相依相存。我大宋皇帝主张不打仗,双方互相贸易,所以才设立榷场。可刚才看到,榷场已形同虚设,一片荒芜,两国民众亦不来往。现在,为君之计就要休养生息、发展生产,才是上策!"

听到这里,耶律浚忍不住一拍桌子:"小王也这么想,争战多年、穷兵黩武,老百姓早就不愿过这样的日子了!眼下,只有发展生产,让百姓过上太平、富裕的日子,修复国力才是正道!"

苏轼一听,马上过来作揖:"大辽有大王,真是大辽之幸啊!也是我大宋之幸!有如此贤明之储君,还怕大辽不国富民强？今日子瞻有幸得遇大王，真是福分！"

耶律浚也还礼道："先生过誉了！"双方朗声大笑，气氛和谐不少。琼儿问："不知苏博士近日可有佳作？正好今天有耳福了。"

苏轼　笑："子瞻在这边远之地当个小小的判官，掌管五曹文书，公务异常繁忙，凤翔府是对西夏边防军的兵站基地，负责集运粮草给军队，更是马虎不得，因此更没有工夫写诗了。十几年前我与子由赴京应试路经渑池，同住县中僧舍，结识老和尚奉闲，并一同于壁上题诗。应试后第三年，我离京来凤翔赴任，子由留守京中照顾父亲。我与子由从小一起长大，没有分开过一天，这次来凤翔，算是第一次分别，子由送我至郑州，分手回京，作诗《怀渑池寄子瞻兄》寄给我，其诗云：

> 相携话别郑原上，共道长途怕雪泥。
> 归骑还寻大梁陌，行人已度古崤西。
> 曾为县吏民知否？旧宿僧房壁共题。
> 遥想独游佳味少，无言骓马但鸣嘶。

"我行至渑池时，想到弟弟子由这首诗，便作了这首和诗《和子由渑池怀旧》，或许可以与大家一赏作乐。"因此朗声念道：

人生到处知何似，应似飞鸿踏雪泥。

泥上偶然留指爪，鸿飞那复计东西。

老僧已死成新塔，坏壁无由见旧题。

往日崎岖还记否，路长人困蹇驴嘶。

"此词是思念弟弟而和，我认为还值得吟唱，斗胆请公主为我们一唱！"

"好，苏贤良的请托，我还是没法推辞的。"琼儿笑笑，灵瑶知道琼儿精通汉语及宋词，直鼓掌起哄："琼儿姐姐来一个！"

琼儿微微一笑，唤侍女取来琵琶，彼时苏轼早已一挥而就，把那首《和子由渑池怀旧》写了出来。字迹龙飞凤舞、洒脱飘逸至极。琼儿拿到手中，细细端详了一下，少顷便放开歌喉唱将出来，歌喉婉转清脆、悠扬动听。

苏轼、王巩听罢拊掌大笑："妙极！妙极！此曲只应天上有，人间哪得几回闻？"就连种师道都侧耳默默倾听，仿佛陶醉其中。

琼儿轻轻施礼："是苏贤良的兄弟情深感动了琼儿，人生无常、崎岖坎坷，琼儿也很有感触。"

王巩话锋一转说："大家不必过分感伤，依我看，不如及时行乐！听说当今大辽萧皇后才思敏捷，精通诗词音律，被称为女中才子，今见太子，方知传言果然不虚。太子能否为我们唱一首萧皇后的词?"

耶律浚也不推辞,张口就唱母亲的那首:"威风万里压南邦,东去能翻鸭绿江。灵怪大千俱破胆,那教猛虎不投降。"众人都听说他文治武功样样都行,朝野传说他不到一岁即能说话,七岁时打猎就能射中两只鹿,在萧皇后的培养下,更是精通汉文,文才沛然。所以都屏息听他朗声唱。

四野寂静,天边一轮孤月,只有悠扬的歌声穿破云霄,直抵人心房。

第七节

　　耶律浚的声音格外雄壮有力，颇有草原之王的气概。众人群情激奋，王巩拱手施礼道："难得今天如此尽兴！王巩不才，也想为大家助个兴。"说罢朗声唱道：

　　　　不见当年两翰林，江天为我结层阴。
　　　　九华门外柳三丈，萧相楼前松十寻。

　　王巩也是著名才子，这首《过池阳》亦是他得意之作。王巩祖父是宰相王旦，父亲是工部尚书，王巩本人能写会画，风流俊雅，被当时的文坛称为"文采风流为一时所宗"，除了苏轼之外，黄庭坚、秦观、王安礼、谢景温亦都喜与他交游。由此可见王巩的胸襟气度和洒脱不羁的名士风流。

　　所以他唱完，众人又是一阵欢呼。灵瑶跳出来："索性我们大家每人唱一首，不拘什么。"说完眼睛一闭就开唱起来，样子甚是可爱，居然是一首热辣辣的西夏情歌：

> 妾愿随君至天涯
> 金戈铁马映晚霞
> 茹毛饮血何所惧
> 雪山云雾弄清纱
> 若得君心日日在
> 天下何处不是家

她唱得如此动情，歌声清脆悠扬，原来这个假小子般大大咧咧的小丫头，也有这么情思细腻、儿女情长的时候。种师道听了，忽地心生好感。

灵瑶唱完，调皮地一抱拳，伸伸舌头，小脸蛋儿红扑扑的，比之琼儿，更多了几分俏皮可爱。

苏轼说："既如此，我也唱一曲吧。人都说柳三变的词适合十七八女郎，执红牙板，浅斟低唱。我的词须关西大汉铜琵琶、铁绰板唱。今天我就充一把关西大汉。"说罢众人一阵哄笑，苏轼开始唱：

> 故人适千里，临别尚迟迟。
> 人行犹可复，岁行那可追！
> 问岁安所之？远在天一涯。

已逐东流水，赴海归无时。

东邻酒初熟，西舍豕亦肥。

且为一日欢，慰此穷年悲。

勿嗟旧岁别，行与新岁辞。

去去勿回顾，还君老与衰。

苏轼为人，洒脱不羁，但这首诗所蕴含的忧乐情怀打动了琼儿，此番听苏轼亲自吟唱，自然又别具一番风味。大家喝着酒、唱着歌，忽然有人喊了一句：人生到底有何意义？正值青春年华的六人各怀心思，陷入了沉默。

众人全部唱完，只剩种师道了，种师道连连摆手："领兵打仗我行，这玩意儿我不中用。"

"不行不行！每个人都要唱！"灵瑶跳出来，嚷个没完。种师道拗不过，只好勉强唱了首王昌龄的《从军行》：

青海长云暗雪山，孤城遥望玉门关。

黄沙百战穿金甲，不破楼兰终不还！

他刚一唱完，灵瑶就拍掌大笑："这才是真正的关西大汉呢！苏大官人却不大像。但是种将军怎么这么和我们楼兰过不去呢！"众人又一阵哄笑，一时其乐融融，车队出发以来还没有过这样的气氛。

在众人哄笑之际，苏轼慢慢踱到耶律浚身边，贴耳悄声道："我以为，大王完全不必烦恼，若迎亲途中不幸遭遇响马盗贼，公主被掳走，皇帝会过分责罚大王吗？"

耶律浚思忖片刻："这倒不会。"

"但若是让皇帝见到了公主美貌，皇帝会放手吗？"

"这……恐怕也不会。"耶律浚恍然大悟点点头，"多谢先生指教！只是这响马……"

"有种将军在，这有何难？"苏轼狡黠一笑，"公主被'掳走'后可暂时寄居大宋，待此事平息之后，再改名更姓着人送归大王，不是更好吗？"

耶律浚双手抱拳："如此……有劳先生了。"

苏轼还礼，又悄声说："后天酉时。"耶律浚会意，众人继续调笑，意尽方归。

王巩骑马和苏轼、种师道走在回宋营的路上，王巩问道："苏兄，此计可行吗？你为何要这么做？"苏轼道："梁太后这是使美人计呢！若大辽真的助兵伐宋，岂不是我大宋君民的不幸？！幸好让我们碰上了，再说，你舍得这么千娇百媚的美人儿羊入虎口？我倒真觉得，她与那大辽皇太子更相配些。我们卖耶律浚一个人情，待有朝一日他继位了，嘿嘿，自然会还我们这个人情。"王巩恍然大悟说："苏兄高明！但这样的美貌女子理应嫁给我们大宋子民才对，倒便宜了那契丹人了！"又问："苏兄如何得知那便是大辽皇太子耶律浚？""看他的服冠一望便知，定国兄可还记得，自我仁宗皇帝起，大辽与我朝即开始交换御容？我见过他父亲耶律洪基的画像，耶律洪基又只有他一个儿子，不是他又是谁？"王巩佩服得连连点头。

迎亲车队继续前行，耶律浚已将苏轼的劫人计划悄悄告诉了琼儿。琼儿听罢又惊又喜，心中又生出一线希望，因怕灵瑶快人快语泄露出去，所以连灵瑶也不敢告诉。

月华如水。明天就是约定好的劫人时间，琼儿和耶律浚各怀心事，在各自帐中辗转反侧睡不着。琼儿心里有些不安，不知等待她的究竟是什么。这段时间，由于行路艰难又兼心事重重，琼儿眼见得瘦下来，面部线条愈加立体清晰，身材却愈加凹凸有致。灵瑶此时已发出微微鼾声，她睡得香甜，一副无忧无虑的小孩子模样。琼儿翻了一个身，还是睡不着。她向帐外看去，帐外原本有士兵把守，人影幢幢，今天却有些奇怪，守夜的士兵并没有在帐外来回踱步。琼儿正吃惊间，看到一个熟悉的身影掀开门帘，悄悄走了进来，琼儿正欲喊，来人嘘了一声，琼儿看出来人正是耶律浚！

耶律浚轻轻拉起琼儿的手，给她寝衣外披了一件厚实的披风，就这样拉着她的手向帐外走去。琼儿像被施了魔法一般跟着。

月亮很圆很圆，挂在天边，仿佛触手可及。夜风吹来花草的清香，夏虫在草中轻鸣，河水无声地流着。少男少女牵着彼此的手，耶律浚是沉默的，琼儿也是沉默的，两人默默踩过满是露珠的草地，露水打湿了他们的脚，几步之遥便是耶律浚的帐篷。但是琼儿却希望永远这样牵手走下去。

耶律浚的帐中点着一点微弱的烛光，昏黄朦胧的光晕是那样的暖。耶律浚掀帘进去，轻轻为她除下斗篷，少女的玲珑曲线立刻呈现出来，她不施粉黛的脸，在烛光下泛着牛奶似的光。她的秀发蓬乱，有几缕贴在了脸上，耶律浚轻轻为她捋顺，他爱怜地抚着她浓密乌黑的发，仔细端详那张世间少有的脸。琼儿的眼睛大而明亮，眉毛和睫毛浓密，鼻子挺直，典型的鹅蛋脸，这是中原女子的特质。嘴巴并不像中原女子那样小巧，她的唇厚而有肉，唇形饱满，唇色鲜红，像涂了唇妆一样。耶律浚望着她，就像在欣赏一件稀有的艺术品，他揽她入怀，她软绵绵的身子散发着淡淡的体香，他在她发间贪婪地吸了一口，然后他炙热的唇慢慢向下移动，触碰到她洁白修长的脖颈，琼儿像触电一般在他怀抱里抖了一下，他贪婪地吸了一口，他的唇又向上移动，吻到了她肉嘟嘟的唇，少女在他怀中战栗着，这是她平生第一次受到异性的爱抚，她战栗、恐惧又甜蜜。耶律浚轻轻解开她寝衣的带子，衣服滑落地上，少女赤裸的身体暴露在耶律浚面前，她高耸的乳房，鲜红小巧的乳头像花蕾一样绽放，她腰肢纤细，小腹平坦，不算茂密的阴毛覆盖着形状美丽的私处，她双腿修长，腿部肌肉紧实匀称、线条优美，比那些苍白瘦弱的美人不知道要美多少。由于害羞，琼儿轻轻闭上眼睛，浓密的睫毛像蝴蝶翅膀一样不停扇动。耶律浚真想马上冲向她、占有她，让她完完全全成为自己的女人。他要将她好好地保护起来，不让她受世间一点委屈。

琼儿已准备好迎接这疾风暴雨的爱，她已准备好为她所爱的人牺牲一切，包括荣誉、身体，甚至生命。她战栗着，控制不住地战栗着。她要躺在爱人宽阔坚实的胸膛上，让他钢铁般的胳膊紧紧箍着她滑嫩的身体，让她青草般的体香充盈他的口鼻，让他将万马奔腾的雄性力量倾泻在她身上。她已经做好了准备奉献出自己的一切。

耶律浚紧紧箍住了她，在那冰肌玉骨上贪婪地吮吸着，他要亲遍她每一寸肌肤，在她肌肤上留下每一缕不能忘却的记忆。这个女人是他的，有那么一瞬间，他甚至愿意用这储君的位置换这个女人，换这个女人日日陪伴身边。他想不分白天黑夜，随时可以进入她的身体，因为她的身体，是世间最安全、最温暖的所在。在那里，他不恐惧、不焦虑、不害怕，因为他清楚，她是爱他的，她是彻底地、无保留地爱他，他愿意沉醉在这爱里，这世上，除了他的母亲萧观音，没有一个女人会像李琼儿这样，不掺杂任何目的，只是纯粹地爱他。

琼儿等着爱人的疾风暴雨，她的身子抖得更厉害了。然而，耶律浚却突然停了下来，他的眼泪大颗大颗地落在她胸前。琼儿睁开眼，看到耶律浚已经泪流满面，耶律浚把她箍得更紧了，他将头靠近她的头，泣不成声地说："琼儿，我要娶你——"

那日酉时，果然车队突然遭遇一队响马，都是黑衣黑帽，半边脸被蒙得严严实实。辽国护卫拉开架势，蒙面人直扑中间的婚车，护卫去护都来不及，因为蒙面人武功实在高强，护卫被打得落花流水、纷纷溃逃，就连耶律浚手臂也中了一剑。蒙面人挟持了和辽公主绝尘而去，灵瑶豁了命似的拼命追赶，一时也跟着不见了踪影。

所有人被这突然的变故惊得瞠目结舌，愣在当地，只有耶律浚心知肚明，痴痴望着人去车空的狼狈现场，心里暗暗发恨：苏轼，一年后我只管你要人！

第八节

那伙"响马"挟持了琼儿匆匆离去，他们只接到种师道的命令要劫西夏公主回营，却没想到身后蹿出一异常勇猛的少女穷追不舍，一边追一边大叫：放下琼儿姐姐！还频频使出暗器，驮着琼儿的那匹黑马后腿被暗器所中，马一声长嘶跪倒在地，琼儿一下子从马上摔了下来，腰部硬生生地磕到一块硬石上，疼得琼儿一下子昏死过去。灵瑶正欲下马搀扶，不料却被旁边一黑衣人顺势一拦，抱上马飞驰而去。

待到琼儿悠悠醒来，惊异地发现自己待在一个陌生的房间，一个陌生的中原少女正为她查看伤口，屋里药香四溢。看到琼儿醒来，少女非常惊喜。

"我这是在哪儿?"琼儿挣扎着要坐起来，不料腰部一阵剧痛，只好又伏在床上。

"姐姐莫动！"少女赶紧过来搀住她，"姐姐腰部受了重伤，一时半会儿恐怕挪动不得，须得好好将养。"

"您是?"琼儿疑惑地问。

少女笑了笑,嘴角有若隐若现的可爱的梨涡。她个头不高,一张娃娃脸,细眉细目,脸上有淡淡的雀斑,虽不明艳照人,却是敦厚可亲:"妹妹复姓宇文,小字柔奴,东京汴梁人氏。"

琼儿不由得喜欢上这个大宋女子,之后的一个月,宇文柔奴精心地照顾琼儿。琼儿在交谈中渐渐地了解到,柔奴的父亲竟是大宋皇宫御医宇文璟,琼儿被劫当天,柔奴奉父亲之命正好在西北采办名贵药材,随行有大宋镖局的两名高手,见到响马劫人、琼儿跌落马下,赶紧出手相助。大约种师道的部下怕假扮响马的事情败露,便顾不得捞琼儿,顺手抱起灵瑶就回营复命去了。

再说这几名军官挟持灵瑶回到营中,种师道一看被劫回来的不是琼儿,居然是灵瑶,大吃一惊。灵瑶看到种师道也吃惊不小,种师道只好原原本本跟她说了苏轼与王巩的请托。灵瑶听罢,懊悔不已,当下便要带人去寻找琼儿。种师道也深觉自己办事不力,苏王二人如果向他要人,他该如何交代?也匆忙派人折回寻找。但待他们折回出事地点,哪儿还有琼儿的半点儿影子?灵瑶当时急得又哭又闹,声称找不到琼儿就绝对不走。种师道无奈,只好安顿她在营中住下,一边又派人加紧寻找。

琼儿醒来其实已是三天之后了，她听了柔奴的诉说，当时便挣扎着去找种师道的军营，无奈刚站起来，就一个趔趄差点摔倒。原来她从马上跌落时，伤及了腰部，实在走不了路，柔奴劝她精心调养，伤愈后再去寻找种将军，琼儿无奈之下只好答应。

一个多月后，琼儿好不容易能下床了，柔奴采办药材也差不多了，琼儿赶紧去寻种师道。经过多方打听，好不容易寻到宋军将领营房，却惊闻种师道已随种谔将军奉旨开拔到南方平复羌人叛乱去了。

琼儿一瞬间如五雷轰顶，乱了方寸，万般无奈，只能答应先随柔奴返回汴梁，再慢慢寻找苏轼与王巩了。

琼儿与柔奴相处一个多月，多亏了柔奴悉心照料，琼儿伤势才渐渐好转起来，琼儿感激不已。柔奴性格温厚，眉眼都小小巧巧的，看上去温柔可亲，因为两人同年，生日只差了几天，有一次琼儿半开玩笑地说："我在大夏有个妹妹（灵瑶），在大宋还没有呢，柔奴，你做我妹妹吧！"谁知柔奴听后大喜过望，说："从小就盼着有个姐姐，今天老天终于让我如愿了！"于是欢天喜地开始准备结拜事宜。

当时结拜金兰须敬告天地，焚香礼拜，结拜的人还要互换谱帖，在红纸上写下自己的姓名、生辰八字、籍贯，以及自己的曾祖父母、祖父母、父母的姓名，写好后的红纸就叫作"金兰谱"。然后，结拜之人按照年龄长幼顺序，在天地牌位前烧香磕头，并立下结拜誓言，仪式完成后，就结成了异姓姐妹。

柔奴原不知琼儿的真实身份，琼儿只告诉她自己是西夏人，父母是兴庆府的普通百姓，柔奴却极其认真地把曾祖父母、祖父母、父母的姓名都写了，交给琼儿。原来她家世代行医，到父亲宇文璟这一辈，入宫当了太医院的头领，更是达到了辉煌的顶峰。想起自己从未谋面的外祖父也是一名医生，琼儿对柔奴又平添了许多好感。

当下两人换了帖子，在天地牌位前开始焚香磕头，发下誓言："皇天在上，后土在下，今天我李琼儿（我宇文柔奴）在此结为异姓姐妹，不求同年同月同日生，但求同年同月同日死。"想到她和灵瑶从小一起长大，感情深厚，却没这么正儿八经地结拜过，这短短的一个多月时间，却神奇地结拜了一个宋朝女子，命运真是神奇，继而又想到灵瑶到现在还下落不明，又开始忧心起来。

两人结拜后不久，琼儿渐渐行走如常了，两人商议先一同返回汴梁再做打算。琼儿自小便听母亲讲述汴梁的繁华，对这个温柔乡、富贵地也是颇为向往，再说，也是她母亲百花娘娘的故国。据说汴梁城绵延三十余公里，人口众多，气势雄伟，外围门有晨晖门、东华门、右掖门、宣德门、左掖门、西华门、天波门，城内东西、南北街巷纵横交错，东西向有启圣院街、踊路街、东十字大街、小御街（东华门前）、南门大街、界北巷、南北讲堂巷等。南北向有西角楼大街、浚仪桥街、报慈寺街、御街、税务街、高头街等，街上商铺林立、繁华无两。

柔奴家即住在南北向的报慈寺街，一路上市井繁华，看得琼儿眼花缭乱：曹婆婆肉饼、玉楼包子、高阳正店、任店、状元楼、清风楼、潘楼酒店、贾家瓠羹、象棚、东西教坊、骰子李家、鹌儿市、万姓交易、浴室院、车辂院、温州漆器、香药铺、鬼市子、张戴花洗面药、青鱼市、仇防御药铺、孙殿丞药铺、小儿药铺，还有大相国寺、太平兴国寺等。琼儿自小在西夏王宫长大，见惯了繁华绮丽，但似这般富贵热闹，还真正头一遭看到。

马车拉着两个异姓姐妹走走停停，柔奴一路上兴奋地说个不停："待会儿就到家了，我让妈妈给你蒸包子吃！妈妈蒸的包子天下第一，连玉楼包子都比不上！"柔奴是个心思单纯的女孩子，这会儿说起吃的来，更是口水都恨不得流下来，一脸陶醉。琼儿看着她，忍不住想笑："就知道吃！想必你爹爹妈妈一定极疼你。"

"你怎么知道？琼儿姐姐，我爹娘只有我这一个女儿，他们自然疼我啦！我妈妈每天都给我蒸包子，还给我买状元楼的糖醋鲤鱼吃，好想妈妈！好想妈妈做的饭！"柔奴伸了个懒腰，一脸痴痴的可爱小女子模样，琼儿看了既好笑又羡慕，心想：她虽出身不如我，可毕竟从小有爹爹妈妈的疼爱，到底比我更有福气。于是又问她："你爹爹疼你吗？"其实琼儿心底最大的痛楚就是从未得到过父亲的爱，那个叫李谅祚的西夏王，对琼儿来说，完全是面目模糊的，直到他死，她一共没见过他几面。印象中，她八岁前一直和妈妈相依为命，八岁后就是一个人孤苦伶仃了。

正恍惚间，只听柔奴甜甜地说："我爹爹啊，他最爱我啦！只要他不在宫里，就一刻不停地陪着我，他给我念书，教我学配药，还常常去御街那儿给我买糖葫芦吃。对了，我爹爹还常常给我带宫里的点心，可好吃啦！"琼儿摸摸柔奴的头："贪吃的丫头！"两人一路说笑着，转眼间到了报慈寺街，此时已是傍晚时分，天色渐渐暗下来，柔奴指着街间挂着红灯笼的路口大叫："就是那儿！我家就在那儿！"说着，雀跃地跳下车，一路喊着："爹爹、妈妈！爹爹、妈妈，我回来了！"琼儿跟着她跑过去："慢点儿！慢点儿！柔奴，还有行李呢！还有你的药！"她追着柔奴的脚步，拐进一个幽暗的独门小院。

第九节

突然，琼儿看见屋里窜出一个黑影，一道白光闪过，一把利剑直直地向柔奴刺来。"柔奴，小心！"琼儿一把推开柔奴，柔奴躲闪不及，肩膀已中了一剑。琼儿慌忙抽出佩剑，挡了过去，当下，剑光四射，武器的碰撞声叮当不绝，柔奴受到惊吓，脸都白了，她捂着汩汩流血的伤口，退到一边，声音已变成了哭腔，琼儿一边拼力抵挡一边喊着："柔奴，快走！"柔奴已吓得动弹不得，指着屋门口一具尸首大声哭喊着："妈妈！妈妈！"琼儿借着光亮一看，一个中年妇女横卧在门口，身上已中了致命的两剑，鲜血流了一地，已经气绝身亡，但眼睛怒睁着，看上去很是恐怖。

琼儿急急拉起已瘫软的柔奴就往外拽，刺客还在拼命地一剑剑刺来，剑剑都直指要害，琼儿眼看要招架不住了，两人性命都危在旦夕，忽听得门口有人朗声问道："柔奴，是你回来了吗？"就见一个高大的身影推门进来。那刺客见有人来了，犹疑了一下，急急越墙而走。

来人正是柔奴的邻居，行院的乐师茹玉。他在行院多年，消息自然灵通，前几日就听说宇文璟突然获罪下狱，莫名其妙死在狱中，就急着给柔奴母女报信，又听说柔奴外出采买药材未归，焦急不已，天天请别人留意柔奴回来没有。这天听街头卖包子的孙婆子说柔奴刚刚回家，就火急火燎地赶来，正遇上柔奴被刺，他的突然出现，倒无意中救了柔奴一命。

当下琼儿和茹玉扶起受伤的柔奴，幸好有止血的金创药，琼儿赶紧给柔奴敷上。柔奴这才像回过神来似的伏在妈妈尸体上大哭，哭声凄厉，惨不忍闻。琼儿进屋瞧了瞧，只见一屋子狼藉，家中物品散落一地，显然刚刚那人在翻找什么。回头看柔奴，像失了魂魄似的，只知道哭。

茹玉建议明天先报官，再把柔奴母亲的尸体掩埋，近日先不要住到家里，先随他住到行院，以防贼人再来行刺。原来茹玉曾生过一场大病，是宇文璟救了茹玉的命。这茹玉虽然身份卑微，却是个知恩图报的人，把宇文璟视作恩公，平时对柔奴母女也多有照拂。当下茹玉和琼儿把柔奴母亲尸身收拾一番，扶着柔奴往行院走去。

柔奴兀自哀伤地恸哭不已，她的伤口血已经止住，但一夜之间痛失双亲，柔奴一下子接受不了这命运的逆转。琼儿看着她，前一刻还欢天喜地、有爹娘疼爱，后一刻便家破人亡、成了孤女，还身负重伤。命运真是无常！一直顺遂的柔奴怎么受得了这样沉重的打击呢!

　　果然,此后几天,柔奴一直都精神恍惚、痛哭不止。茹玉替她报了官,官府也不怎么理会,只说柔奴母亲乃罪人家属,且他们公务繁忙,破案尚需时日,各种说辞予以搪塞。无奈之下,茹玉和琼儿只好先帮柔奴掩埋了母亲,这一来一去,加上官司费用及丧葬费用,手里的银子基本上用光了。眼看衣食无继,茹玉和琼儿都是疲惫不堪。

　　接下来的日子,琼儿虽一直给柔奴上药换药,但伤口却总是溃烂、不愈合,琼儿知道那是柔奴伤心过度、失去抵抗力所致。但每天的吃穿用度这么多,柔奴的盘缠早已花完,琼儿随身带着的首饰也都当完了,无奈之下,琼儿只好托茹玉向行院的妈妈借些银两暂且度日。

　　这行院的妈妈姓王,原有些官方的背景,和当朝宰相王安石是老乡。王安石在当朝皇帝赵顼支持下,施行新法、锐意变革,此时正是鲜花着锦、烈火烹油、权倾朝野的时候。那王妈妈为人机灵,当时官宦人家都蓄养歌伎,王妈妈就挑了最好的紫玉、青梅两个姑娘送到王安石府里,岂知王安石一门心思变法图新,对女色毫无兴趣,又原封不动地给退了回来,王妈妈一时面子挂不住,但她旋即调整心态,又重新挑了两个姑娘,送到王安石大儿子王雱身边。

　　王雱年少聪敏,二十岁前已著书数万言。他治平四年即中进士，旋即任太子中允、崇政殿说书。王雱自恃聪明，睥睨一世，待人也极其傲气。王妈妈跟他攀上关系之后，他偶尔也来花满楼坐坐，但来了也只为听曲，很少和姑娘们调笑。花满楼的姑娘们，虽然倾慕他的身世背景、过人才华，但很少有人敢跟他过分亲近。

当时歌伎楼馆的女孩子，都是侑酒陪笑、卖艺不卖身的，歌舞、弹琴的技艺就显得尤为重要，尤其长相出众又会吟诗作赋的姑娘就更少见。眼下花满楼的头牌紫玉姑娘病了，参知政事吕惠卿的府中宴饮，需要找几个色艺俱佳的女孩子前去助兴，早已经通知了王妈妈，但哪有可用的人呢？王妈妈正在叹气，茹玉扭身走了进来，说明了来意。

王妈妈的脸色当时就有些难看："茹乐师，不是老身拂你的面子，你也知道，咱们花满楼都快经营不下去了，红莲、绿萝前段日子被韩大人府上买走，紫玉这阵子又病了，我手上又没个称心可用的人，靠什么进银子呢？"琼儿见王妈妈不肯借，只得闪身出来柔声道："王妈妈放心，只是暂且借来周转，过几日待琼儿寻到故友，便可还你。"王妈妈本来没注意到茹玉身后还有人，乍听这莺声燕语的，抬头一瞧，不由得大吃一惊。

只见一个好生标致的小娘子立在眼前，顿觉艳光四射，满室生辉。细细瞅去，只见她五官玲珑精致、浓眉深目，气质如华，一望便知有异族血统，和土生土长的中原小女子不同。立刻便满脸堆笑道："这小娘子，长得倒可招人疼的，不知可会弹琴不会？"琼儿当下明白了妈妈的意思，但眼下没有好办法，只得款款施礼道："略懂一二。""弹来听听。"茹玉赶紧把琵琶递过去，琼儿坐下来不慌不忙地弹奏起来，真的是"大弦嘈嘈如急雨，小弦切切如私语。嘈嘈切切错杂弹，大珠小珠落玉盘"。一曲未了，王妈妈忍不住喝彩道："好琵琶！"又问："小娘子可会唱些曲儿？"

琼儿轻轻颔首。王妈妈不知琼儿天生一副好嗓子，自母亲死后，琼儿难过时便天天读诗、唱曲儿熬过最难熬的岁月。琼儿一开口，真的是歌喉清婉、感心动耳，如翠鸟弹水，如黄莺吟鸣，王妈妈一张老脸立刻笑成了一朵花，连声喝彩："好！好！好！小娘子真乃妙人也！"

王妈妈又问："小娘子可曾学过舞蹈？"自古歌舞不分家，行院的女子虽比不得东西教坊的女伶，需要在皇家宴会及祭祀上献舞表演，但寻常宴饮助兴时、兴头起来时，舞一曲却是必不可少的。王妈妈不知道，西夏是尚舞的国家，因此琼儿在舞蹈上也颇有造诣。当下，琼儿轻舞一段，身姿曼妙，更兼舞姿活泼热烈，颇有异域风情，王妈妈看了更是喜不自胜。

接着琼儿主动要求清唱一段诸宫调，西夏宫廷中专门设有"番汉乐人院"。大宋的戏曲由此也传入了西夏，琼儿父亲西夏王李谅祚曾派使臣向大宋要伶官、工匠、戏剧服装和化妆品，所以琼儿于这一切倒非常熟悉。琼儿唱完，余音袅袅，王妈妈听得如痴如醉，都忘了叫好。良久，只缓缓说了一句："今年花魁，非小娘子莫属啊！"借钱的事儿不光一迭声地答应了，还多借出了好多，但只一个条件，三天后的花魁大赛，琼儿一定要参加。而且无论夺魁与否，都要在花满楼营业两年，这借出的银子就不用还了。想到柔奴奄奄一息的凄惨模样，琼儿只得一咬牙，答应下来。

第十节

三天后，花魁比赛正式开始。作为东京汴梁最大的行院歌馆，花满楼装饰一新，鲜花、红绸装点其间，显得隆重喜庆。比赛那天，汴梁城里有头有脸的达官显贵都来了，几十个打扮得花枝招展的姑娘往二楼暖阁里一站，真个是千姿百态，各领风骚，莺莺燕燕，美不胜收。众看客不禁齐声喝彩，待看到琼儿盛装出来，看客的声浪更是一浪高过一浪，喝彩声不断。按规则，看客们每人手执一株牡丹，若中意哪位姑娘，便把手中牡丹交给她，最后哪位姑娘手中的牡丹多，谁就是最后的花魁。

比赛第一回合：众女子弹奏乐器。当时的乐器有笛、唢呐、三弦、笙、箫、管、胡琴、筝、扬琴、琵琶等，姑娘们有的弹筝，有的弹扬琴，更多的是弹琵琶。一曲完了，有喝彩的，有叫倒好的，有响应寥寥的，只有琼儿一曲弹完，鼓掌声、叫好声不断。这演唱的小曲儿中，大部分是苏轼的词，琼儿不禁莞尔，这次她演唱的是苏子瞻新写的《六月二十七日望湖楼醉书》："黑云翻墨未遮山，白雨跳珠乱入船。卷地风来忽吹散，望湖楼下水如天。"其时，苏轼已于陕西凤翔签判调任杭州通判，琼儿不知道如何才能联系上他。但眼下，只能先把柔奴的伤养好再说。

琼儿一边唱一边胡思乱想。一曲终了，掌声雷动！琼儿这番就收获三十六枝牡丹，怀里放不下，便统统装在一只精美的竹筐里。少顷，一个细眉细眼的小娘子登台，亦是怀抱琵琶，唱了一曲，却是柳永的《鹧鸪天·吹破残烟入夜风》：

> 吹破残烟入夜风。一轩明月上帘栊。因惊路远人还远，纵得心同寝未同。情脉脉，意忡忡。碧云归去认无踪。只应会向前生里，爱把鸳鸯两处笼。

待唱到"爱把鸳鸯两处笼"，那小娘子一脸羞红，下面的看客就有喝彩、叫好的，更有轻薄之徒拿起牡丹就往台上扔去，小娘子惊慌失措，抱起琵琶慌慌张张下台去。琼儿本想管管这些轻薄之徒，想想自己眼前的处境，只好硬生生忍了。

歌舞比赛，姑娘们纷纷拿出看家本领，有个别唱得也算婉转悠扬的，唱完后也博得满堂喝彩。舞艺大赛时琼儿跳了曲《拓枝舞》，舞步轻盈，闪展腾挪间尽显热烈和柔媚，众看客无不陶醉其中，连叫好都忘了。结果不出所料，琼儿轻松拔得头筹，共收纳一百三十八株牡丹在怀，其余几位都是一二朵、三四朵不等，最多的一位五十八朵，也与她难以比拟。琼儿当之无愧成为花魁。

当时的花魁就是女状元，花魁一旦被评选出来，便会身价顿涨，拥有粉丝无数。所以当时东京汴梁小户人家的父母，一旦生出女儿，便会倍加珍惜，视她们的个人资质加以歌舞、琴艺训练，长大后送她参选花魁，一旦选上，就会光耀门楣，钱财、名利随之而来。

看到这个结果，王妈妈眼睛都笑眯了，当即给琼儿起了个艺名叫"点酥娘"。点酥娘在大宋，即指肤若凝脂的大美女，琼儿的美貌当之无愧。只是，一位落难了的西夏公主，居然成了行院的歌伎，也算命运弄人吧。一时，点酥娘的名号在东京汴梁城迅速传开来，东京汴梁的达官显贵、风流才子们都知道了花满楼有个色艺全绝、宛若天仙的新任花魁"点酥娘"。

再说耶律浚怀着复杂的心情回到大辽都城上京。皇后萧观音听说儿子回来了，高兴极了，忙命侍女到御膳房传了一桌子饭菜："浚儿可算是回来了！你有没有回太子府？可知道太子妃刚刚为你生了个儿子？你父王高兴坏了，为他取名叫延禧。"耶律浚倒没想到孩子已出生，光顾着儿女情长了，居然忘了出使西夏时太子妃萧氏已身怀六甲，当下又是高兴又是自责。萧观音见耶律浚短短一个多月变得又黑又瘦，还垂头丧气、不思饮食，问他为何。耶律浚只好跟母亲简短地说了西夏迎亲路上公主被贼人劫走，不知父王会不会怪罪下来，当然只字未提自己和琼儿定情之事。

萧观音不无忧虑地看着儿子："你父王定会不快，但还不至于拿你怎么样，毕竟你是他唯一的儿子。只不过妈妈担心，你父王他天天和耶律乙辛在一起，只知纵马骑猎，花天酒地，现在就连母后也很久没见到他了。你父王的心思……恐怕早就不在朝堂上，当然更不在妈妈身上了。"耶律浚过来挽住母亲的手臂："怎么会呢？母后，父王和您是结发夫妻，恩爱多年，又有我和三个姐姐，父王不是一直很疼爱母后吗？"

一席话，说得萧观音眼泪几乎夺眶而出："浚儿，那都是以前了，你父王最近变了许多，自从两年前我劝诫你父王，不要天天游猎，要把心思多放在朝堂上，省得被奸人利用，你父王居然勃然大怒，将折子摔在我脸上说我妇人干政、妄议朝事！"萧观音说到此不禁泪如雨下："自那以后，你父王便再没有来过我的寝宫，我们夫妻，还是在延禧的满月宴上遥遥望了一眼，已经许久没见过面了。"萧观音说着又咬牙切齿道："都是单登那小贱人，给你父王灌了迷魂汤！"

耶律浚连忙扶住妈妈的肩："母后，你不用担忧，你是中宫皇后，父亲来不来又会如何！您把自己身体养好，省得儿子担心。"

"浚儿，你父王待我不同往日了，我是担心，那耶律乙辛口蜜腹剑，糊弄了你父王。几个月前他进献了单登给你父王，你可知道单登是仇家的婢女？假如那单登伺机寻仇，你父王不时时处于危险之中吗？我是担心你父王的安危啊，但你父亲却骂我是妒妇，成心不让他快活，还说以后再也不想见到我！像这样绝情的话，他还是第一次对我说。"萧观音说着说着，眼角的泪又汩汩流了下来。

耶律浚看了心疼，却又不知怎么宽慰妈妈，只好说："依我说，母后不必把这些小事太放在心上，来日，等儿子登了基，您就是天底下最最尊贵的皇太后，看还有谁敢惹您生气！"

一席话说得萧观音脸上的颜色稍稍缓和了些。她拭拭眼泪，摸摸耶律浚的头："母亲这一生的指望就在浚儿身上了，我与你父王虽是结发夫妻，以往感情甚笃，没想到，他会因一个叛臣之女跟我翻脸。所以，母亲到现在才明白李治为什么说'至高至明日月，至亲至疏夫妻'了。"母子俩又说了许多知己话，把那些酒菜吃了些，萧观音郁闷之下，多喝了几杯，竟有些醉了。

耶律浚辞别母亲，去见父亲，果然被告之耶律洪基游猎未归。于是慌忙折回府中，去见自己尚未谋面的儿子耶律延禧。

第十一节

当耶律浚母子团圆哭诉的时候，大辽皇帝耶律洪基正在耶律乙辛等群臣陪侍下，恣意地在秋山狩猎。耶律洪基身高六尺左右，威风凛凛，是典型的契丹大汉，他平生最喜欢狩猎，喜欢"风劲角弓鸣，将军猎渭城。草枯鹰眼疾，雪尽马蹄轻"的感觉，更喜欢前呼后拥、威风凛凛的豪迈！每次狩得猎物，都觉得自己宝刀未老，十分有成就感。而奸臣耶律乙辛就像钻进他肚子里的蛔虫，把他的喜好、脾性摸得一清二楚。

乙辛曲意讨好的外表下，包藏着一颗夺权篡位的心。皇帝天天去狩猎才好，最好一去不归，这样，朝中大事全是他一人说了算，他过着一人之下、万人之上的日子，怎能不爽?！可如今，太子耶律浚渐渐长大，他聪慧贤明，深得群臣爱戴，比他的父亲耶律洪基可聪明多了，而且已经开始渐渐干政，是个相当难以控制的角色。若他有一日登上大宝，还有他耶律乙辛什么事！只怕这一手遮天的好日子就一去不复返了！

所以耶律乙辛每天琢磨的，就是怎么除掉太子这个眼中钉。

要想除掉这个眼中钉，必须先除掉太子耶律浚的生母——大辽皇后萧观音，有她坐在皇后这个位置上，他们的难度便会增加几分。为了除掉萧观音，耶律乙辛先是把一个叫单登的既漂亮风骚又能歌善舞的叛臣女子献给了耶律洪基。耶律洪基好色是出了名的，见到这么年轻美貌的女子，且能歌善舞，妖媚风骚，把个皇帝迷得神魂颠倒，当即便把单登留在身边，随时侍候。

单登是叛臣之女，她的父亲被耶律洪基斩杀，她和妹妹被罚做官奴，严格地说是朝廷和洪基的仇家，所以萧观音才如此紧张。单登留在洪基身边，要想手刃仇敌太简单了，机会太多了，从安全角度来说当然有巨大风险，所以便一再请洪基把单登逐出宫去。可耶律洪基正在兴头上，哪里肯听？耶律乙辛一伙又趁机挑拨，说萧观音妒忌成性，身为皇后居然要管皇上，是犯上，是大逆不道。

耶律洪基在单登的狐媚诱惑和耶律乙辛的日日挑拨下，对萧观音渐渐疏远，由以前的"专宠"，到现在一次也不来萧观音宫中，这巨大的反差让萧观音痛苦不已。她没想到有一天贵为皇后且是大辽第一才女兼美女的她也会被打入冷宫。

看着空旷冷寂的宫殿，再富贵华丽也是死气沉沉，萧观音独自哀伤。她是个情感丰富的女子，上天赐予她美貌，又赐予她尊贵和才华，她已经得到太多，从未想过水满则溢、月圆则亏的道理，这人世间又有什么是完美的呢？自古盛极必衰，聪慧如萧观音，却没想明白这个道理。

她更没想明白的是：自古君恩似流水，帝王哪有长情人？反而日日回想以前与耶律洪基在一起时的缠绵恩爱，越想越觉得一定要想尽办法挽回夫君的心。于是，这位契丹才女略一沉思，写了一组感情真挚、缠绵悱恻的《回心院》：

扫深殿，闭久金铺暗。游丝络网尘作堆，积岁青苔厚阶面。扫深殿，待君宴。

拂象床，凭梦借高唐。敲坏半边知妾卧，恰当天处少辉光。拂象床，待君王。

换香枕，一半无云锦。为是秋来展转多，更有双双泪痕渗。换香枕，待君寝。

叠锦茵，重重空自陈。只愿身当白玉体，不愿伊当薄命人。叠锦茵，待君临。

铺翠被，羞杀鸳鸯对。犹忆当时叫合欢，而今独覆相思块。铺翠被，待君睡。

装绣帐，金钩未敢上。解却四角夜光珠，不教照见愁模样。装绣帐，待君贶。

展瑶席，花笑三韩碧。笑妾新铺玉一床，从来妇欢不终夕。展瑶席，待君息。

剔银灯，须知一样明。偏是君来生彩晕，对妾故作青荧荧。剔银灯，待君行。

　　爇熏炉，能将孤闷苏。若道妾身多秽贱，自沾御香香彻肤。爇熏炉，待君娱。

　　张鸣筝，恰恰语娇莺。一从弹作房中曲，常和窗前风雨声。张鸣筝，待君听。

　　纵然似海情深，纵然文笔生花，可惜对于一个糊涂又绝情的男人来说，任何深情的告白都是无济于事。写完《回心院》后，为了让耶律洪基明白她的心意，萧观音决定把这首词谱成乐曲，她要亲自唱给夫君听。她一心痴痴祈盼，耶律洪基听到这深情款款的词曲，会忆起他们旧日的相爱时光，夫妻俩重拾旧日恩爱。

　　萧观音虽然也精通音律，但是对于谱曲还是有些力不从心，于是她就招来她最信赖的宫廷乐师赵惟一来为她谱曲。

　　赵惟一是汉人，身材颀长，长相俊俏，风流儒雅，吹得一口好笛子。当初入宫遴选乐师时，萧观音就舍弃了单登而录用了赵惟一，那时单登就已嫉恨于心了。偏这赵惟一又是个乐痴，奉命后，便开始殚精竭智谱起了曲子。谱曲自然免不了和萧观音时时商榷试奏，正当寂寞难耐之中的萧观音与年轻英俊的赵惟一朝夕相处，三十几岁的她也不免对他生出些许爱慕之情。看出这个苗头，耶律乙辛狂喜不已，认为此事正可大做文章。

于是耶律乙辛急召单登前来商议此事。单登和耶律乙辛还有另外一层关系，她的妹妹清子是乙辛的情妇，因此两人更是不避讳。

一进门，单登就焦急地说："魏王，上次被那贱妇在皇帝面前进了不少谗言，这可怎么是好？"

耶律乙辛用阴冷的眼神盯着她，冷笑一声："她的好日子快到头了，你何必急于这一时。"

"怎么？魏王想出什么好法子除掉那贱妇吗？"

耶律乙辛从鼻子里哼了一声："此事还须你配合。我已命人写了《十香词》，你进宫去，使人献给萧观音，告诉她这是大宋皇后写的，让她誊写一遍，说为了彰显大辽皇后的才德，以便传颂后世。"说罢，从袖子里拿出写好的文稿递给她。

单登拿过来细细地看了一遍。见诗写道：

青丝七尺长，挽作内家妆；
不知眠枕上，倍觉绿云香。
红绡一幅强，轻阑白玉光；
试开胸探取，尤比颤酥香。
芙蓉失新颜，莲花落故妆；
两般总堪比，可似粉腮香。
蜻蜓那足并？长须学凤凰；
昨宵欢臂上，应惹颈边香。

和羹好滋味，送语出宫商；

安知郎口内，含有暖甘香。

非关兼酒气，不是口脂芳；

却疑花解语，风送过来香。

既摘上林蕊，还亲御苑桑；

归来便携手，纤纤春笋香。

凤靴抛合缝，罗袜卸轻霜；

谁将暖白玉，雕出软钩香。

解带色已颤，触手心愈忙；

那识罗裙内，销魂别有香。

咳唾千花酿，肌肤百合装。

无非暾沉水，生得满身香。

　　单登见这首诗写得相当露骨，每首诗描写身体的一个方面，按照十首诗的次序分别是：发、乳、颊、颈、舌、口、手、足、阴部，及一般肌肤。单登便有些迟疑："这些淫词艳曲，她肯誊写吗？"

　　"你可以想想办法嘛，"乙辛狡黠一笑，"萧观音最喜欢喝酒，尤其是近日，心情郁闷，常常喝得大醉，你难道不知吗？"

　　单登会意地点头，领命而去。耶律乙辛又叫来教坊艺人朱顶鹤，指使他也将《十香词》献给萧观音。朱顶鹤唯唯领命而去。

第十二节

再说这萧观音每天孤苦寂寞，青春正盛，看过朱顶鹤进献的《十香词》后赞叹不绝，便写下一首《怀古》诗："宫中只数赵家妆，败雨残云误汉王。惟有痴情一片月，曾窥飞燕入昭阳。"本来这诗是讽刺飞燕误国的，恰巧诗中最后两句有"赵（昭）""惟""一"三个字，耶律乙辛以此为"证据"，指派单登向皇帝"揭发"皇后与赵惟一之间有私情。

单登将"证据"递上去后，耶律乙辛又不失时机煽风点火，给耶律洪基上书："于时皇后以御制《回心院》曲十首，付惟一入调。自辰至酉，调成，皇后向帘下目之，遂隔帘与惟一对弹。及昏，命烛，传命惟一去官服，着绿巾，金抹额，窄袖紫罗衫。皇后亦着紫金百凤衫，杏黄金缕裙。上戴百宝花簪，下穿红凤花靴，召惟一更放内帐，对弹琵琶。"

此段话甚是暧昧：萧观音和赵惟一合作谱曲，从"辰至酉"，也就是从早上八点多钟，一直到晚上七点钟，这才谱成。然后两人又合作弹奏，好比合奏《笑傲江湖曲》。到了黄昏点上蜡烛，又让赵惟一换上便装，放上帐子，在里面继续弹琵琶。后来到了吃晚饭的时候了，又和赵惟一喝酒，俗话说酒是色媒人，按照耶律乙辛的说法，后来自然俩人就上床共赴云雨了。并说萧观音心旷神怡之后，还赐给赵惟一"金帛一筐"。

耶律洪基一看这封告状信，震怒异常。盛怒之下，宣萧观音上殿。萧观音看见自己手抄的《十香词》，立刻明白了怎么回事。她哭着辩解："妾贵为皇后，天下再没有哪一个妇人比我更尊贵了。我已经生养了那么多儿女，最近还添了孙子，我还有什么不满足的，要去做这种伤风败俗的事呢？"

耶律洪基将《十香词》摔到她面前："这上面明明是你的字迹，你还有什么可抵赖的？"萧观音说："这是宋国特里蹇皇后写的，我不过应朱顶鹤的请求抄写一遍罢了！况且诗中提到养蚕，我们辽国又没有蚕，这怎么会是我写的呢？"

耶律洪基不听她辩解，暴怒之下，拿起铁骨朵就朝萧观音打去，由于猝不及防，萧观音几乎被打死。耶律浚和三个姐姐闻讯赶来，跪下苦苦哀求父王饶过母后，耶律浚跪下大哭："父王饶了母后吧，我宁愿代母后去死！"可是洪基铁了心似的置之不理。

看到耶律洪基气呼呼的样子，耶律乙辛乘机说："陛下息怒，我看此事事关皇家体面，就不要再追查下去吧。"耶律洪基气哼哼地说："此事决不能姑息迁就，朕命你严查，作奸犯科者死不足惜！你和辽北府宰相张孝杰查办此事，不得有误！"耶律乙辛如获至宝，领命而去。

耶律乙辛马上对赵惟一严刑拷打，并施加钉子钉、炭火烤等种种酷刑，只把这英俊书生打得非人非鬼，一心只想求死了之。乙辛又捕风捉影把教坊艺人高长命抓来，又是一番严刑拷打，让他指认萧皇后与赵惟一二人私通。两人被打得血肉模糊，最终屈打成招。

耶律乙辛得意扬扬地把这些所谓证据交给了皇帝，耶律洪基狂怒，立刻下令将赵惟一灭族，斩高长命，勒令萧观音自尽。耶律浚连夜去求父王，哭诉母亲是遭人陷害，耶律洪基冷笑道："白纸黑字！你敢说这不是你母亲的字迹?！"

耶律浚拿起父亲掷在地上的诗稿，泪如雨下："这是他们为了陷害我妈妈，将我妈妈灌醉，骗她誊写的。父王，看在妈妈为你生下四个儿女的分儿上，您饶了她吧！"

"饶了她？我大辽皇家的颜面何存?！她做下这等龌龊事，还有脸苟活世上?！"

耶律浚哭着哀求父王："孩儿愿替母亲去死，只求您饶过母亲！"

"糊涂！你身为大辽皇太子，她这样的贱妇，根本不配做你的母亲！"耶律洪基说罢拂袖而去。

一切都已无可挽回。宫闱低垂，周围已是死一般的寂静。萧观音长发低垂，只穿一件贴身的素白长衣，她被囚禁在皇后宫中，不得外出。她这一生，享受过滔天富贵和无上尊荣，被誉为大辽第一美女及才女，享受过万千人的崇拜和缠绵悱恻的男欢女爱，又生育了四个出色的儿女，多少女人倾尽一生都得不到的她全部拥有了，虽然听说过"登高必跌重"的道理，但跌得这么重，却是做梦没想到的。只可惜连累了赵惟一、高长命等无辜人命……但想不了这么多了，她本来想死前见见自己的丈夫和最爱的儿子，却未能如愿，只能自己孤单地赴死，还有什么比这更凄凉的？如果这是命中注定，萧观音最担心的是儿子未来之路该怎么去走，有她这个顶着污名被赐死的母亲，他还能否顺利登基？浚儿即便已成年，已娶妃，已经有了自己的孩子，可在萧观音眼里，他终究还是个孩子，他不能没有母亲的疼爱和庇护啊！三个女儿都已嫁人，按理说可以不必惦记了，只怕，她这个戴罪之身，会连累她们受到夫家的歧视吧。

瞬间，千愁万绪压过来，萧观音一边哭，一边觉得肝肠寸断。桌上搁着耶律洪基赐死的白绫，她和他少年夫妻，她四岁即许配给他，十五岁即被他封为皇后，可她看到了开始却没料得到结局！那些往日的恩爱，此刻显得如此地不真实，又如此地充满嘲讽。浮生一场梦，梦醒方知空。可惜，知道这一切，已太晚了。

人们总说：女子无才便是德。在古时候，在封建社会，读书多，对于女子来说，未见得是好事。她羡慕唐太宗、徐贤妃夫妇的琴瑟相和，想仿效他们，奈何她是贤后，他却不是明君。贞观末年，唐太宗东征西讨，大修宫室，百姓劳怨。徐贤妃上疏劝谏，劝太宗体恤黎民，在史上传为佳话。而她上疏劝谏招来的却是厌倦。

她的夫君终究不是唐太宗。他是个怠于朝政，终日以游猎饮酒为乐、荒淫无度的皇帝，也许，这就是她的宿命吧。他荒唐到有时以掷骰子的方式随意任用大臣，视国事为儿戏，并把军国大权完全交予奸臣耶律乙辛等人，民怨已久。她只是个后宫妇人，除了劝谏，她还能做什么呢？

她这一生，成也诗才，败也诗才，胜在读书多，也败在此了。还不如做个蠢妇，终日只知吃喝玩乐、享受人生，也不至于落得如此凄惨的下场。

临死之前，萧观音焚尽了几乎所有的诗稿。什么女中才子，什么大辽皇后，统统见鬼去吧！

肆意的泪水伴着苦笑使她好看的脸变得古怪，她揽镜细照，她依然如此美丽，却瞬间被她深爱的男人厌弃乃至处死。她机械地慢慢研墨，写下她人生最后一首绝命诗：

嗟薄祐兮多幸，羌作丽兮皇家。

承昊穹兮下覆，近日月兮分华。

托后钧兮凝位，忽前星兮启耀。

虽衅累兮黄床，庶无罪兮宗庙。

欲贯鱼兮上进，乘阳德兮天飞。

岂祸生兮无朕，蒙秽恶兮宫闱。

将剖心兮自陈，冀回照兮白日。

宁庶女兮多渐，遏飞霜兮下击。

顾子女兮哀顿，对左右兮摧伤。

共西曜兮将坠，忽吾去兮椒房。

呼天地兮忝悴，恨今古兮安极。

知吾生兮必死，又焉爱兮旦夕。

诗罢，她缓缓挂上三尺白绫，香魂幽幽，一代才女就此谢幕。从此，世间再无萧观音！

第十三节

萧观音自尽后，耶律洪基居然狠心把尸体剥光，裹着烂席送还她娘家，大辽皇后，就以这样凄惨的没有尊严的方式黯然离世。耶律浚见到母亲尸首，痛不欲生，在地上打着滚儿哭喊："杀我母亲者，耶律乙辛也！"

大辽国出了这么一档子事，几乎每个人都忘了西夏公主和亲的事，梁太后听说琼儿和亲途中遭遇贼人打劫，生死不明，并没有太大的反应，心中只是暗恨这丫头没帮上自己忙罢了。又听到大辽皇宫也发生了皇后被诛杀之事，便也把这事彻底撂到身后去了。只是慢咩将军听说自己的女儿被贼人掳去，至今下落不明，爱女心切、思女心焦，竟大病了一场。以后忙着寻找不提。

再说灵瑶在种师道营中住了将近一个月，天天去寻琼儿，就是寻不到，急得直哭，种师道也拿她没办法。

一个月后，种谔将军接到命令，大部队将开拔南方去平定羌人之乱。种师道问灵瑶怎么办，灵瑶思忖片刻，答道只好回大夏了。怎奈就在启程前两天，灵瑶偏偏病了，发高烧，烧得滚烫，本来让灵瑶自己回西夏种师道就不放心，有心护送她，但军令如山，岂敢违抗？再说大宋、西夏又是死敌，此生只能在战场上兵戎相见，否则就是通敌叛国之罪，一时也非常犹豫彷徨。

再看这平时欢蹦乱跳的小丫头，脸通红通红，呼吸急促，额头烫得吓人，种师道忽然动了怜香惜玉之心，怎么说也得先把这丫头的病治好。如此犹疑牵挂，这在他二十三年的人生生涯中还是头一遭。

他令亲兵打来一盆冷水，将毛巾浸湿，拧干了敷在灵瑶的额头。灵瑶圆鼓鼓的脸蛋已经变得赤红，呼吸短促而赤热，一双浓眉紧蹙，已然烧得迷迷糊糊。种师道坐在床边，端详着她稚气未脱的脸，长长的睫毛不安地扇动着。他生了满满的怜爱之心，替她捋一捋被汗湿的头发，鼓足勇气亲了亲她圆鼓鼓的脸蛋，这时忽然听到她嗫嚅地说："妈妈…… 妈妈，灵儿好渴……"

种师道慌忙把水壶递过去，她连喝了几口，又迷迷糊糊地说："爹爹…… 爹爹…… 我不想让你和种将军打仗……种将军…… 是——好人。"

种师道握紧了她的小手，灵瑶的小手也是滚烫滚烫的。

他坐在她身边，不停地为她换湿毛巾降温，心想：我是宋将，而你是西夏将军的女儿，你终究要回西夏的，难道还要随我四处征战？我和你爹爹，此生各为其主、身不由己啊！就是和你，如若有一天在阵前厮杀，也是你死我活的关系。你年龄尚小，又是女孩子，不知道战争的残酷，那种尸横遍野、残肢断臂、血流成河的残酷，是我不想让你体验的，我们武将的命运，终归是马革裹尸还，若谈儿女情长，还是太奢侈了！

年轻的将军摇摇头，起身踱到帐外，看到天边一轮弯月，隐在云彩之中，孤寒之极。天高云阔，四野低垂，驻军大营已经升起炊烟，准备造饭了。几个年轻的士兵聚在一起，用乡音唱着思乡的小曲儿，有的吹着口琴，轻声和着，他们的面孔都极为稚嫩，不过十五六岁的样子。他们声音并不高亢，却随风送入耳中，让人听得字字清晰，触动了士兵心底最柔软的部分。家人在翘首期盼他们归去，可是他们每一个人，能否归家、何时归家？又有谁能主宰了自己的命运？就是他种师道，能说自己明天一定能活下来吗？古来征战几人回？

他回头看看高烧中的灵瑶：“灵儿，虽然我也喜欢你，但你应该有更好、更安稳的生活，我不要你天天担惊受怕，我不要你天天盼我归来，我也不要你孤苦无依。”他皱了皱眉，暗暗下了个决心，明天一早，便派人护送灵瑶回西夏，切不可再耽搁，否则，日久互生情愫，恐怕更难割舍了。

谁知第二天一大早，灵瑶依然高烧不退，而种谔将军命令大军即刻撤离。军令如山，种师道只得给灵瑶换上伤兵的服装一同撤离。说来也怪，大军开拔第二天，灵瑶的烧便渐渐退了，她又开始变回那个淘气顽劣、古灵精怪的小丫头，只是种师道苦苦嘱咐她，先暂且以宋人的身份随军，不能暴露身份，他会找机会送她回家。眼看离西夏越来越远，灵瑶也不再想回家的事儿了，一心一意随种师道部队出征打仗。因为她调皮顽劣、常着男装，因此除了极少数那日把她擒来的亲信，竟很少有人知道灵瑶是个女子。

琼儿自从在东京汴梁夺得花魁之后，声名日隆，每天求见她的王公贵族络绎不绝，就连一向孤傲的王雱、秦观等都慕名前来求见。偏琼儿最喜与文人雅士交往，一般的权贵不大愿意见，妈妈碍于她的花魁身份，不敢过于强求，因此，琼儿虽人在行院，日子却比在西夏王宫滋润得多，每日笙歌不绝、吟诗唱和，倒也逍遥快活。只是，柔奴心情一直非常低落，伤势总不见好，惹得琼儿担心不已。而耶律浚和灵瑶迟迟未有消息传来，也让她心焦。

一日，琼儿听到管杂役的赵妈妈正在大声喝骂一个小丫头，小丫头只有八九岁的样子，生得十分单薄瘦弱，由于常常洗衣，她的手已变得十分红肿粗糙，这会儿被鸡毛掸子抽得更是惨不忍睹，血丝不断渗出，再仔细瞧，胳膊上也是红一块青一块，没有一处是好皮肤，可见经常挨打。琼儿不禁想起了自己小时候在西夏王宫，被梁在御每天责骂、虐待的情景，油然生出怜悯之心。

赵妈妈一边打骂一边说："贱生种子！让你给我洗件衣服都洗不干净！把你手打折了，扔到街上，喂狗吃去吧！"小女孩虽然痛楚万分，居然不躲不闪，更不哭，只是紧紧咬住小嘴，泪花在眼里打转，就是倔强地不流下来。琼儿瞧她痛楚万分的样子，忙说："赵妈妈，这是怎么了？"老太太一见是她，脸上立马挤出笑来："是姑娘啊，这小丫头好吃偷懒，我不过教训教训她，惊扰了姑娘，老身该死！""你是该死！"琼儿冷冷一笑："倚强凌弱算什么本事？你教训她就罢了，何苦下这狠手？我房中正好缺个服侍的小丫头，就让她跟着我吧，我来调教她。"那赵妈妈无奈，只好唯唯诺诺地答应了，退出门去。

赵妈妈走后，琼儿赶紧给她上了药，轻声问她："你叫什么名字，今年几岁了？"小女孩咬着嘴唇，轻声说："奴家叫王朝云，杭州人士，今年十岁了。""哦，以后你跟着姐姐好不好？就没人敢欺负你了。"朝云温顺地点点头。自此，朝云每日跟着琼儿，琼儿每日教她读书写字、弹琴唱曲儿，那朝云悟性很高，天资聪颖，不多长时间，就学得有模有样的了，人也出落得越发漂亮，琼儿越来越喜欢她，就连王妈妈看在眼里，也是喜在心头。

第十四节

　　花满楼的日子过得还真是逍遥，闲来无事，琼儿常常组织一帮文人雅士、世家公子雅集，最爱玩的是点茶和斗茶：先取茶末在茶盏中调膏，然后用滚水冲点，由点茶而引发的斗茶，是茶事中的盛事，而斗茶斗的，正是点茶注汤时在盏面产生的白沫，俗称"乳花"或"浮乳"。能做到"乳花拂面"便意味着技艺高超，琼儿常常乐此不疲。

　　此外，插花、品香也是琼儿喜欢的，东京汴梁的富贵公子听说花魁"点酥娘"有此雅好，常常捧了各式梅瓶与长颈花瓶以及香炉来博美人一笑，琼儿也因此得了不少好东西。其中有一套品鉴沉香的小炉她尤其珍爱，这种品香小炉是成套的香具，包括香炉，带有香箸和香铲的箸瓶及数量不等的香盒，构成了品香必备的"炉瓶三事"，还有隔香用的银叶或云母片，都是琼儿的心爱之物。琼儿得了这些，欣喜异常，颇为珍惜，曾用几曲琵琶答谢赠者。能得美人千金一笑，赠者也很有面子。

转眼朝云已经十一岁，出落得秀外慧中，艳冠群芳。天生雪白的肌肤，小小的两片嘴唇永远鲜红欲滴。此时苏轼还在仟杭州通判，琼儿不知怎样才能联系到他，正暗自发愁。

一日，琼儿思念耶律浚，朝云思念家乡，两人聊着聊着，双双流下泪来，琼儿教朝云弹唱一首曲子，恰是苏轼的"水光潋滟晴方好，山色空蒙雨亦奇。欲把西湖比西子，淡妆浓抹总相宜"，朝云的眼泪似断了线的珠子滚落下来："苏子瞻的诗写得真好啊！我从小被卖来卖去，竟不知自己的家乡什么情景，这诗描绘的就是我家乡的景色了！苏子瞻真是奇才啊！"

"是啊。"琼儿颔首，"子瞻的诗是天下第一风流！若不是我有心上人，今生非苏子瞻不嫁！"

"那姐姐，苏子瞻长的什么模样？"

琼儿笑说："我倒是见过子瞻，长得嘛，不好评说，反正不如听他的诗词文章。他身边的那个王巩王相公，倒是长得风流俊雅，但有点弱不禁风，恐怕也是一肚子风流——反正都不如耶律浚，他英俊孔武，像草原上的雄鹰。"琼儿放下琴，幽幽地说，"朝云，你生得如此美丽，还是要趁早做打算，别误了这大好青春！我曾教你读过白居易的《琵琶行》，琵琶女年轻时'曲罢曾教善才服，妆成每被秋娘妒'。但最终却'门前冷落鞍马稀，老大嫁作商人妇'。依我看，趁年轻，要给自己找个妥帖的归宿。"

朝云听了，半晌不语，良久才缓缓抬起头，目光坚定："谢姐姐好意，朝云此生，若嫁，就嫁苏子瞻，其他人一律不考虑！即便他有妻有妾，朝云也甘愿在他身边做个侍儿。"

"你果真这么想的吗？"

朝云坚定地点点头："果真！我读他的诗词，心中对他爱慕已久，即便一辈子跟着他粗茶淡饭，朝云也愿意！"

"你能如此想真好！"琼儿紧紧握住朝云的手，"妹妹既然有这想法，我一定成全妹妹！姐姐的心上人山高水远，妹妹的心上人不就在杭州吗？姐姐给你盘缠和路费，你去杭州寻苏子瞻吧！"

"真的？"朝云又惊又喜，"姐姐你真好！"她一头扎进琼儿怀里，"朝云如果去了，王妈妈这里可如何交代？"

"你放心，一切有我担待！姐姐也有一事求你，你若真找到了苏子瞻，务必请他或王相公来找我，我们商量一下怎么才能找到耶律浚，完成当年的约定。"

第二天，琼儿就打点了金银细软，又再三拜托茹玉护送朝云到杭州去，朝云千恩万谢而去。

第十五节

　　时光匆匆，半年后，终于有喜讯传来，朝云到达杭州后，经人介绍邂逅了苏轼，两人仿佛前生有缘，一见面便电光石火，苏轼向来不喜女色，却被朝云吸引，经与夫人闰之商量，朝云正式进入苏家，先以侍儿的身份侍奉苏轼。朝云见到苏轼，自然向他提起了琼儿的事。苏轼因为公务繁忙，无法脱身，便修书一封给在东京汴梁的王巩，请他赶紧去花满楼找琼儿。

　　花满楼的日子是闲适慵懒的，闲暇时，琼儿最爱轻抚琵琶，唱苏子瞻的一阕《望江南·超然台作》——"春未老，风细柳斜斜。试上超然台上看，半壕春水一城花。烟雨暗千家。寒食后，酒醒却咨嗟。休对故人思故国，且将新火试新茶。诗酒趁年华。"

　　作这首词时，苏轼已经由杭州移守密州，他下令修葺城北旧台，取名为超然台，取《老子》"虽有荣观，燕处超然"之义。苏轼在登上超然台，眺望春色烟雨时，写下了此词。琼儿非常爱这首词，千愁万绪，全在词里了，而末尾一句"诗酒趁年华"更是让琼儿咀嚼再三、芳香满口。

书信很慢，一日，琼儿午睡刚起，小丫头来报，说有一位王相公求见。琼儿本来懒懒的不想见，但小丫头说，那位王相公风流俊雅、一派名士派头，而且说与姑娘是故交，琼儿猛然想起，不会是王巩王定国来了吧？她一直盼望的就是苏轼和王巩啊！

花满楼坐落在东京汴梁的主干道御街上，从宣德楼一直通向南面外城，宽两百多步，有砖石镶嵌的御沟，沟里河水充盈，种满睡莲、荷花，煞是好看。微风吹过，荷花婷婷，似满面娇羞的美人，琼儿爱极了御沟的景色，没事时常去御沟走一走，看到春色宜人，总是不由自主惦念起远在大辽的耶律浚，也不知他如今过得怎样了？音书不通、消息全无，真个是愁煞人啊！

御沟岸边还种植了桃、李、梨、杏多种果树，春天不同的花错杂开放，一片锦绣繁华。每年春色遍布郊野的时候，路上便行人如织，仕女们的车轮缓缓轧过草地，马儿欢快地长嘶。举目四望，秋千上是仕女的欢笑，草地上是男儿蹴鞠的英姿。琼儿看到这一切，常常忍不住手痒，想把这一切画下来。

琼儿的闺房布置得雅致富丽，又书香气十足，不同于一般的女子香闺，除了一般的绣床、小姐椅、脸盆架、梳妆台、绣墩、古筝架、画案等，最显眼的是四面墙有三面墙挂着郭熙的巨幅山水画《早春图》，案上摆着烧香、点茶、插花、品茗的精美器具。近日柔奴身体愈加不好，虽然请了最好的大夫，用了最好的药，连每日的膳食都是琼儿亲自调配、亲自送过去的，可是柔奴的伤却丝毫不见好，惹得琼儿烦心不已。

正愁眉不展时，门外响起一阵朗声大笑："果然是你！西夏天女！"

琼儿抬头一看，可不就是那个在黄河之滨有过一面之缘的王巩嘛。王巩朗声笑着走进来："自咱们黄河一别，已有一载，我和子瞻遍寻公主下落不见啊！我着实心焦啊，前几日接到子瞻的信，才知道你已经到了花满楼！早就听说东京的新任花魁是一位异族美人儿，美若天女，我就想不会是你吧，又一想，不对啊，你应该在种将军处啊，可是种将军一直杳无音信，一打听，他去平定羌人之乱去了。我和苏兄一直想管他要人去呢！这不，接到信我就慌忙赶来了，果然找到你了！"

王巩一口气说了这么多，仿佛把这一年憋在肚子里的话全说了。琼儿这一年在大宋，少不得打听苏轼、王巩、种师道等人的消息，王巩的诗画人品居然风评很高。他本是大宋名相王旦的孙子，文采斐然、敏捷多思，琼儿因此也对他高看一眼，当下连忙热情招呼，唤小丫头沏上新茶，再拿来清风楼的点心做茶点，两人说说笑笑，很有点旧友重逢的意思。

王巩瞥她一眼，见琼儿午睡刚起，懒得梳妆，只随便挽了个髻儿，鬓间斜插一朵芍药，穿了件素色的绿襟上衣及藕色长裙，本来这样的打扮再平常不过，但奈何琼儿天生肌肤雪白、乌发如云，唇不点而红，眉不描而翠，尤其一双顾盼生辉的大眼睛，自是楚楚动人，所以，不用怎么打扮便别具风情。王巩由衷赞道："你这西夏公主，穿我们汉服，还是挺好看的。"

"什么西夏公主！"琼儿做了个"嘘"的动作，"在这里千万别提，否则不知多少人会有麻烦呢！再说，西夏公主那也是过去的事了，落魄至此，还谈什么公主不公主的，不过说实话，这里可比西夏王宫舒服多了。"

琼儿沏上一杯茶，跟王巩细细地说了被劫之后的遭遇，重点说了柔奴的事，说自己千方百计找苏轼和王巩的不容易，以及灵瑶下落不明，她都不知该如何跟慢咩将军夫人交代！她最惦记的还是耶律浚，现在不知道耶律浚近况如何？怎样找到他？

第十六节

王巩耐心地听琼儿讲完，笑道："不知种将军还有这种过失，公主若是怨，只管怨他，连扮个响马都扮不好。"

"种将军也没干过这种事嘛，怪不得他。我最担心耶律浚回辽之后怎么交差，他父皇会不会责罚他？"琼儿不无担忧地说，眉头眼梢全是牵挂。

王巩看了琼儿焦急的模样，心中暗暗醋意奔腾，转而想到辽宫的变故，不由得脱口而出："你还不知道吧？那大辽皇太子惹上大麻烦了！"于是，就一五一十把萧观音如何被耶律乙辛陷害、怎样被耶律洪基赐死、耶律浚如何痛不欲生都给琼儿说了。琼儿越听，眉头锁得越紧，最后忍不住大喝一声："不好！耶律浚有难！"

王巩兀地听琼儿这一声大喝，也吓了一跳，立刻不说话了，半晌才问："耶律浚怎会有难？你……如何得知？"

琼儿直视王巩："耶律乙辛杀了萧皇后，如果有一日耶律浚登基称帝，会怎样？"

"那自然是杀了耶律乙辛，为母亲报仇了。"

"既是这样，耶律乙辛必然知道，那他为何敢冒杀头之险杀掉萧皇后？"

"这……"王巩一时语塞。

"他必定有充分的自信和全套计划能除掉耶律浚，才敢冒天下之大不韪先杀掉萧皇后。换言之，杀掉萧皇后，只是他除掉耶律浚的第一步！"

王巩已经听得目瞪口呆，也为琼儿的聪颖果敢和分析能力暗暗折服，就见琼儿站起身，开始在房间焦躁地来回踱步。

踱了几个来回，琼儿忽然站住脚，回过头来坚定地说："我要去大辽，我要去救耶律浚！"

王巩吓了一跳："那儿此刻很危险呀！而且万一被人指认出你是逃婚的西夏公主该怎么办啊？"

琼儿眼神坚毅："我偏偏要去耶律乙辛府。"

"啊？"王巩大惊失色，"你不是送死吗？耶律乙辛可是个不择手段的阴险小人！连大辽皇后都惨死在他手上，你不是白白去送死吗！"

"越危险的地方，越是安全。再说，我要暗中保护耶律浚，只有在耶律乙辛府上，我才能知道他们对付耶律浚有什么计划以及他们准备怎样下手！"

王巩心里此刻的钦佩又多了几分。这个只有十六岁的小女子，不仅貌美，还有勇有谋，倒让他这个七尺男儿汗颜了，想想活了这二十几年，也就是读书、写字上有些才干，要论胆识、魄力、谋略，自己比琼儿真是差远了呢，当下在心里对她的爱慕也增加了几分。

"干相公，琼儿需要你的帮助。"

"请讲！"

"我准备几天，即刻便动身，我需要您帮我打听灵瑶的下落，灵瑶曾拜高师学艺，身手不凡，可助我一臂之力。她爹爹慢咩将军在西夏有许多身怀绝技的死士，到时也可为我所用。如若我没法阻止耶律乙辛暗杀耶律浚，我会考虑让他暂时到大宋避难，到时还要请你和苏兄多施援手，知会贵国皇帝贵胄。"

第十七节

王巩听了琼儿的计划不住点头，抱拳道："定国自当竭尽全力、不负所托！"

两人正商量着，突然小丫头慌里慌张跑了来："不好了！不好了！柔奴姑娘不好了！"

琼儿心中闪过一丝不祥之感，她慌忙赶到柔奴的住处，那是后院洗衣房旁边的一间小房，陈设简洁、光线昏暗。柔奴身上盖着厚厚的被子，面无血色地躺在床上，看上去枯瘦如柴，像一具骷髅似的，比起和琼儿初见时那个活泼丰满的少女已经判若两人。

琼儿见到柔奴，眼见她瘦小的身躯在被子下，恍然有离世的光景，泪水不可抑制地奔流而下："柔儿、柔儿！"她唤着柔奴的小名，"姐姐来看你了！你坚持住啊！"

又转头问她身边一个伺候的年老嬷嬷："李妈妈，柔儿她，不是昨天还吃下了一碗饭吗？"

"是啊，柔奴姑娘昨天精神好多了呢！如今……看来，像是回光返照……"

"不许胡说！"琼儿厉声说。妈妈嗫声，默默地走出门去。琼儿紧紧攥住柔奴的手，轻声呼唤着她。柔奴艰难地睁开眼睛："姐……姐，我……快……不行了。"

"别胡说！"琼儿顾不得擦脸上滚滚落下的泪，"你会好起来的。"

"姐……姐，你别哄我了，你……忘了，我是学医的。"柔奴气力不足，断断续续地说，边说边艰难地指指自己的胸前，"姐……姐，我爹那天出家门去宫里……前，曾交……给我……一封……信，让我……严加……保管，说……如果……他……遇难，这……便是……证据，能找出……杀他的……仇人，为……他……报仇。"话没说完，便剧烈地咳嗽起来，直咳得身子乱晃，咳出一口鲜红的血来，"可……惜……我不……中用了，为我们……一家人……报仇，只能……拜托……姐姐……了。"

琼儿从她贴身胸衣里掏出两张皱巴巴的纸，借着昏暗的光线，只见一张纸上写着："熙宁二年三月二十日亥时，褒王赵伸暴死，药汤经李贵妃娘娘宫人手，臣太医局宇文璟察觉有误，经密检药渣有砒霜残留……"下张纸则包着一块暗黑的药渣，看着已有些年月。琼儿瞬间明白了宇文璟为何无缘无故被下狱并冤死狱中，为何柔奴母亲惨死，家中被翻得乱七八糟，为何柔奴被追杀等等。

这死去的赵伸是当今皇帝赵顼第四子，前段时间突然暴病而亡，民间多有议论，深受赵顼宠爱的李贵妃、雍王赵颢、魏王赵頵、向皇后等都成了嫌疑人，因为向皇后、李贵妃都没有儿子，而赵颢和赵頵都是赵顼同母弟弟，同为高太后高滔滔所生，而高滔滔最钟爱的儿子并不是当今皇帝赵顼，而是赵颢。赵颢一直长到很大了，还养在高太后身边，不舍得他去外面建府居住，因此这赵颢便有些恃宠而骄，再加上大宋自太祖起便有兄终弟及的传统，赵颢在朝堂也威信颇高、党羽众多，赵颢有夺嫡的想法也不奇怪。民间有这样的议论也很自然，但是虽然非议众多，苦于没有证据，最后也不了了之了。

但琼儿眼下看到这封血书，心里却登时明白了，看来李贵妃他们确实牵扯其中。说起这李贵妃，民间都传说她心机深重、八面玲珑，再兼她长得面白唇红、柳眉杏眼，纵使不爱女色的皇帝赵顼，当日在皇家中秋宴会上也是一眼便爱上了轻歌曼舞的她，那一年她娉娉婷婷，正是十二三岁的豆蔻年华。

她迅速得到专宠。赵顼是励精图治的年轻皇帝，他的心思不在后宫，只在前朝。他和自己赏识的王安石推行变法，"奋然将雪数世之耻"，富国强兵，革除时弊。她见他夜夜挑灯发奋，便为他精心熬制各种滋补汤水，陪他至深夜，红袖添香；他感念她的贴心与周到，对她，自然比对别人多了几分情愫。几年间，她数度怀孕，生育四胎，可惜都是公主，眼看着不如自己受宠的林婕妤、武才人、朱婕妤等接连生下了儿子而要擢升为妃，李贵妃比谁都更觉得自己的地位岌岌可危，向皇后虽然无子，可人家出身名门、贵为皇后，哪个皇子生下来，她都是嫡母，而她呢，只是个贵妃而已。后宫是个异常残酷的地方，佳丽众多、钩心斗角，自古君恩似流水，色衰而爱弛，李贵妃每每思及此，都觉得寝食难安，渐渐患了失眠的毛病。

当今皇帝赵顼的十四个儿子中夭亡者众多，有的出生即死，有的养到十几岁还暴病而亡，有的，则连出生的机会都没有。后宫的孩子不容易生养，这是大家都知道的。仁慈伟大的仁宗皇帝，临死前居然一个儿子都没有，不能不说和他宠爱的张贵妃以及同样无子的曹皇后有些干系。最后仁宗实在没办法，只能让自己的侄子继了位，那便是当今皇帝赵顼的父亲宋英宗赵曙。但在仁宗的葬礼上，英宗赵曙居然称病不出，若是亲生儿子怎会如此？这不能不说是仁宗的悲哀。

琼儿猜测，残害皇嗣，无论如何是绕不过太医局的，大约身为太医局院长的宇文璟不肯同谋，所以惨遭杀害。杀人者大约也知道宇文璟会留有证据，所以才不惜一切代价四处翻找。想到这些，琼儿顿时明白了一切，眼看柔奴的呼吸渐渐急促不匀，瞳孔亦渐渐放大，柔奴犹自死死抓住她的手：

"姐……姐……替我……报……仇。"琼儿知道她如不答应，柔奴必死不瞑目，于是坚定地点点头："妹妹放心！姐姐一定为你报这个仇，为宇文璟大人沉冤昭雪，否则，让琼儿死无葬身之地！"柔奴得到这最后的承诺，摸索着从枕头底下掏出一本书，随即手一撒，便气绝身亡了！

第十八节

琼儿放声大哭。只见柔奴的眼睛还睁得大大的，琼儿含泪为她合上双目。待看那书，原来是宇文家家传医书，想到宇文璟一生刚直不阿、医术精湛，到他这一代却惨遭灭门，再无子嗣，泪水已淌了一脸。

天色已完全暗了下来，东京汴梁的灯笼次第亮了起来，喧嚣依然，柔奴的离去无声无息，只有琼儿一人默默流泪。这灯光璀璨的花满楼后院里，柔奴小小的尸体躺在床上，看起来如此瘦弱，如此单薄。琼儿满怀凄凉，回想起一年多前与柔奴初识时，她还是那么活泼可爱、天真烂漫。琼儿与她义结金兰、姐妹相称时，她满脸开心的笑容、她浅浅的梨涡、淡淡的雀斑和娇憨的语气犹在眼前。自己身患腰伤时，幸得柔奴精心照顾，柔奴对她，有救命之恩啊！又忆起柔奴馋猫似的只想吃她娘亲手包的包子，可如今，竟然已芳魂悠悠，与她生死永隔！想到伤心处，琼儿泪水又流了一脸，人的生命如此脆弱，柔奴的猝死、耶律浚的遭遇，让琼儿顿觉心力交瘁。

东京汴梁的生活总是如此繁华热闹、活色生香。花满楼旁，商铺酒店一家挨着一家，几乎家家都有文人画、山水画做装饰，银质闪光的餐具已很多见，东京汴梁百姓随时可品尝到应季果蔬、南北美食，夜市直至三更方尽，才五更又复开张，有的地方甚至通宵达旦；最热闹的去处，是汴梁城里的勾栏瓦肆，说书唱戏、傀儡杂技样样俱全，每天的看客满满的，即便风雨交加，也阻挡不了人们的热情。

因为擅长"小唱"，琼儿此前频频被邀请去瓦舍演出。瓦舍里一般都是以演出为生的职业艺人，技艺自然不俗。"小唱"需要的伴奏乐器不多，音乐也比较清雅，主要靠演唱者声音的柔软清和来展现起承转合。"小唱"是琼儿来到花满楼后跟紫玉学的，紫玉说她的声音最善表现小唱的细腻婉约。琼儿出师之后，果然青出于蓝而胜于蓝，每逢她在瓦舍演出，必是场场爆满，更有一些听闻"点酥娘"艳名的纨绔子弟，在台下准备上好时鲜的食品、饮料争相献与她，每次演出都惹得观众喝彩声不绝。

一日，琼儿受邀去驸马都尉王诜府上。驸马王诜刚刚娶了英宗女儿蜀国公主不过五年时间，夫妻俩正是浓情蜜意，正值蜀国公主二十五岁芳诞，王诜大摆宴席为公主庆生，请了一帮歌女舞姬前来助兴，琼儿因为是新晋花魁，又擅长小唱，自然也在受邀之列。琼儿本不想去，但听说这王诜跟苏轼交好，两人同样有诗才、性格率真、放纵不羁，所以彼此欣赏。万一在宴席上遇到苏轼岂不好了？朝云来信说，苏轼近期可能要回东京一趟。

本来这样的好差事紫玉也想去，可是自从琼儿当选花魁后，所有重要场合王妈妈都是派琼儿去，一来可以打打花满楼的名声，二来可以多收许多银子，何乐而不为？紫玉不知不觉受到了冷落，心里不由得生出了些怨恨。

去驸马府之前琼儿就了解到，王诜与苏轼连写词都风格相近。苏轼的《蝶恋花》写"枝上柳绵吹又少，天涯何处无芳草"，王诜的《蝶恋花》就写"万恨千愁人自老，春来依旧生芳草"；苏轼说"花褪残红青杏小"，王诜就说"嫩荷无数青钿小"。琼儿就琢磨怎样把两首《蝶恋花》一起谱曲弹唱。

驸马府自然装潢得富贵堂皇，尽显皇家气派。宴席上菜肴精致、器具精美，连里面的仆人也衣着光鲜、气度不凡。琼儿见中堂挂一幅气韵生动、意境高远的山水画，不禁驻足细细观摩，原来这竟是王诜亲笔所画《烟江叠嶂图》，此画开卷烟波浩渺，后段则奇嶂叠起，笔墨细润，青绿设色非常典雅。重峦叠嶂陡起于烟雾弥漫、浩渺空旷的大江之上，空灵的江面和雄伟的山峦形成巧妙的虚实对比。奇峰耸秀，溪瀑争流，云气吞吐，草木丰茂，显得蓬勃而富有生气。背面是苏轼行书诗并题跋及王诜唱和诗二章并题跋，可谓诗、书、画三绝，琼儿一时看得入迷，心中暗暗研磨这画法，对苏轼及王诜的才华多了丝敬重。

宴开后，琼儿一袭红衣，手抚琵琶，唱起王诜的《忆故人》：

> 烛影摇红，向夜阑，乍酒醒、心情懒。
> 尊前谁为唱《阳关》，离恨天涯远。
> 无奈云沉雨散。
> 凭阑干、东风泪眼。
> 海棠开后，燕子来时，黄昏庭院。

一曲终了，叫好声不断，琼儿略顿了顿，接下来要唱的曲子是《蝶恋花》。这首词糅合了苏轼与王诜的词风，二人词风相近，所以二人才引为知音。琼儿歌喉婉转，开口唱道：

> 小雨初晴回晚照。
> 金翠楼台，倒影芙蓉沼。
> 杨柳垂垂风袅袅。
> 嫩荷无数青钿小。
> 花褪残红青杏小。
> 燕子飞时，绿水人家绕。

枝上柳绵吹又少，天涯何处无芳草！

歌喉清丽、余音袅袅，让人回味无穷。歌罢，一个公子带头鼓掌叫好，还敬了琼儿一杯酒。那公子眉目俊朗，身上有浓浓的书卷气，打听一下，竟是秦观，琼儿知道，秦观与苏轼交好，是苏门四学士之一。苏轼被贬徐州，秦观得知后前往拜访，并在无锡、会稽等地与苏轼交游契阔，结下了深厚情谊。苏轼认为秦观有屈原、宋玉的才能，劝他读书并参加科举考试。尽管秦观考试两次均未中，但在苏轼的鼓励下，秦观再次参加考试并成功考中进士，在苏轼的介绍下现已成为太学博士。眼下，正是秦博士春风得意之时，因此秦观对苏轼既有敬仰之情，又有感恩之心，他曾在《别子瞻》一诗中向苏轼表白"我独不愿万户侯，惟愿一识苏徐州"，一时传为佳话。

第十九节

一曲歌完，琼儿下去稍事休息。她假装欣赏画作，在走廊处停留，实则等秦观出来，秦观出来出恭后，琼儿微微欠身施礼："见过秦博士。"

秦观连忙拱手还礼。

"琼儿与苏大学士是故交，敢问大学士此番怎么没来？"

"哦？"秦观倒是很感意外，"姑娘居然认识苏大学士？"

"对，机缘凑巧而已。"

秦观又细细打量了琼儿一番："恩师已改任徐州，因公事繁忙，未及回京，不知姑娘有何事找他？"

琼儿一听，顿觉失望。苏轼不知何时才能回到汴梁，上次虽与王巩见过面了，王巩也正在想法找到灵瑶，这段时间却音信全无，不知事情办得如何了。见到苏轼可与他再商议，苏轼的点子总是那么多。于是连忙追问："近日可见过王巩王相公？"

"哦，你说的是定国兄啊!"秦观朗声大笑，"他去徐州找恩师了!恩师约了王相公很多次，请他重九到徐州去会晤，恩师作诗催他说:'我虽作郡古云乐，山川信美飞吾庐。愿君不废重九约，念此衰冷勤呵嘘。'可见盼之殷切啊!"

"那王相公为何不早去?"

"你有所不知啊，定国兄为人好为夸诞的议论，两三年前赵世驹谋反不轨案牵扯到了定国兄，他被迫挂冠停职，前段时间着实烦恼。恩师记挂他，怕他心情郁闷，特邀他到徐州一游，散散心，今年约在重九会于黄楼!"秦观说着挠挠头，"其实我也想去，就是刚做了这太学博士走不开。"

"说不定借机去找苏轼商量我要赴辽之事，听听苏子瞻的意见也好。"琼儿暗想，"赴辽之前一定要准备好，否则恐怕有失。"想着想着，忍不住脱口而出:"不知这王相公何时回京呢?"

"约莫得十多天吧。"秦观思忖着说，"重阳节当天，恩师在新落成的黄楼上举行盛大酒会，为王相公接风。据说宾客成群，红粉成堆，衣香鬓影之间，笙歌不断，笑语声喧。恩师和王相公必然喝得酩酊大醉，想想就令人羡慕!"

听着秦观的描述，琼儿不禁脑补了那些热闹画面，想到月下行舟、笛声悠扬，的确令人心生向往。秦观又笑着说:"听说徐州有三位佳人，日夜陪着王相公。恩师公务繁忙，没有空啊，定国和颜复就带了马盼盼、张英英和卿卿三位丽人，划着小船往游泗水。北上圣女山，南下百步洪，吹笛饮酒，玩到夜半时分才归。恩师置酒黄楼，等着他们回来享受美酒佳肴。恩师身穿羽衣，在黄楼上往下看，只见天边一弯孤月，小舟冉冉而来，月照水上，笛声响彻山谷。小舟渐渐行进，隐隐可见，舟上两人各拥丽人，相视而笑。恩师慨叹说，自李太白死，世间无此乐事，已三百余年！"

秦观的描述绘声绘色，仿佛置身其中，琼儿不禁心旌摇荡，眼前出现了踏月而行、吹笛扬波的画面，那是何等的浪漫有趣！又听到王巩与三个美女相视而笑，心中暗想：不过一个风流放浪之徒！但就是转瞬间，琼儿思绪又回到耶律浚身上，大辽离这儿千山万水，要怎么样才能尽快赶到爱人身边？如何保护耶律浚免遭毒手？需准备多少盘缠及人马？

宴饮欢乐间，琼儿的心早已飞越这繁华绮丽的大宋，飞到爱人耶律浚身边。他彪悍的辽东大汉的气息，如春风般吹拂着她，竟使这高谈阔论的名士风流失去了魅力。

第二十节

东京汴梁已是春意乍现，杨柳嫩枝一天绿似一天。汴梁人纷纷出去踏春赏花，有卖花人用马头竹篮依次铺排，售卖牡丹、芍药、棣棠、木香等各种名花，看上去美丽异常、花香扑鼻，琼儿就令小丫头多多买来，插在房间里的各式梅瓶里细细欣赏。

浴佛节后，东京汴梁的七十二家酒楼开始出售新鲜的青梅煮酒，这是汴梁百姓的风俗，几乎人人都要品尝新鲜的青杏和刚采的樱桃。春天就这样轰轰烈烈地拉开了序幕。

这段时间，琼儿已经做好了赴辽的各项准备。她请王巩帮她打听到耶律乙辛府的情况，包括府中有多少人、耶律乙辛夫人的爱好及身体情况，又多方打听灵瑶的下落，不几日，种师道托人千里传来消息，没想到灵瑶在军中，已立下战功，不几日便班师回朝了。先前琼儿已为柔奴选了块风水宝地，亲手将柔奴和母亲葬在一起，这次赴辽之前，琼儿特意赶到墓前为柔奴烧了纸，拜了拜："柔奴，姐姐要去大辽了，过段时间再来看你，你好好睡吧。"

王巩扶琼儿下山，此时夜风习习，天空阴郁暗沉，似一口大锅，压得人喘不过气来。想起将要到来的暗沉沉的命运，琼儿不禁深深吸了口气。

种家军的平羌之战中，灵瑶进献了西夏特有的连珠强弩，这种弩攻防能力极强。种家军与羌人作战先后达一百八十次，斩杀近四万人，最终平定西羌，击灭东羌，得胜而归，这种连珠强弩可谓功不可没。

皇帝赵顼大喜，下令重重有赏。种家军凯旋回朝，种师道计划护送灵瑶回西夏，经过东京汴梁时可与琼儿、王巩见上一面。琼儿听说后大喜，约定几人在汴梁城最著名的大酒楼——白矾楼相见。

白矾楼是东京汴梁最气派、最豪华的酒楼。它由五座高楼高耸相对，各楼之间有飞桥与栏杆相连，每个包间都是珍珠门帘、锦绣门楣，在耀眼的灯烛下闪耀晃动。门口是黄金装饰的大门，进店后是一条一百多步的主廊，主廊墙壁上挂着当今的名画，每个包间都装修得金玉满堂，摆满了各式花、竹、盆景等。曾有多人歌咏过白矾楼之繁华："梁园歌舞足风流，美酒如刀解断愁。忆得少年多乐事，夜深灯火上矾楼。"

此时正是用膳时分，白矾楼热闹非凡、菜香四溢，跑堂小二左手拿三碗，右臂从手到肩膀叠驮二十多个碗碟，跑上跑下，忙得脚底生风。所有的碗碟酒具都是银质的，水果蔬菜也都是时鲜精品，餐具中还有极为罕见的上等的琉璃浅棱碗碟。琼儿一边品着茶，一边不停地望向窗外，和灵瑶转眼一年多时间没见了，甚是想念，不知这个大大咧咧的小丫头在军营中待了这段日子，变成什么样了。

王巩乐呵呵地要做东，还特意给苏轼发了帖子，但苏轼因徐州大水，正奋力抗洪，实在无暇参加。忽听得店外一声响亮的马嘶，两个武将打扮的人翻身下马，其中一个高大威猛将军模样的人正是种师道，他旁边走着的是个英俊洒脱的小将，铠甲外穿了件宽袖短衫，英姿勃勃，瞅着有几分面熟。琼儿正迟疑间，只见那小将一路高喊着"琼儿姐姐！"就扑将过来。琼儿立马认出那正是男扮女装的灵瑶，待要迎上去，忽地意识到灵瑶身着男装，大庭广众之下，一对青年男女抱在一起十分不雅。王巩也意识到这一点，连忙伸手拦住灵瑶，可灵瑶看到他，却没遮没拦地说了句："是你啊，书呆子！"

"什么书呆子！是定国哥哥！"琼儿佯怒道。

"哦，是啦，定国哥哥！"灵瑶挤着鼻子，怪声怪气地叫，一副不知害臊的样子，转过头来又想往琼儿怀里扑，琼儿笑着推开她："这都上过战场的人了，还这么没正经！"

"上战场怎么啦？"灵瑶咋咋呼呼的，"我现在才知道，打仗一点儿也不好玩！当将军是挺威风的，可是死人太多啦！"她夸张地凑近琼儿，低语道："上次我随将军出征，刚交战几个回合，突然咔嚓一下，飞来一段手臂，又一会儿，嗖，飞过来一颗血淋淋的人头！哎呀吓死我啦！一点儿也不好玩！"

"瞧这疯丫头！"琼儿看着她没心没肺的样子，心里感叹她的简单明媚。这种性格的人倒也好，至少活得轻松些。几个人好不容易坐下来，精美的菜肴一盘盘端上桌来，灵瑶不断地大呼好吃，馋嘴猫儿似的。琼儿看着她的吃相，不由得想起刚刚死去的柔奴，心里恻然，于是低低地把与柔奴怎么结识、怎么随柔奴回到东京汴梁、柔奴如何遭人追杀受伤、两人如何躲进行院、她如何当选花魁、柔奴如何伤病不愈去世等事情简单地说了一遍。末了琼儿起身向种师道、灵瑶深深施了一礼，种师道和灵瑶吃了一惊，种师道忙伸手扶住琼儿："公主为何行此大礼？"

"种将军、灵儿，琼儿有事相求，所以先行个礼！""姐姐有事但说就行，何必这么生分？"灵瑶啃着一根鸽子腿口齿不清地嚷嚷着。"此事非同小可，所以非行此礼不可。耶律浚在大辽有难，我必须前去帮他，但琼儿一人能力有限，还请种将军和灵儿为琼儿助力！"

"哦？"种师道尚不知道耶律浚母亲被害之事，琼儿遂又把大辽国近期发生的事儿讲了一遍，尤其讲了萧观音被设计杀害一事，并说出自己的担忧。她说这些的时候，王巩一直静静地看着她，那眼神既有佩服，又有担忧，还有些不舍。

种师道皱着眉头听她讲着，还未开口，灵瑶早把筷子重重地摔在桌上："虽然我不怎么喜欢那个大辽皇太子，但我知道那是我琼儿姐姐心尖上的人，如今他有难，我岂能坐视不管？姐姐说怎么办，灵儿全都答应！"

琼儿又深深施了一礼："此番赴辽，生死未卜，但琼儿已下定决心，不可更改。我已探知耶律乙辛阴险毒辣、党羽甚多，他手下还有四大护卫，武艺高强，我想请种将军或慢咩将军替我觅得两名江湖高手，再为我寻几只训练有素的信鸽传递消息，以后还有想不到的事情少不得麻烦种将军，灵儿妹妹也少不得跟我跑一趟，只是慢咩将军那儿你须得先修一封家书报平安，否则将军要急死了。"琼儿一口气说完，两人频频点头，种世道说："家书是早就修了。"王巩在一旁急着说："还有我呢，琼儿妹妹，我能替你做什么！""你个书呆子，你能干什么？"灵瑶口无遮拦地嗔怪道。"谁说我是书呆子！我可以出钱、出力啊！反正只要是我琼儿妹妹的事，就是我的事！"

琼儿又施一礼，一字一句地说："还有，从今天开始，你们都不能再叫我李琼儿，我是 —— 大宋御医之女宇文柔奴。"

大家初一听，都怔住了，再仔细一想，是啊，若赴大辽，当然不能以琼儿之名，宇文柔奴或许是最说得过去的身份。琼儿 —— 现在应该叫柔奴 —— 说："耶律乙辛生性多疑，若平白编造一个身份，他必定疑心。柔奴刚死，除了茹玉，别人皆不知，我已嘱咐过他，不许对外传递消息。我与柔奴妹妹虽样貌不太像，但年岁相当，又有宇文家家传医书，或能哄得过那老贼。"

当下几个人又细细商量一番，诸事议停，又喝了好些酒，方才散去。灵瑶换上女儿装束，当下随琼儿到王巩家一处别院歇息，未敢再回花满楼。花满楼的头牌 —— 花魁"点酥娘"一夜之间神秘失踪，惹得王妈妈好生恼怒，待要去问罪茹玉，奈何茹玉只推说不知，撇得一干二净，又想她来历也着实可疑，恐有些未可知的背景，无奈只好作罢，心里却暗恨失去一棵摇钱树，一气之下，竟郁郁地病倒了。

第二十一节

　　这天是柔奴和灵瑶出发去契丹的日子。王巩前来送行，带来十锭银子："定国位卑俸薄，数年积累这些银两，不能一路上护妹妹周全，这些银两，可让妹妹行事方便些。"柔奴接过银子，心里一暖，却又不知说什么好。王巩送了两人一程又一程，恋恋不舍。及至都送到河北地界了，这才依依惜别。

　　两个少女继续赶路，因两人均姿容出众，为免麻烦，均换了男装，骑马并行。琼儿特意把白嫩的脸蛋抹黑，灵瑶依然一副假小子模样。王巩离去后，灵瑶即拍马跟上琼儿，似积累了一肚子的话要对琼儿说："我看那个书呆子，着实对姐姐好得不得了呢。"

　　琼儿叹口气："我何尝不知道他的心意！只是我一心只有耶律浚，再也容不下别人！"

　　"那书呆子也知道你心里没有他，为何还对你如此好？他是不是傻？"灵瑶哧哧笑着。

琼儿也扑哧一笑："大约他前生欠我的吧！有人就是这样，明知道对方心里没他，还白白地对人家好！这就是上辈子的情缘，这辈子来还。"说着白了灵瑶一眼："我看种将军就是如此！"说完又看着她笑。

任凭灵瑶再怎么迟钝，也明白琼儿的意思了，赶紧抢白一句："姐姐是说种大叔吗？姐姐想哪儿去了！他对灵儿好，是因为灵儿为他立过军功！"

"哟，这就大叔了？人家才大你几岁？"

"我才十五，他都二十多了，可不是大叔吗？"灵瑶嘟囔着。

"你敢说你对种将军真的不动心？"琼儿刮刮她的小鼻子。

灵瑶不吭声，兀地涨红了脸："还……真的……有一点点，不见他，就会想他。琼……琼儿姐姐……"

"叫我柔奴姐姐！"琼儿正色道。灵瑶吐了吐舌头："这名字还真的有点不习惯！柔奴姐姐，灵儿想知道，女孩子长大后，是不是都会爱上一个男人？"

"嗯。"琼儿点点头，"女孩子长大后，都会莫名其妙爱上一个人，甘愿为他生、为他死，为他付出一切也在所不惜。以前我不理解我娘，觉得她好傻，她也曾爱上过一个大宋将军，但她和那个将军，只相处了短短三天，我娘却用她一辈子去爱他、惦念他，我觉得我娘真的不值，兴许那个将军什么都不知道呢！自从遇到耶律浚，我才渐渐明白，女人犯了傻，是不可救药的。"

"啊？"灵瑶惊讶地大叫，"百花娘娘原来有这样的心病……怪不得我从未见她笑过！"

"我娘这一辈子活得不开心，我就比我娘勇敢得多，她爱了那个人一辈子人家却不知道，我偏要和我爱的人在一起，轰轰烈烈爱一辈子！"

"琼……柔奴姐姐，你真厉害！"灵瑶向往地说，"你是个勇敢的女子，敢爱敢恨！可是我……和种将军，我们是敌对双方，种家军和我爹爹在沙场上……是你死我活的关系，我们之间……不可能的。"

"灵儿，"琼儿认真地看向灵瑶，"如果你真的爱一个人，就没有什么不可能的，姐姐只想问你一句，你真的喜欢种将军吗？"

灵瑶脸又微微一红，不吭声，却用力地点点头。

"我看种将军的样子，对你也是用情颇深，只是，恐怕他也有和你一样的顾虑。眼下，大宋和大夏局势紧张，尤其是父王死后，梁落瑶大力伐宋，视宋军为仇敌。所以我担心慢咩将军知道了，也绝不会答应，这事还要徐徐图之。"

灵瑶点点头，脸上浮现出忧虑之色。琼儿安慰她："不过灵儿放心，有姐姐在，自会替你谋划。"怔怔想了片刻，又转身嘱咐灵瑶，"待到了契丹上京，我会将你安排在太子府附近，这样，你我之间彼此还有个照拂。我们先找到耶律浚，和他沟通一下我们的计划，随后我想方设法在耶律乙辛府安顿下来。"

灵瑶点点头，两人一路快马扬鞭。待来到上京，已匆匆一月有余。一踏上契丹的国土，眼前所见陡然开阔，放眼望去，土地辽阔，天地相接，河流宽广，水草丰茂，与和风细雨、流水潺潺的江南相比，别有一番壮美景色。两个见惯了大漠孤烟和江南烟雨的小女子，见到这样辽阔壮美的景色倒是欢呼雀跃。

当下两人一路打听着来到了太子府跟前，只见太子府大门紧闭，门口有两名护卫把守。想到马上就能与爱郎相见，一慰多日相思之苦，柔奴内心还是颇激动的。

柔奴帮灵瑶找到一家客栈，和太子府正好斜对角，从这里可以观察到太子府门口进进出出的人，到客栈房顶还可以俯瞰到太子府二进院的情况。两人约定，每隔两天酉时，柔奴与灵瑶便于客栈相见，互相通报情况，若有紧急事情，一则通过信鸽传递消息，再则种师道派的两名高手即将抵辽，可机动安排。

第二十二节

安置好灵瑶，琼儿密切注意太子府的动静，亏得王巩给的那些银两，否则这租房的费用都不够。只观察了一天的时间，琼儿便发现太子府门前总有三三两两奇怪的人在监视，耶律浚居然两天没有出府，直到两天后的下午，才看到耶律浚的身影。仅仅一年多未见，初见时那个丰神俊逸的翩翩佳公子已显得有几分沧桑落拓，琼儿知道母亲去世对他打击实在太大，可他不知道，更大的打击和风暴也许还在后面。

耶律浚出府，琼儿并没有急着跟上去，她知道背后有几双眼睛在盯着她。她本来一身男装打扮，又兼贴了两撇小胡子，一眼看上去倒有点儿像做生意的商贾，待走了两条街，她悄悄上前，拍了拍耶律浚的背，耶律浚一回头，琼儿已把胡子扯下，耶律浚瞪大眼睛，眼里既有惊又有喜，还闪烁着晶莹的泪花。琼儿示意他不要出声，两人闪身到一个偏僻的角落，看看四下无人，耶律浚轻叫："琼儿!"两人紧紧拥抱，琼儿泪水恣肆。

"母后的事，我已知晓。现在还不是伤心的时候。"琼儿擦干泪，以尽量平静的腔调说，"耶律浚，你要打起精神，因为接下来你的处境会更艰难。"于是琼儿细细地把她的顾虑和打算说了一遍，耶律浚听了不断地叹气。琼儿紧紧握住他的手："耶律浚，切不可意志消沉，你心意若不坚定，将必败无疑！"

琼儿深知耶律浚生来富贵，从出生便被立为太子，深受周围人的呵护与宠爱，从没有经历过人生的痛苦与磨难，这次母亲被奸臣所害，是他人生遇到的最大的坎坷与痛楚，一旦心志不坚，便很容易被奸人利用。琼儿最担心的就是这一点。

当琼儿说要化身宇文柔奴潜入耶律乙辛府邸时，耶律浚既感动又担心："此事万万不可！我不想你为我冒这么大的险！"琼儿摇摇头："耶律浚，我意已决，不可更改！我愿拼尽全力护你周全，这不仅为你，也为我此生不留遗憾。"琼儿又细细嘱咐了耶律浚需要注意之事，特意嘱咐他万不可吃外面的东西，要常去宫里走动，与父王多交流感情，免得中了奸人的离间计。可是耶律浚却皱着眉头说："我最不想见到的就是我父王！他不听家人申辩，却听信小人挑唆，赐死我妈妈，我一见到他就想起我妈妈死时的惨状！我此生，最不能原谅的就是他！"

话还未说完，他的嘴巴已被琼儿的纤纤玉指捂住："你切不可以恨你父王！现在也不是恨他的时候。你父王虽不对，他也是被小人利用，终有一天，他会醒悟，而你，一定要努力活到那一天！你一定要明白，在大辽，谁可以决定你的生死！而如今，耶律乙辛大权在握，党羽众多，你在他面前切不可露出憎恨之意，反而要刻意拉拢，甚至曲意逢迎！我已听说，母后死时你在众人面前曾咬牙切齿说'杀我母亲者，耶律乙辛也'，这话肯定已传入他耳中，现在他处心积虑的就是如何杀你。你可以找机会告诉他事情已经过去了，父王倚重他，你即位之后一样会倚重他，同时做出耽于酒色欢愉之态，让他放松警惕，不再把你当成最大的威胁。否则，他不杀你，恐怕连觉都睡不着。"

虽然耶律浚明白琼儿说的在理，可心头的深仇大恨岂能轻易遮拦？他恨不得吃乙辛的肉、喝乙辛的血，为惨死的母亲报仇，就连那个高高端坐龙椅之上最亲的人，此刻也恨不得永生不与他相见！他虽然答应下来，可眼底眉梢却全是勉强。

小情侣絮絮叨叨说完，又即将面临分离。耶律浚紧紧抱着琼儿，泣不成声："我本来想将你风风光光迎娶进门，立为正妃，可如今，竟连累你千里迢迢，冒险进入仇人之家为奴！是我对不起你！你对我的深情厚谊，只能来生再报了！"一语未了，又被琼儿用手捂住嘴巴："我不许你说这样不吉利的话！你答应我，一定好好活下去！"两人说完话，依依不舍，缠绵不忍分离。

第二十三节

次日中午，日头毒辣，一名风尘仆仆的年轻女子不小心晕倒在耶律乙辛府前。几位护卫请示了耶律夫人，把少女抬入府中。

这乙辛虽然阴险狡诈，行事毒辣，但他夫人却是个宽厚正直之人，平素吃斋念佛、多做善事。当下，几个侍女七手八脚把晕倒的女子抬入内室，耶律夫人指挥众人灌药送汤，好半天，女子才悠悠醒转过来。

女子正是假扮成柔奴的琼儿。耶律夫人询问来历时，柔奴故作害怕状地嘤嘤哭泣，良久却扑通跪在耶律夫人面前，说自己父亲为大宋太医局的御医，后遭人陷害下狱惨死，母亲又被杀，自己为逃避追杀，只得离宋远赴大辽避难。柔奴说得声泪俱下，耶律夫人已听得泪水涟涟。柔奴不失时机跪下请求耶律夫人收留，夫人沉吟一下答应下来："你既已无路可走，我也不能见死不救。你不是懂得医学吗？我身上也有多年顽疾，你若不嫌弃，可做我的贴身侍女，为我慢慢调治身体，若治得好了，自然不缺你的好处！若治不好了，我也不能留你在身边，可帮你寻个妥帖的去处。"柔奴当下答应称谢。她来大辽前便已打探清楚耶律夫人的禀性，对她的病情略知一二，本已做了充分准备，自然心中有数。当下安顿不说。

这耶律乙辛回得府来，一日到夫人处，发现夫人身边多了个陌生的俊俏丫头，吃了一惊，忙追问她的来历，耶律夫人便把那天发生的事一五一十地说了。乙辛本来生性多疑，不免多看了柔奴几眼，但见柔奴神情安然，不慌不乱，当下就想试她一试。于是慢慢喝茶，突然徐声问道："你父亲既是大宋御医，有何凭证呀？"

"我家世代为医，至我父亲这一辈，入宫中为太医院首领，为柔奴留下宇文家家传医书。"说罢找来医书，恭恭敬敬地奉上去，乙辛翻看两页，无语。少顷又问："你父因何获罪？""这个，奴家确实不知。"柔奴边答，眼里蓄满泪花，泪水滚滚而下，"家父生性耿直，或许得罪了什么人吧？若有连累大人的地方，柔奴这就自行离去！""这倒不必！想我大辽与大宋相隔千里，你又在我府上，谁又敢追查到这里呢？应该无虞。只是我看小娘子身为宋人，怎生得倒有几分西域人的相貌？！""回大人，奴家的外祖父母原为西夏人，仁宗时期迁到大宋都城汴梁做生意，在那里生下了奴家的母亲，因此奴家身上倒有一半的西域血统。"柔奴此话倒不假，只不过她这一半的西域血统是来自她的父亲 —— 西夏王李谅祚。任耶律乙辛再怎么狡猾，也万万没想到，此刻站在他面前的是一位如假包换的西夏公主。

乙辛沉吟了一下，"嗯"了一声低语道："仁宗皇帝时期实行收缩退让的外交政策，和西夏、大辽通商通婚倒也很多见，不足为怪。"摆摆手，示意柔奴退下。

其实初看到耶律乙辛时，柔奴直恨得牙根痒痒，就是他，害得自己心上人痛失至亲，害得他颓丧消沉，几乎一蹶不振！这耶律乙辛虽已四十有余，但长得还是挺帅的，可见年轻时也是个美男子，只是他沉默少言，一双眸子深不可测，闪着让人畏惧的寒光，看人时总有些探究的意味，眼神中飘过的光芒暗含毒辣。这可不是一般的敌人，在未来的岁月里，他将是琼儿最强劲的对手。

第二十四节

　　灵瑶被安置在太子府附近的客栈，天性好动的她在客栈憋着难受，她本是顽劣异常的，又上过战场，哪肯这么安安静静地过日子？于是在客栈里上蹿下跳，恨不得鼓弄出什么东西来。这天酉时，柔奴赶去与她见面，灵瑶神秘兮兮地扯着她的袖子，让她往床底下看。柔奴看了半天，没发现什么端倪，责怪道："你又在淘什么气?!"

　　"连姐姐都没看出来！我便放心了。"灵瑶嬉皮笑脸地挪开床底靠墙角落的一处地板，陡见一线光亮，把柔奴吓了一跳。灵瑶得意扬扬道："给店老板付了这么多银子，也不能白白付给他！我闲来无事时发现，这里可凿个暗道一直通到太子府上，如果我那姐夫有什么紧急情况，也可以抽身撤离，岂不更好？"柔奴惊叹这样古灵精怪的主意只有灵瑶能想得出来，也只有她，能不安分到这个程度。又听到她叫耶律浚姐夫，不禁羞红了脸。

灵瑶又说:"你这样与他生死与共,我若是耶律浚,也必然感动死了。姐姐,你说,耶律浚有一天成了大辽皇帝,他会不会封姐姐为皇后?"

柔奴淡淡一笑:"这事儿我还真的没有想过,救耶律浚,是因为我们之间的情分,无关其他。只要他好,什么皇后不皇后的名分我倒真不在乎。"

灵瑶笑道:"姐姐一心为他,还真让我有些感动呢!"

"你还小,长大就懂了。"

"谁说我还小?"灵瑶娇羞地低头,"人家都快十五了呢。"又问:"你这样出来,那魏王府的人不会生疑吗?"

"还好,魏王夫人有咳疾,每年这个时候隔三岔五就需去抓药,我出府来抓药也是光明正大的。对了,那两个死士何时到?"

"听我父亲捎信来说,也就这一两天的工夫就到上京了。"灵瑶答,"姐姐,他们来了怎么安置?"

"先安排他们在这里住下。那天我进茶时,偷听到魏王与同知北院宣徽使萧得里特密谋,要借护卫萧忽古谋刺魏王之事陷害耶律浚。魏王又暗里派右护卫太保耶律查刺诬告都宫使耶律撒刺、知院萧速撒、护卫萧忽古阴谋废旧君立新君,这是谋权篡位的罪啊。这一招阴狠毒辣,要置耶律浚于死地啊!"

"那老头子太坏了,姐姐我们该怎么办?"

"我明天要见一下耶律浚，与他商议一下。"

魏王府中，耶律乙辛和萧得里特正在密谋。"见过皇帝了吗？"魏王低低问。

"见是见过了，但皇帝诏令审查，却没找到证据，也没有治耶律浚的罪。怪属下无能。"萧得里特谦卑地说。

"那当务之急，便是要找到耶律浚谋反的证据。"魏王恶狠狠地说，"想办法让那些人招供！"

"属下明白！魏王，我这就着力去办！"

一日，在魏王府，柔奴看到一个打扮妖冶的女子与魏王调笑，柔奴大约猜得出来，她就是单登的妹妹清子。清子是乙辛的情妇，柔奴其实早就知道，她佯装不知，故意问夫人身边的婢女双儿。

双儿鼻子里哼出一口气："她啊，就是那个叫清子的小贱人。"

"她和咱们魏王的关系不一般啊！"

"哼！像这样的小贱人，我们夫人性子好，不拿她怎么样，瞧她那狐媚样！哼，善恶有报，干了丧良心的事儿，迟早会遭报应的！"双儿又从鼻子里哼出一口气，不屑地说。

"你说的是萧皇后……"

双儿轻轻嘘了一声，示意柔奴，柔奴赶紧闭口，一抬头，发现魏王和清子正齐齐向她们望来。

清子娇嗔道："哟，魏王，什么时候你府上藏了这么个千娇百媚的小美人儿？"

"你也觉得她貌美？"耶律乙辛微笑着望着柔奴，眼里充满了挑逗色彩。

"莫非……这是魏王……的新欢？"清子咬牙一字一句地说。

"哈哈哈哈！"耶律乙辛一阵大笑，"你吃醋了？"

清子用眼睛恨恨地盯着柔奴，正巧碰到柔奴高高昂起的、毫无畏惧的眼神。

第二十五节

魏王府内，清子和姐姐单登在后花园喁喁私语："近来，皇帝待姐姐如何？"

"咳，现在才知道耶律洪基果然是个薄情之人，原以为萧观音那贱妇死后，他会多宠爱我，哪想到最近他又迷上了大臣李俨的妻子邢氏，还常常把她召进宫里来祸乱宫闱，我看再过几天，他也就把我彻底抛到脑后了！"单登气恼道。

"咱们女人哪，就是可怜！男人向来薄情的多，重情的少。姐姐可知，魏王府上新来了一个貌美的小丫头，我就怀疑她来路不正，该不会是魏王的新欢吧？"

"哦？你可打听出她什么来头？"

"听说是大宋御医的女儿，我看那小丫头片子不简单。"

"哦，一个小小的御医之女，能有多大的能耐？"

"姐姐，万不可轻敌啊，咱们帮魏王除掉了萧观音，已经是魏王船上的人了，一生荣辱，全系于他身上，眼下，不能出任何差错，所以不可不防。"说罢，向姐姐耳边私语几句。

柔奴伺候魏王夫人服过药，转过走廊，见后园已是一片春色。北国的春天虽不似南方那般草长莺飞、繁花似锦，但天高地阔，野花杂伴盛开，一团团竞相开放，煞是好看。正愣神间，突然听到一个脆生生的声音："哟，这是从哪儿掉下来的大宋御医之女啊？"

柔奴抬起头，看到清子正在不远处阴阳怪气地看着她。柔奴轻轻施了一礼，清子继续阴阳怪气地说："别以为我不知道，你来历不明不白，说，你到这儿有什么目的？谁派你来的？"

柔奴淡淡笑道："柔奴听不懂姑娘在说什么，也不知魏王夫人都不劳心的事，为何劳姑娘如此费心劳神？"

这话切中清子要害，使清子又羞又怒，一时不知如何回答。因为清子的身份着实尴尬，她是魏王的情妇，别说是妻，连个妾都算不上。

看到清子一脸尴尬，柔奴继续不卑不亢地说："姐姐多虑了，柔奴虽出身医家，然自小有天生不足之症，一生无法与男子亲近。再加上夫人对我有救命之恩，柔奴只想服侍好夫人，绝无非分之想。"

清子见问不出什么，哼了一下准备走，只听得柔奴在身后轻轻说："我看姐姐的脸色，最近是否心绞痛时有发作？"

清子闻言吃了一惊，不由自主停住了脚步，迟疑道："可有什么法子能治吗？"语气中已和缓了许多。

"自然是有方子的。姐姐若不嫌弃，只管来找柔奴。"

清子回了一礼，说："如此，有劳妹妹了。"

第二十六节

果然不出两日，清子便前来造访，柔奴知道一下子说中了她的要害，令她不得不服。柔奴客气地帮她开好药方，清子发现桌上有一盒药丸，便搭讪着问柔奴："这是妹妹为他人开好的药吗？"柔奴淡然一笑："这是妹妹每天要吃的，治自小的不足之症。"清子搭讪着，却趁柔奴不注意，偷偷取了点药藏在衣袖里。

不几日，清子又来找柔奴，这次她还带了位美丽丰腴的女子，柔奴立即认出，正是她的姐姐单登。

清子搭笑道："上次用了小娘子的药，倒是有用得很，我姐姐月事最近不调，又兼腹痛，不知什么原因，还请小娘子帮忙瞧瞧则个。"

柔奴笑了笑，示意她将手搭过来，摸了摸她的脉，原来是受寒太重，以致宫寒，因此说："不当紧，吃几服药就好，自当注意保暖。"当下开了药方，单登接过去："如此，多谢小娘子了，我契丹族，女人倒没有如此娇弱，负重受寒，也是常有的事，挨挨也就过去了。只是我这肚痛，有时来势凶猛，竟然疼得死去活来，痛不欲生。也看过几个大夫，也吃过许多药，总不见好，不知何故？"

柔奴心知是"作恶必有报"的缘故，面上却只是淡淡一笑："你受了极大的内寒，内寒以补为原则 —— 补益肾阳、暖宫散寒，外寒以'驱'为原则 —— 散寒祛湿、活血祛瘀。大约那些大夫开的方子，是治外寒的，不对症吧。"单登点点头："如此，多谢妹妹了。"言毕递过一个檀香小盒："这是送给妹妹的谢礼。请笑纳。"

柔奴拿来看了看，见是一对做工精致的金镶玉耳环，淡淡地推过去道："柔奴治病，从来不求回馈，求个有缘罢了。姐姐若看得起柔奴，依方治好病便是对柔奴最大的回报了。"

清子和单登从柔奴房间出来，单登摇摇头："如你所言，这小女子的确不简单，不爱财、不贪权，她到底所求何事？"

清子道："那日我在她房中偷拿了一粒她平时吃的药，请大夫看了，她果然有痨病，恐怕在男女之事上也是不行的。只是这小丫头天姿国色，着实可惜了。"

"我看她遇事沉着冷静、不卑不亢，像是见过大世面的。"单登道。

"若她真的是大宋御医之女，倒也不算是小门小户家的女儿，不过这医术，也的确不错。"清子答。

"你还要抽时间到她房间,趁她不在,找找看有什么可疑的物件。"单登嘱咐说。清子点头。

再说灵瑶与西夏来的两位死士安顿好之后,每日趁夜深人静时便开始挖地道,本来客栈离太子府不远,眼看地洞便要挖好。柔奴又密会了耶律浚两次,告之地道的事,有特殊情况时从这地道逃命,并要他加倍小心魏王的阴谋。

日上三竿,魏王与清子一夜缠绵过后,两人坐在一起喝茶,清子殷勤地为他斟上茶。魏王徐徐说:"近日,朝政繁忙,倒好久未曾顾及你。现在,大辽中宫空虚,得赶快让皇帝立个皇后才好,只是这皇后须是咱们自己人。"

清子小心翼翼地问:"不知姐姐可否?"

魏王鄙夷地撇撇嘴,没有言声。清子登时红了脸,不再言语,她心知她们姐妹二人出身低微,原是罪臣之女,说出这话来有些太自不量力了,心中十分懊恼,当下便不言语。

两人沉默了一会儿,魏王搭讪道:"那御医之女,可打探到有何来历?"

清子赶紧将如何找柔奴治病、如何发现她有不足之症告诉乙辛,乙辛点头不语。

清子又小心翼翼地说:"我曾在她房间里发现了一块玉佩,看样子倒有点儿像大辽皇宫之物。"

魏王似乎颇感兴趣:"你再仔细瞧瞧,如方便拿与我看看。"

清子答应着。

他们之间的谈话却被柔奴尽收于耳中，原来她在乙辛府上大大小小的房间都安装了一种小型的扩音设备，用竹子做成，非常好用。听到乙辛的话，她眉头一皱，计上心来。

第二十七节

过几日，单登来取药时，柔奴装作不经意地说："现在阖府都在传魏王要将少夫人 —— 魏王儿媳萧斡特懒献给皇帝做妃子的事，姑娘可曾听说？"

"是吗？"单登心里一惊，暗暗咒骂魏王无情无义，利用完她便不顾其死活，更不为自己的未来打算，她对此事竟然一无所知。

柔奴又不紧不慢地说："听双儿说，此事清子姑娘也有参与。"

单登脱口而出："这不可能。她若知道，肯定会说与我听。"

柔奴莞尔一笑："我也是如此对双儿说的，姑娘与清子姑娘是一母同胞的亲姐妹，这么大的事哪能不告诉姑娘呢？可双儿说她进去奉茶时亲耳听到的。"说罢便再也不开口。

这单登取了药方，心里直嘀咕：当初魏王答应杀了萧皇后，许我荣华富贵，许我登上妃位，转眼之间就变了，可见我不过是魏王手中的一枚棋子，只是我那妹妹，怎也如此糊涂，不帮衬自己倒帮衬别人？当下心里开始恼怒起来，只觉得又一阵腹痛难忍，她扶住墙，咬牙怔了一会儿，心里想着，原来魏王对她薄情寡义，就连自己的亲妹妹，也不见得真心帮她，今后她一个女人该如何保全自己？若有一日，耶律浚当权，登上皇位，她必第一个遭到清算，还是要想个抽身之计才好。当下单登心里越想越怕，当晚也没睡好觉，又腹疼了一夜。

单登这边心里七上八下，柔奴心里也不好过，也是一夜无眠。她已经洞悉了魏王的阴谋，魏王暗里派右护卫太保耶律查刺诬告耶律撒刺、萧速撒、萧忽古阴谋拥立太子耶律浚篡位，妄图置耶律浚于死地，且已经动手逮捕了这几个人并严刑拷打，以获取太子谋反的口供。

柔奴偷偷溜出府去，与耶律浚见面，几日不见，耶律浚又憔悴了不少，精神愈加萎靡。两人商议，如要自保，必须扳倒耶律乙辛。然而此时时机尚不成熟，还要假以时日，以便搜集足够的证据。柔奴见耶律浚胡子拉碴的样子，心疼不已，拉过他的手说："此时是非常时期，一定要振作起来，无论如何保全自己的性命，否则，阖府上下包括小延禧性命都将不保，只有保住自己性命，才能东山再起，为母后沉冤昭雪，保护一家老小周全。耶律浚，答应我，无论多难，都要振作起来！"

耶律浚点点头，可他的神色依然恓惶。柔奴看了心里暗暗着急。

那日春日暖阳，和风温煦。柔奴服侍魏王夫人睡下，匆匆赶来与灵瑶见面。灵瑶有点恹恹的，提不起精神："姐姐，咱们千里迢迢的，跑到这荒凉地方，人地生疏，到底为了什么？"柔奴摸摸灵瑶的脑袋："小丫头想家了？你父帅的家书到了吗？"灵瑶说："就是看到父帅的回信，说他与妈妈都想我了，才如此伤感。"柔奴把她搂进怀里："都是姐姐连累了你。姐姐答应你，等救了耶律浚，你回西夏也可，不回西夏，和我们去大宋，我们逍遥地过一生。"看着灵瑶神色渐渐转忧为喜，柔奴刮刮她的小鼻子："人这一生，总得做件让自己不后悔的事，姐姐不后悔爱上耶律浚，也不后悔为了他，到大辽这一遭。灵瑶还需帮姐姐一个忙，好吗？"灵瑶想了想，恢复了平时的活泼："好吧，灵瑶也不后悔帮姐姐的忙，因为灵瑶知道，这对姐姐来说，是顶要紧的事！有什么需要灵瑶做的，姐姐只管说！""于今，我们须让耶律浚有机会在皇帝面前申诉，单登和清子是重要的一环，如果她们肯在皇帝面前指认，是魏王指使她们陷害的萧皇后，皇帝才肯相信皇后是被冤杀的，进而才能意识到魏王的阴谋和居心不良，耶律浚也才能最终安全。""于今，怎样让单登出面指证呢？""只有让她彻底伤心、彻底无望才行。"灵瑶听罢，仿佛明白似的点点头。

魏王耶律乙辛将耶律撒剌、萧速撒、萧忽古阴谋废旧君立新君的口供上呈皇帝耶律洪基。洪基诏令审查,但没找到确凿证据,便没有治耶律浚的罪。乙辛下朝回到府上,心中不悦,便开始发火,摔了双儿呈上来的茶。魏王夫人诚惶诚恐道:"相爷有何不顺心的事,如此大动肝火?"

乙辛蹙眉道:"耶律查刺这群废物!这点小事都做不好!耶律浚不除,我怎能安心?!"

这些话都被柔奴听了去。柔奴又悄悄密会耶律浚,告诉他:"魏王此次未达到目的,必不能善罢甘休。与其坐以待毙,不如我们逃往大宋,隐姓埋名,过自己的日子去。"

耶律浚摇头苦笑:"天下虽大,但何处是我耶律浚的容身之处?"

柔奴心知他生来便是大辽皇太子,若不是中途杀出个魏王耶律乙辛,他妥妥的是下一任大辽皇帝。他生来富贵,千尊万荣,蜜罐里长大,又极受父母疼爱,他何时受过这种委屈?离开大辽,他确实不知该怎样安身立命,也确实为前途困惑不已。

柔奴紧握着耶律浚的手:"其实外面的世界不是你想象的那么可怕,耶律浚,我自小便没有父亲疼爱,八岁时便失去了母亲,她是我在大夏唯一的亲人,梁落瑶待我连低等宫女都不如,我忍辱偷生,活到今天,就是记得妈妈教我的话,遇到任何困难都不言败,一定要想办法活下去,事情总会有转机,首先要保全自己的性命。现如今,没有真凭实据,皇帝没法定你的罪，怕就怕，日后他们会找到所谓的证据，你知道，这种证据只要他们想要，一定能拿到，屈打成招对他们来说是再简单不过，他们可是不择手段的！咱们应该趁他们还没得逞时，抓紧逃跑，绝不能坐以待毙。"

"那怎么会？我明明没有谋反之心，他们怎么会有证据?！"耶律浚愤愤地瞪大眼睛，黑白分明的双眸闪着气愤的光芒。

柔奴苦笑一下，揽耶律浚入怀："魏王大权在握、党羽众多，他想要什么样的证据办不到?！耶律撒剌他们几个熬不住，只能被迫签字画押，说是你指使他们谋反！而且这么多年他在你身边安插了多少眼线！其实我现在每次来偷偷会你都非常困难，要拼命甩掉这些跟踪的眼线。日子久了，只怕我的身份也会暴露。"

耶律浚眼里噙着泪花，将柔奴紧紧拥入怀中："琼儿对浚儿的这份深情，浚儿终生感念于怀，若这次能涉险过关，我必将娶琼儿为妻，正妻！"他顿一顿，神色凝重起来："但若这次不幸为奸人所害，请琼儿务必救我刚刚出生的儿子耶律延禧，帮他登上大位，为冤死的父亲和祖母报仇！"柔奴赶紧用手封住他的嘴："不许胡说！"

第二十八节

　　一日，清子房间忽起大火，清子披头散发跑出来，惊魂未定。众人清理火灾现场时，在墙角发现了人为纵火的痕迹，魏王的亲信小厮忠怀发现，墙角处多了一只手镯，便偷偷拿与魏王与清子，被清子一眼认出是姐姐单登的手镯，不免生疑。

　　清子找到姐姐，直言不讳地发问："姐姐可曾遗失了什么东西？"

　　"没有啊。"单登困惑地回答。

　　"果真？"清子逼视的眼光中已有些探寻的味道。

　　"妹妹今天这是怎么啦？连姐姐也怀疑起来？"单登不悦道，"我们姐妹，自小父母获罪早逝，你我相依为命，魏王占了你，又将我献于皇帝，许我荣华富贵，其实视我如草芥，如今皇帝待我情薄，连召幸都不曾召幸。可魏王，又巴巴地把自己儿媳妇献了上去，想填上皇后这个缺。近日我细想，这魏王竟是个不讲信用之卑鄙小人，我且问你，魏王献妃之事，你可知情？"

清子低头默默不语，她想申辩几句，又怕伤了姐姐的心，只好缄默。

单登看这情形，冷笑一声："看来柔奴所言不虚了，别以为你处处攀附魏王，他便能许你一个好未来，我早看出他是个薄情寡义之人！你还是早点替自己打算吧！"

看到清子沉默不语，单登继续哭道："听说魏王不光献上自己的儿媳，还要扶萧幹特懒的亲姐姐萧坦思到皇后宝座上。他这样处心积虑保自己富贵，我们姐妹二人以后的身家性命怎么办！若一心一意依附于他，怕会误了我们姐妹终生。"

清子闻言，陷入沉思，再不言语。

柔奴这时借机对外放出风声，说清子四处宣扬萧观音是被乙辛和单登联手害死的，乙辛听后，大为不悦，陡然翻脸要杀清子，柔奴假意救了清子。清子去找单登哭诉。看着绝望的妹妹，旧疾频频发作已是痛不欲生的单登对魏王彻底绝望了。

辽大康三年，耶律乙辛再次将矛头直指耶律浚，他又让牌印郎君萧讹都斡等人声称："耶律查剌上次所告是真的，我事实上也参与其谋划，想杀死耶律乙辛等人，然后扶立太子耶律浚登基称帝。我如果不讲出这件事，恐怕以后事情败露后遭到连坐。"耶律洪基这次相信了萧讹都斡的话，命耶律乙辛再次问罪审讯。

乙辛恐怕耶律洪基日后生疑，便拉着众人当堂审问，耶律撒剌、萧速撒、萧忽古等戴着重枷，绳索勒着他们的脖颈，以致不能出气，人人难以忍受耶律乙辛的残暴，唯求赶快一死，所以纷纷招供。乙辛得意扬扬，向皇帝启奏说：“陛下，罪人现已全部招供，太子的确有谋反之心，还望您速速决断，以免酿成大患。”耶律洪基听了以后，异常震怒，他本是个头脑简单、性格残暴的，下令将众人全部杀掉。当时正值暑天，几个人尸体不得埋葬，以至于臭气冲天、经久不散。随即，耶律乙辛得意扬扬地在上京囚禁了皇太子耶律浚。

即使皇族被囚禁，也只不过在自己府中限制自由而已。而魏王为打击耶律浚的心智，居然把他关到一个四面透风的破屋子里，而且没有屋顶。日光毒晒、瓢泼大雨，把耶律浚折磨得死去活来，耶律浚何时受过这样的折磨？几欲发疯。柔奴听说耶律浚被囚禁后，非常着急。她急忙通知灵瑶和死士，要想尽一切办法解救耶律浚。

那晚月黑风高，大辽上京气温已经骤降，在没有屋顶的房子里，不被冻死也得冻伤。柔奴、灵瑶与两个死士均黑衣打扮，来到关押耶律浚的房屋前。两位死士越墙而入，柔奴却被守兵发现，身中剑伤，险些丧命。幸得灵瑶接应，柔奴负伤逃跑，途中不幸昏死过去。

等她悠悠醒来时，却发现床前浮现出两个熟悉的面孔，居然是王巩与种师道！柔奴迷迷糊糊地问："你们怎么来了？我这是在哪儿？"王巩抚着她的手，眼里有泪花闪烁："傻丫头，你怎么这么奋不顾身？我差一点点就看不到你了。"一旁的种师道神情严肃地点点头："剑上涂有剧毒——见血封喉，这次多亏灵瑶，幸亏她有家传解药，慢咩将军怕爱女受伤，千里迢迢托人从西夏捎来，没想到这么快就派上用场了。"柔奴感激地把目光移向一旁的灵瑶："妹妹又救了我一命，大恩不言谢。只是不知耶律浚如今怎样了？"

"你呀，只知道牵挂他！"灵瑶咬牙顿脚，"两个死士暗中守护，现在应该生命安全没问题！但我看他心智已然崩溃，痴痴傻傻只知流泪。姐姐，如若他心智已失，纵然我们舍命救出，也是废人一个了！"柔奴听后眉头紧锁，一旁的王巩也是神情黯然，种师道说："公主只管记挂太子安危，却不问问我俩如何巴巴地从大宋跑到这里来？"柔奴也觉自己很失礼，忙施礼问："我也正疑惑呢，王相公和种将军怎么千里迢迢地跑来了？"种师道说："平定羌人之乱后，因近期无战事，我就回家休养一番，没想到这呆子巴巴地找上门来，说他不放心你独自在大辽，和这些鹰犬豺狼打斗，非要我陪他来一趟大辽，来探视你的安危。这呆子在我家磨了几天几夜，我拗他不过，又兼也牵挂灵儿，才和他日夜兼程来到这里，没想到来得还挺及时。"柔奴将感激的目光投向王巩，见王巩此番清瘦不少，却更显得俊逸清朗、气宇不凡："王相公对琼儿的深情厚爱，恐怕此生难以回报了。"

王巩在一旁酸楚一笑，他本是个开朗有趣的人，此刻也显得心事重重、一脸凝重："我的所作所为，皆是自愿，不求公主任何回报。只要公主开心，便是圆了定国的心愿，我亦无他求。只是我担忧，若想护得太子周全，恐怕不是你们两个小女子和两个武功高强的死士就能办得到的！"

"王相公的意思是……"柔奴问。

"如今，大辽朝中须有人支持耶律浚，此事才有转圜的希望。"王巩道。

"对啊，公主，王相公所言极是！想那魏王虽一手遮天，但朝中也必有正直忠义之士，同情萧皇后及太子的遭遇，愿意出手相助！"种师道朗声说道。

王巩点头："此事我在家时反复考虑过，也派人打探，听说近侍敞史、护卫太保萧兀纳颇为正直，对萧皇后被冤杀之事也有不满。这两日我和种将军去会一会他。"

柔奴不禁感动得双目湿润，不顾身体虚弱挣扎着要行大礼，王巩和种师道忙扶起她，柔奴含泪道："此礼是替耶律浚行的，感谢两位救命之恩！"

第二十九节

　　柔奴养了一阵子伤，伤势渐渐痊愈，此时已是暮春，暑气渐至。大辽的夏天，也远比中原要凉爽许多。一个骄阳午后，王巩与种师道到萧兀纳府上拜会。那萧兀纳任祇候郎君时，曾与使团出使大宋，王巩与他有过一面之缘，当年也曾相谈甚欢。当下，见到王巩突然造访，萧兀纳吃了一惊，忙问："王相公何以至此?"

　　王巩拱手道："太保大人，别来无恙?! 定国受托到贵国办事，因事已办妥，特来拜会大人!"

　　萧兀纳虽心里有些疑惑，但面上仍热情万分，王巩向他引见了种师道，因那萧兀纳身材高大威猛，善骑射，所以与种师道倒是一见如故、惺惺相惜。几人落座寒暄几句，种师道率先直言道："我们在大宋听说当今皇帝中宫折损，传言为奸臣所害，不知太保大人有何见解?"

　　萧兀纳一听此言，便眉头紧锁，怒不作言。

王巩见状忙说："此是辽国皇帝家事，我等本不该随意置喙。但我与那皇太子耶律浚也有一面之缘，见他聪慧贤明，谈吐不凡，不像是要弑君篡位的奸佞小人，不知他无端获罪，是何原因呢？"

听了王巩的直言，萧兀纳沉默良久才缓缓说道："我大辽皇太子，贤明聪颖，颇得大臣拥戴，可不想竟得罪了小人，挡了小人的道，一心要除之而后快。那魏王如今一手遮天，朝中大臣都是敢怒不敢言啊，在下位卑言轻，纵然想帮忙也心有余而力不足。如今，证据又坐实了，太子又被魏王拘押起来，此事就更难办了啊！"

三人陷入死一般的沉默，良久王巩开口道："这世上能救太子的，恐怕也只有大辽皇帝了！但皇帝天生糊涂，宁愿听信小人谗言，恐怕还不知太子已受这样的委屈和折磨。萧大人能否进宫面圣，说明情由，或者皇帝看在父子亲情分上，会赦免太子，使他免遭奸人陷害。"

萧兀纳叹息道："我也有此意，昨日已经进宫，但……"萧兀纳重重叹了口气："皇帝又出去狩猎了！而且不知踪影！他那匹坐骑'飞电'能日行千里，到何处寻访啊！"说着说着竟失声痛哭："狩猎误国、奸臣误国啊！恐怕太子他——我大辽之大不幸啊！"

耶律浚被关押在天牢，耶律燕哥负责审讯，对这位大辽皇太子经常施以酷刑。耶律浚何曾受过这样的折磨？他被打得浑身是血、奄奄一息，看着这些昔日围着自己转的奴才和小人，从以前的恭顺谄媚转眼变得凶神恶煞，耶律浚愤然答："我作为当今皇帝唯一的儿子，大辽太子，未来帝位的继承者，为何要弑君篡位?！你们是一定要诬陷我、置我于死地吗?"

耶律燕哥是耶律乙辛同党，也是乙辛的亲信，乙辛暗中交代，一定要利用审讯杀死耶律浚。看着耶律浚已经被打得神志不清，他狞笑着说："谋不谋害的，如今也不是你说的算了，你以为自己还是高高在上的皇太子吗?！现在你是谋权弑君的死犯！我让你死，你便活不了!"他上报耶律乙辛，故意将耶律浚的拒不认罪改为供认不讳。耶律乙辛如获至宝，赶紧上报耶律洪基，昏聩的洪基听后果然大怒，下诏废耶律浚为庶人。

耶律浚被贬为庶人，失去了皇族的庇佑，处境更加凶险，随时随地都会被置于死地。耶律乙辛多次派人暗杀，都因柔奴及西夏死士的暗中保护而未能得逞。为保护耶律浚，柔奴旧伤未愈又添新伤，两次昏迷过去。得知柔奴昏迷的消息，耶律浚大哭，深悔自己的爱不仅没给柔奴幸福，反而连累了她。

暗中保护耶律浚的西夏死士被耶律燕哥发现他们使用的武器是西夏国特制的夏国剑和神臂弓，神臂弓"以厌为身，檀为弰，铁为枪镗，铜为机，麻索系扎丝为弦"。因为其射程既远又深，可以射二百四十步至三百步，是大辽和大宋所没有的，因此魏王开始怀疑柔奴的身份。又兼魏王手下暗中跟踪柔奴，发现闯进来救耶律浚的黑衣人竟是柔奴，报告魏王后，魏王于是起了杀心，要将耶律浚和柔奴一网打尽、斩草除根。

柔奴和灵瑶发觉魏王已起杀心，这魏王府是回不去了，只好暂时躲在客栈商量对策。

魏王设局，故意让守卫疏于防守，放耶律浚逃跑，耶律浚以为能逃出生天，匆匆跑出来去客栈寻柔奴。没防备他身后，耶律燕哥带一百名武功高强的护卫紧随其后。

待柔奴发现时，一百名护卫及弓弩手已将客栈围得水泄不通。耶律燕哥狂叫着："勇士们，皇上有令，对所有嫌犯一律格杀勿论！以人头论赏！勇士们，冲啊！"

千钧一发之际，已经动身离开大辽的王巩和种师道奇迹般折返回来，杀破重围，救走了柔奴和灵瑶，但耶律浚却被耶律燕哥一群人挟持而去。

柔奴不顾安危，发狂般追出去，种师道无奈，只得和几个护卫紧随柔奴身后。但待她找到耶律浚时，发现昔日的大辽太子已经横卧街头，颈上有深深的勒痕，已然是奄奄一息，柔奴把他紧紧抱在怀里，大声哭喊着叫着耶律浚的名字，耶律浚艰难地睁开眼睛："琼儿……我的妻……这一生……遇到你……是我最大的幸福……原谅我，余生不能陪你了……"

他含笑死在她怀里，那一年，他十九岁，她十七岁，他们认识两年、相爱两年。却在最美好的年华天人永隔。

柔奴恸哭失声、悲不可抑，她感觉自己仿佛从中间被活生生劈成两半。悲痛之余，她马上意识到，乙辛下一步的目标是斩草除根，太子府会有难。她强忍悲痛，和种师道、灵瑶又飞奔向太子府，但还是迟了一步，太子妃萧氏及府中满门已被扑杀，太子府尸横遍野、血流成河，惨不忍睹。幸亏灵瑶事前修了条秘密暗道直通耶律浚府中，灵瑶从秘密通道中将耶律浚独子耶律延禧救出。

耶律乙辛杀死耶律浚后，吩咐上京留守萧挞得谎报耶律浚是因病逝世。耶律洪基听后很是哀痛，他毕竟只有耶律浚一个儿子！耶律洪基下令有关部门官员将耶律浚葬在龙门山。这个糊涂的可怜人，妻子、独子都被奸人所害还浑然不知，短暂的悲痛过后，耶律洪基继续狩猎歌舞、花天酒地麻醉自己。大辽继续被奸相耶律乙辛把持，风雨飘摇。

第三十节

浓云蔽日，天然形成的龙门山，酷似象鼻，风光秀丽，大辽皇太子耶律浚便被安葬在这里。生前，他享有过无上尊荣，也经历过最虐心的考验，拥有过最真挚、浓烈的爱情。他的一生，短暂而精彩。

耶律浚已死，柔奴便没有必要再在大辽待下去了。耶律浚的独子延禧已经托付给大臣萧兀纳照看，以萧兀纳的忠贞和负责，延禧必无大碍。

柔奴离开大辽前含泪到耶律浚墓前拜祭："耶律浚，我就要离开大辽了，没想到，我舍命相救，还是未救得你性命。没想到，我还是重复了母亲的命运，未能和自己深爱的男人在一起。也许，这就是命运吧？不过，我尽力了，此生无悔。你放心，延禧已被我救下，我已将他托付给萧兀纳大人。五年之后，萧大人会依我之计将延禧送进宫去，并答应我肯定会护他周全。你安心地去吧，如果有缘，我们来生再做夫妻。"柔奴在坟前洒了三杯酒，含泪叩了个头，这才依依不舍地下山去了。

山脚下，王巩和种师道、灵瑶正勒马等待，见柔奴下山，四人转身上马，策马而去。

身后，残阳似血，魏王手下兵马正奋力追杀而来，一路尘烟，转瞬不见了踪影。

四个人快马扬鞭，只两日工夫便来到大辽边境，往南去即是大宋，往西去是西夏。身后追兵已渐渐看不到了，大约魏王也觉得再追下去没什么意思，所以收兵回去。四人气喘吁吁，驻足休息了一会儿，商量去留。琼儿因伤心过度、失魂落魄又兼日夜兼程，显得憔悴不堪，王巩怜爱地拿了水壶给她，琼儿摇头说喝不下。王巩轻声劝道："人死不能复生，你还要节哀啊！"

琼儿摇头，眼泪不可控制地流下，默不作声。

"只是从今以后，我唤你琼儿还是柔奴？"王巩的眼神中充满了担忧与怜悯。

琼儿摇摇头，苦笑道："大夏我是回不去了，何况那里早已没有了我的亲人，如今还是梁落瑶掌权，回去也无异于送死。我想了许久，自打我出生起，过得最逍遥的日子居然是在汴梁行院中，柔奴我也不想做了，李琼儿也不想做了。我还是回到东京汴梁，做我的点酥娘吧！"

王巩深切地问："琼儿，那毕竟不是长久之计，你真的从来没想过要跟我回家，做我的夫人吗？"

琼儿愧疚地望向王巩："我知道你一直以来对我的情义，但我心里只有耶律浚，无法对任何男子动情。眼下，耶律浚虽然已死，我的心也跟着死了，对不住了，你的情义只能来生再报了。"

王巩默然不语，良久说："也罢，我对你的情义本来就不求回报，更不会有半点儿勉强。但我终究觉得行院不是长久之计。况且前不久，我听说有位陈太医来寻过宇文柔奴的下落，被茹玉搪塞了过去。"

"哦？这是怎么回事？"

"据说这陈太医是宇文璟在太医局的至交，宇文璟死之后，陈太医一直私下寻访宇文璟妻儿的下落，颇有照顾遗孤之意。"

突然一个念头在琼儿心中升起："那陈太医之前可曾见过柔奴？"

"这倒没有，两人虽是宫中至交，双方家眷倒未曾谋面。"

"这就好办了！"琼儿轻轻颔首，"看来这柔奴我还要继续扮下去。柔奴临终前曾千叮万嘱地拜托我为她报仇，我也答应过她。"琼儿叹了口气，眼眶里又蓄了满满的眼泪："受人之

托要忠人之事 …… 如今耶律浚的事已了，可以腾出时间为
她和宇文璟大人报仇了。"

　　"你的意思是 …… "

　　"进宫!"

第三十一节

王巩听了琼儿说要进宫，蓦地变了脸色："这万万不可呀！"

这边种师道与灵瑶也是依依难舍。

种师道："灵儿，你随我回大宋吧！"

灵瑶说："此刻又不打仗，我随你回去做什么？"

种师道蓦地红了脸："灵儿，你难道不知道我对你的心意吗？"

灵瑶嘟起嘴："哼，你已娶妻，对我有意又如何？！"

"是啊！灵儿，这就是我迟迟不愿表明心意的原因，我的结发妻子尹氏，贤惠能干，深得我父母喜爱。我长年在外征战，她在家上敬父母高堂、下抚育幼儿，纺纱耕织、勤俭持家，我对她虽无爱意，却有敬意，她的嫡妻身份不可动摇。我也不想让灵儿跟了我，只能做个侧室，实在是委屈了你啊。"

谁知灵瑶一翻白眼："侧不侧室的我倒不是十分在乎，只是怕我爹爹和你那伯父知道了，不同意！"

"是啊，大宋与西夏战事不断。两军交战，你我便是仇敌，我也怕你若跟了我，梁太后定会为难咩将军。"种师道挠挠头，"灵儿，这可为难死我了！"

"为难什么？谁说要跟你回大宋了？我自然是回大夏的，我想念爹爹妈妈都要发疯了！"灵瑶赌气道。

"灵儿，此事的确要从长计议，你容我再想想。"种师道为难地挠挠头。

两人闹了个不欢而散。

几日工夫，便到了西夏和大宋的分路口，灵瑶要回西夏，种师道只得前去护送。只剩王巩和琼儿两人继续南行，不过十天的工夫，快马加鞭，繁华的东京汴梁城便又出现在眼前，那样繁华鼎盛、光彩熠熠，道路通衢、瓦肆勾栏，说书唱戏、杂耍讲史，皆是热闹非凡，仿佛从未失去一般。

琼儿想起之前在花满楼抚琴、调香、赏花、观画、弈棋、烹茶、听风、饮酒、观瀑、采菊、诗歌与绘画的风雅生活，简直恍若隔世。如今她再度归来，心情已与往日大不相同。仿佛经过这一劫，已长大好几岁。看看身边的王巩，虽胡子拉碴，疲惫不堪，但精神还好。他伸个懒腰："总算回到汴梁了，我看，哪里也不如这儿好！"他扭过头对琼儿说："你先安顿下来，这几日我去寻访陈太医，告诉他宇文柔奴的下落！"

"我想回行院看看姐妹们。"去大辽之前，她已安排好朝云的终身大事，如今她跟了苏轼，应该是最好的结局了，她也了无牵挂了。

"也罢，我送你过去吧。"王巩道。

两人再回到行院，两年的时间，花满楼依然是当年璀璨耀目的样子，依红偎翠、歌舞升平、热闹非凡。只是物是人非，王妈妈已经过世，掌柜的换了人，也换了许多新面孔，她这个当年的花魁，竟无多少人认得了，只是在下楼时碰到绿烟与紫玉，拉住她惊愕地问："妹妹这两年去哪儿了？怎的忽然不辞而别？"两年不见，当年与达官贵人宴饮的常客就已经憔悴到眼角细纹重重了，这些歌伎，年轻貌美的时候，是达官贵人的座上客，待到人老珠黄，往往门前冷落、令人唏嘘，若觅不到一个有情郎，晚年凄凉得很。

年华似水、流年无情，过多的宴饮纵乐，往往使她们很快老去。当下琼儿只得答："家父去世，回去奔丧了。两位姐姐，可曾知道茹玉乐师去哪里了？"

心直口快的紫玉抢先答道："你走之后，王妈妈不久便去世了，茹乐师后来生了场大病，也未再露过面。"

绿烟淡淡地答："我们这样的人，一生命运哪能自主？不过是被卖来卖去罢了！我们哪有妹妹这样的胆魄，想来就来、想走就走的？"

琼儿听她话里含着酸意，忙说："两位姐姐好生保重，妹妹以后再来探望！"说罢拉了王巩便走。

第三十二节

在汴梁王家偏院住了下来，琼儿结结实实地大病了一场，这病情来势凶猛，仿佛把这许多日子的奔波、辛苦、悲伤一起清算了。琼儿每日只知道昏睡，伴着发烧、梦魇，粒米不进，如此半月有余，王巩担心至极，一直在病床前衣不解带地悉心照料。

终于有一天，琼儿睁开眼睛，直嚷着饿，王巩惊喜万分，忙令侍女端了香糯的米粥过来。琼儿一口气吃了个干干净净。自她醒后，琼儿像变了个人似的，不悲不喜、坦然自若，每日神情安详地看医书、弹琴、弄香、点茶，看着她如此平静，王巩着实吓了一跳。

不几日，陈太医便来寻宇文柔奴。谈话间，琼儿把籍贯、家谱对答如流，又有家传医书为证，陈太医不得不相信她就是宇文璟的独生女儿宇文柔奴。只是陈太医自言自语道："没想到宇文璟有如此美貌的女儿。"问及柔奴以后有何打算，柔奴跪倒在地，凄声说："柔奴已痛失双亲，先被卖入行院，幸亏王相公搭救，将柔奴赎出，但奈何家父死得不明不白。伯父既与家父是至交，定知家父是遭奸人陷害，为人子女，若明知父母被冤杀而不报仇，是为不孝；身为大宋子民，若明知奸人误国而不检举揭发，是为不忠。柔奴虽为女子，也不想做这不忠不孝之人！"

陈太医闻言惊道："不想侄女儿有这般心胸，宇文璟可是养了个好女儿呀！说吧，你要我如何帮你？"

柔奴说："我自幼跟父亲学习行医治病，若陈伯父不嫌弃，求伯父将侄女儿带入宫去，做一名御医。"

"这……"陈太医面露难色，"不是伯父不愿帮你，只是这皇宫，是世上最凶险、最肮脏污秽之地，你好好的女孩儿家，实在不该踏足那种地方。"

"若我父母尚在世，柔奴断不肯踏入那污秽之地。然父母已亡，柔奴已是孤女，一则此身何营营，靠什么活在这世间？二则进宫后离陈伯父近些，也好彼此有个照应。"

陈太医重重叹口气："我怕你父亲泉下有知，会责怪我啊。你父亲在宫中一向恭谨仔细，尚落得这样的下场，你一个小女子，又生得这样，如何能保得自己周全？如今李贵妃在宫中圣宠隆盛，然而她却是个极心狠手辣之人，宫中有孕嫔妃常常保不住胎，略有姿色的宫女也常常会死于非命，去年皇四子暴毙，你父亲心生疑窦，偷偷去查验皇四子生前所服之药，没想到竟遭杀身之祸啊！我劝你，还是三思吧。"

顿时，柔奴一家三口惨死的场景于脑海浮现，琼儿暗暗攥了攥拳头："父母已死，柔奴岂能苟活？柔奴正是怀疑李贵妃是杀我父亲的凶手，这才想进宫为我父复仇，此仇不报枉为人！"

陈太医见她如此执拗，只好说："你既然执意如此，伯父也少不得成全。只是有三件事，你必须按我说的办。"

"伯父请讲！"

"这头一件，你要时刻记得，你是我内家侄女儿，姓陈，名唤陈柔奴，你要时刻记牢。"

柔奴点头。

"这第二件，当今皇帝励精图治，他志在前朝，对儿女私情并不上心，还是不要招惹他的好。自古君恩似流水，招惹了他，恐怕没什么好下场。这第三件……后宫被高太后、向皇后、李贵妃把持。咱们这位高太后，精明强干，后宫和前朝好多事，都是她说了算。若想保得自身周全，这进宫第一件事，就是取得高太后信任、赏识。我和你父亲伺候她多年，知道她有一旧疾，经常头痛发作，痛起来要命，我们诊治多年也未根除。你若诊治好她这头痛，少不了她会倚重你。这向皇后出身名门，平日寡言少语，然据伯父观察，倒不是十分狠毒之人，然而向皇后无子，皇嗣折损，也不能说与她毫无干系。最阴毒狠辣的是这李贵妃，她亦无子，只有几个公主，所以对后宫掌控十分严格，怕就怕你生成这样，会被

她盯上并设计陷害啊！所以对向皇后、李贵妃都要万分小心
才好。"

柔奴点点头："伯父嘱咐的是，柔奴一定谨记于心，伯父
也请宽心，柔奴自有方法应对。"

柔奴又细细问了高太后头疾发作的症状以及陈太医开出
的药方，默默琢磨。待陈太医告辞后，她便一头扎进房中细
细研究起来。王巩无奈，只好由她去。

就在柔奴进宫前的两天，一日午后，王巩喜滋滋地赶来：
"赶紧梳洗，我带你去见一个故友！"

"故友？"柔奴懒怠地不愿出门，"我不想见。""你绝对想
见！"王巩不自禁，"而且还有个大大的惊喜！"柔奴还是懒懒
的："医书还没读完，我就不去了。""是苏子瞻回来了！""苏
大学士？"柔奴确实惊喜不已，"这一别却是两年多没见了呢！
那朝云有没有随行？我和她已有两年多未见，甚是思念！"

"这个我倒不清楚，今日午后，驸马都尉王诜府中，有西
园雅集，不仅苏子瞻，还有当今文人雅士之大家黄庭坚、米
芾、李公麟、蔡襄、秦观等都来呢。""真的？！"柔奴第一次
展开笑颜，"那我一定要去了！"片刻又犹疑道："只是我先前
赴辽之前，曾去驸马府侑酒，见过王诜、秦观，若此番被他
们认出，可如何是好？""这有何难？"王巩笑道，"今晚你只随
我，女扮男装即可。"

第三十三节

　　午后时分，驸马都尉王诜府上热闹非凡。当下正是初夏时分，苏轼、黄庭坚、米芾、李公麟、蔡襄、秦观、王巩，还有换上男装的柔奴一行人，聚在驸马都尉府的后花园里，纵情谈笑。那里修得十分整齐漂亮，草木茂盛，松柏参天，假山流水、亭台楼榭，美不胜收。一棵粗壮松树下摆了一张长条书桌，文房四宝齐全，王诜正在纸上画着什么，见到王巩等人，热情地招呼大家落座。苏轼站他身边，凝视他作画，朗声笑道："晋卿（王诜字）这画愈发有气魄了！这烟江云山、寒林幽谷，水墨可谓清润明洁，青绿设色可谓高古绝俗啊，鲁直以为如何？"站在他身边的黄庭坚微笑颔首："我亦以为晋卿是大有进益！"柔奴偷眼望去，见苏轼较之两年前，明显变胖了，但依然豪爽不拘小节，看到王巩，拍手大笑道："定国来了，好久不见，甚是想念啊！"又看到王巩身后柔奴："这小厮，倒是眼熟得很。"忽然会心一笑，将柔奴拉至身边："多年不见，公主可好？"柔奴兴奋地点头。苏轼又言："你的事，定国书信中已告知我了，昭怀太子的事还望节哀顺变。定国弟在信中说你要进宫，我认为还要三思，定国似对你用情颇深，我与他相交日久，知道他是值得托付之人，不妨考虑一下。对了，朝云托我向你问好呢，哪日方便，去我府中一坐。"柔奴忙点头："我也很想念朝云，这次遗憾没见到，让她有空书信与我。"

这时，王巩忽然指着他身边一个男子大笑道："这就是伯时，我们大宋作画第一人，当年我就是在他那儿见到他画的《维摩诘图》！"说起《维摩诘图》，柔奴蓦地想起王巩初见她时惊为天女的场景，不禁羞赧一笑，苏轼王巩俱知情由，皆相视一笑，只有李公麟呆呆地问："定国兄提起《维摩诘图》，可有什么不妥？""没有没有！"王巩笑说，"你画得太好，以致天女太美貌，让子瞻兄惦记不已！所以娶了房貌若天仙的小嫂子。"苏轼只含笑看他，也不辩解，身旁的秦观忽说："今天众公齐聚，实在难得，伯时和元章俱在，何不请伯时将今天的雅集画下来，请元章作序以记之？"众人齐声叫好，米芾喃喃道："可见你们苏门学士是合起伙来欺负人了，你们哪个不是画画、写字的大家，偏让我和伯时献丑？"秦观年轻些，更伶牙俐齿："我们若写了画了，倒说我们没有待客之道、合伙欺负你们了！"李公麟只好拱手道："如此，伯时便不推辞了。"说着拿了画笔画纸，退到旁边不远处一张书桌聚精会神作起画来，众人则继续谈笑，或吟诗赋词、或抚琴唱和、或打坐问禅，不一而足。

约莫几个时辰，李公麟笑嘻嘻地向众人招手，大伙儿围上去，见一幅栩栩如生的《西园雅集图》已完成大半，画中人物活灵活现，姿态各异，戴着乌帽身穿黄色道袍的苏轼，正兴致盎然地倚着书案作画写字，一边香炉缓缓升起青烟，画中苏轼虽只饮了一点酒，看上去却似有醉意，王诜坐在苏轼旁边探头望字。庭院的另一边，两棵苍松凌霄缠络，松下一张大石案，垂下来的松枝映得案上的古器瑶琴都是绿莹莹的，苏辙慵懒地靠在石盘旁，悠闲地侧头观赏。石盘正面，李公麟正俯身在横卷上画陶渊明的《归去来图》，黄庭坚、晁补之、张耒等人在旁围观叫好，另一处米芾早已醉意醺醺，仰头在一块突兀的巨石上挥笔题字。秦观坐在多节瘤的树根上，静观游烟相逐，聆听阮琴袅袅，似已不知身在何处。还有几个顽童点缀其间。整幅画松柏苍劲，气韵生动，似能听到潺潺的水声。河岸浅草尽头，花竹茂密处，散发着氤氲的香气。松桧梧桐，小桥流水，极尽园林之盛。宾主风雅，或写诗、或作画、或题石、或拨阮、或看书、或说经，极尽宴游之乐。好一幅《西园雅集图》！

众人看后齐齐拍手叫好。米芾说："既如此，我来作序，余下部分，让伯时兄再细细刻画。"凝神片刻，欣然提笔："水石潺湲、风竹相吞，炉烟方袅，草木自馨，人间清旷之乐，不过如此。"好一个人间清旷之乐！众人皆感念欣喜，许久，兴尽方散。

　　这也是琼儿再一次感念在大宋生活的乐趣，怪不得连耶律浚那个糊涂父王都感叹说：愿下辈子生为大宋子民！自仁宗起，重文抑武，大宋文化得以璀璨发展，加上文人崇雅，追求日常生活中的文人化和精致化，更把诗酒相得、谈文论画、宴饮品茗的日常交谊视为生活基础，这正是琼儿所爱的。

第三十四节

　　元丰初年六月初五是个吉日，也是琼儿进入大宋皇宫的日子。再次化名陈柔奴，琼儿在这一天随陈太医进宫。从西夏皇宫来到大宋皇宫，对柔奴来说，是和她的母亲百花娘娘走了相反的路，但母女俩在爱情上的失意却殊途同归。站在左长庆门外等待宫门开启的瞬间，柔奴看到集英殿飞翘的檐角上，瑞兽威严，檐下风铃叮咚脆响，天边朝霞瑰丽如血，那样冉冉升起的红日，放射出璀璨夺目的光芒。这光辉璀璨的景象，那一瞬间，深深刻在她脑海里，以至经年不忘。

　　十几年前，她的母亲，在宫中从最低等的侍御、红霞帔，主掌司膳，到封君为百花郡君，再到被封为百花公主，奉旨和亲远嫁。她在宫中几年，虽孤苦寂寞，却升迁得很快，焉知不是因为太过貌美的缘故？

　　入宫之前，柔奴也不是没有过犹疑。西园雅集给她留下太美好的回忆，这样的生活，是她所喜爱和向往的，远比踏足诡谲多变的皇宫要好得多。然而，耶律浚猝然死去，似乎带走了她一颗心，这个还活着的躯体已经无所畏惧了，人世间的所有苦难，她仿佛都当得起，置之死地而后生，也不过如此了。既然答应了柔奴为她报仇，她们又是结拜姐妹，那琼儿就愿意为她再冒这一次险，如果真报得了仇，她便实现了自己的诺言，再也心无挂碍，可以纵情山水、大隐世间了。至于苏轼、王巩，那是她倾慕的大宋才子，是大宋璀璨文化的夺目明珠，她愿意和他们在一起，哪怕在他们身边做个侍女也好。

因为这才是真正的生活。

柔奴此时已十七岁了，已到了宫女入宫的尴尬年龄。宋朝宫女多在民间"良女"中采选而出，年龄从十三岁到二十岁不等。宫女晋选入宫时审核相当严格，虽然柔奴是陈太医保荐的，进宫之日亦要经过严格的审核。那日和柔奴一起进宫的有八十名宫女，从内宫门一入皇宫，八十名年轻貌美的女孩子就被召集到司礼太监李信面前，一字儿排开，等待李信的检阅。这李信即是当朝大太监李宪的同乡及门生，虽是阉人，却长得高大魁梧，面色严肃。

李信以极为挑剔的目光，审视着每一位姑娘，观察她们的容貌，辨听她们的嗓音，发、耳、额、眉、目、鼻、口、颔、肩、背、腿、脚、音，只要有一处看着不顺眼，听着不顺耳，就当场"叱退"。八十位姑娘有三分之一在这个环节被刷下，哭哭啼啼地离开了。

"二审"时，李信手下小太监拿着尺子，挨个量姑娘们的手、臂、腰、腿、脚，再令姑娘们"活动活动"。哪怕一处尺寸不符合要求，或是各部分"零件"不搭配风度、仪态不佳者，一律打发回老家。柔奴自然毫无悬念地过了二审，但这一轮，又刷下去三分之一姑娘，只剩下了二十名。

"三审"由女官李尚宫和年老宫女钱嬷嬷把关。这李尚宫据说是李贵妃的心腹，借着遴选宫女之名，往往会把一些颇有姿色的宫女暗暗记下，他日进行拉拢，如果有不识抬举的，他日必会整治。姑娘们单独进入一间密室，被脱得一丝不挂，李尚宫和钱嬷嬷摸其乳，探其秘，闻其味，察其肤……查看完毕，又退回两名。柔奴注意到李尚宫着意多看了她几眼。

八十名宫女瞬间只剩下十八名了，三审遴选过关的女子还要在宫中接受一个月左右的培训。由李尚宫、钱嬷嬷教她们熟悉宫中规矩，学习礼仪规范的过程中，负责培训的女官，还要考查她们的智力、性格作风之优劣。当然，睡觉时磨牙、放屁、吧嗒嘴的，说梦话撒癔症的，绝对不能容留，将来惊了驾，那可不是闹着玩的。

柔奴意不在选妃，因此这段日子过得格外坦荡从容。而其中有一个叫陈迎儿、一个叫鲁清风的，两个人似乎颇在意中选的结果，柔奴曾亲眼见两人偷偷地塞给李尚宫和钱嬷嬷银子，就连李信手下的小太监蔡畅都偷偷打点过了。柔奴不以为意，闲暇时只静静看自己的医书，对别的一概视而不见。

每日，钱嬷嬷教宫女们以掖庭规程，女孩子们花半个时辰写字及读书。写读毕，次日命宫人考试，后授以六法，即规、矩、权、衡、准、绳。考核优秀者可升为宫中女官，这也是女官唯一的升迁之路。

掖庭宫大多为宫女居住之处。皇帝赵顼在位期间，有几百名宫女住在此地。一日，柔奴正在掖庭浆洗衣服，钱嬷嬷招手把她叫去，说李尚宫召见。柔奴匆匆赶去，见李尚宫正沉着脸等她："听说你是陈太医的内侄女儿？"

柔奴点头。

"若不是卖给陈太医面子，连你也要退回的，你可知晓？"

柔奴默不作声。

"别以为你生得美，就可以不把别人放在眼里。宫里上上下下，都是贵妃娘娘说了算，高太后、向皇后操心的是宫里的大事，宫女遴选的事，一直是贵妃娘娘把持，用谁、不用谁、怎么用，都是贵妃娘娘来定夺，你可明白？"

柔奴颔首："柔奴并无非分之想，只想做一个小小的医官而已。"

听到这样的话，李尚宫忽然爆发出一阵狂笑："来这儿的，有几个是不图恩宠、不想一步登天的？难道是来受罪的吗？越是这么说，越是包藏极大的野心与祸心！陈柔奴，你好大胆！"

柔奴心想：反正跟她也说不明白。于是便垂头不语。那李尚宫看柔奴默不作声，以为说中了她的心思，愈发得意起来：
"刚刚进宫的小宫女只是个侍御、红霞帔，再进一步，才能封
君，再由此升才能是才人、美人、婕妤、昭仪、昭容、修媛、
修仪、修容、充媛、婉容、婉仪、顺容、顺仪，最后才是贵
妃、德妃、淑妃、贤妃、宸妃。若是不听从贵妃差遣，小宫女
暴病而亡也是常有的事儿，你能走到哪一步、有多大的命去
走还真不好说，只有一心一意为贵妃效力，才有你的好处！"

柔奴听了这话吃惊不小，宫女看似身份卑微，可难保日
后不出个婕妤、昭容的，最低级的也是常常在帝后、各宫伺
候着，李贵妃从这里下手，可以说扼住了根源。她苦心经营
多年，想必宫中已是耳目众多，大到尚宫、尚仪、尚服、尚
食、尚寝等，小到司记、司言、司簿、司帏、司籍、司乐、
司宾、司赞事、司膳、司药等，不知有多少是李贵妃的人，
是她的耳目，她想让谁得点好处或想让谁暴病而亡，那可不
是只凭她一句话的事儿！看来，要想扳倒她，可不是一件容
易的事儿。眼下，也只有假意顺从了，免得树敌。

当下打定了主意，柔奴便俯身拜道："奴家怎能不听贵妃
娘娘的调遣？奴家入宫之前便听闻贵妃娘娘颇得圣宠，能为
贵妃娘娘效力，是奴家求之不得的事。"

"还算你聪明！"李尚宫撇了撇嘴，脸上浮出点笑意，"你
如果乖觉懂事，贵妃娘娘自然能保你平安。若糊涂了，哼！"
她冷笑一声，"休怪自己命小福薄！"

第三十五节

　　宝篆宫内，香气缭绕，宫女穿梭往来、伺候殷勤。李贵妃着宽袍大袖的五彩锦绣常服，梳着云尖巧额鬓，浑身珠光宝气、光彩照人，正斜倚在凤阁里闭目养神。身前身后几名宫女为她打扇、捶腿，小心伺候。李尚宫进了门，便小心翼翼地候在一边，大气儿不敢出，见贵妃双目微微睁开，马上殷勤地小跑上前，亲手奉上一杯香茗。李贵妃眼皮子也不抬，懒懒地问："你来啦。"

　　"是，娘娘。"李尚宫恭恭敬敬答。

　　"据你看，这次入宫的，有没有可用之人？"

　　"大多姿质平庸，只有一个，或许可成为好棋子。"

　　"哦？"李贵妃挑了挑眉毛，示意她说下去。

　　"太医局陈太医的内侄女儿，生得十分貌美，也极聪慧，只不过为人倨傲，不知能否为娘娘驱遣，还需再察看。陈迎儿和鲁清风倒是乖巧懂事得很，可惜都是中人之质，不知是否可堪重用。"

李贵妃轻轻呷了口茶，蛾眉一挑："太过聪明了不好，虽乖巧没有过人之处亦不行，你还须多上心，好好发现栽培。本宫近日是愈发睡不好了，没想到这小小的朱婉容也快爬到我头上去了！她有什么资格！长相粗陋，腰粗如桶，人也不聪明，不过命好，生了两个儿子罢了！"

"就是，就凭她，哪能和娘娘比？圣上不过一年才召幸她两三回！"

李贵妃脸色愈加难看起来："召幸她两三回她还偏偏能受孕，而且胎胎是儿子！"李贵妃扶住突突乱跳的太阳穴："也是我疏忽了她，容她把儿子生了下来，还能养大！如今，听说皇帝就要晋她为德妃了……"

"娘娘莫急……养大也未必能成人啊，上次若不是太后看得紧，她这胎也未必能保得住。"

"其实太后也不见得喜欢她，只是为皇嗣太上心了。过两天，寻个由头让她吃点苦头吧。"

"是，娘娘放心，敢爬到娘娘头上，她是吃了熊心豹子胆了，我替娘娘收拾她！"说完，谄媚一笑，话锋一转，"娘娘，这几日我特意出宫，求来这送子神汤，据说灵验得很，娘娘赶紧趁热喝了吧！"

李贵妃皱着眉头看看眼前的汤药："这苦汤子也不知喝了多少了，一点儿都不管用！还不是胎胎都是丫头！"李贵妃说着说着气恼起来："你看我这连日睡不好，脸色是否憔悴了？今天冬雪给我梳头时，看见我这鬓角又多增了几根白发！"

一直在身后不说话的冬雪这时开口道："我看娘娘不必过于焦虑，阖宫都知道，皇上最宠您，您看前朝张贵妃，不是也没儿子吗？仁宗皇帝不照样宠她？当年还毫不顾念当朝太皇太后的面子，对她以皇后规制下葬呢。"

"你懂什么?!"李贵妃冷笑道，"你们哪里知道，当今皇帝的性子，和先朝仁宗皇帝可是大不一样！他是个心气儿高的人，要做下千秋万代的事业，哪有心思顾念儿女情长？何况有这么多儿子，他怎会顾念一个深宫妇人！"

一个月的培训结束后，柔奴如愿分到慈明殿做一名司药宫女，负责为高太后高滔滔调养。太后高滔滔已经四十多岁的年纪，从英宗赵曙去世之后，高滔滔便犯了头痛的毛病，发作起来十分吓人。她与赵曙自幼青梅竹马，感情甚笃。赵曙在世时，只有一个皇后，居然没有纳妃，也算是千古传奇。高太后出身名门，其曾祖为宋初名将高琼，祖父是名将高继勋，母亲是大宋开国元勋曹彬的孙女，姨母是宋仁宗的曹皇后。高滔滔从小就被曹皇后视为亲生女儿，养在宫中，被称为"皇后女"。当时宋英宗赵曙年幼，也被抱养在宫中，被称为"官家儿"。两个小孩刚好同岁，从他们很小时，宋仁宗便对曹皇后说："异日当以婚配。"这样，长大后，宋仁宗和曹皇后亲自为两人主持婚礼，当时便有"天子娶媳，皇后嫁女"之说。赵曙即位为宋英宗后，立高滔滔为皇后，二人的感情一直很好。高滔滔自小在宫中长大，经历了许多重大政治事件，见识相当不凡，绝非普通女子可比。

慈明殿和慈宁殿相距不远，慈宁殿里住着已经六十几岁的太皇太后曹太后，也就是先朝仁宗的皇后，高太后的姨妈。曹皇后也是出身将门，熟读经史，善写飞帛书，一生谦谨节俭。她做皇后时，亲自带领宫嫔们在皇宫种植谷物，采桑养蚕。说起曹皇后的胆略见识，还要提起一桩公案。公元1048年间正月，仁宗睡在曹皇后宫中。半夜时分，一阵杂乱的响声将他们惊醒，仁宗要出去看看发生了什么事。曹皇后劝他千万不可轻动，免遭毒手。随即她把宫人集中起来，分别把守宫门。并亲手为每人剪下一绺头发，叛乱平息之后，以发为记，论功行赏。正是她的冷静机智，杀退了叛逆者，她的临危不惧、应变有方、指挥若定，使仁宗皇帝大为佩服，从此对曹皇后敬重有加。

待到皇帝赵顼即位后，重用王安石变法，富国强兵。曹太后认为"祖宗法度不宜轻改"，予以反对，但赵顼并没有采纳。高太后也对变法颇有微词，赵顼既不敢忤逆母亲和奶奶，又不愿听命于她们，因此借口前朝事多，不愿往后宫来。但赵顼纯孝，每日晨昏定省是少不了的，所以每日见面聊天就比较尴尬，偏偏他自己的皇后也是与母亲、奶奶一脉相承，在变法上持反对意见。因此，赵顼就不怎么待见自己的皇后，把向皇后晾在一边，反去宠幸自己的妃子，因为李贵妃乖巧，从不说皇帝不喜欢听的话，所以向皇后虽贵为皇后，二十年间却只生育了一个女儿，还不幸于十二岁时夭折了。

第三十六节

　　入宫之前，柔奴就曾专门研究过高太后的病，已经心中有数了。高太后患的是神经性头痛，日常疗法用川芎六钱、白芷六钱、细辛三钱、羌活十钱、独活十钱、防风十钱、苍术十钱、黄芩十钱、菊花十钱、当归十钱、麦冬十钱、藁本十钱、蔓荆子十钱、蜈蚣两条。此方可散风清热，通络止痛，平肝熄风，用于风热上扰清窍、清阳被遏之各种头痛，可获良效。

　　另外，柔奴嘱托药膳房每日把芹菜根加水煎煮了，早晚各一次喂给高太后服下，再取白菊花，加水煎沸后，倒入脸盆内，每日趁热熏蒸头部，又将远志每天煎一次，每次加大枣七个，早晚煎服。另外，高太后每日饮用的茶水也换成了鲜百合加酸枣仁，每日喝的粥换成了丹地粥，即用丹皮十钱、丹参五钱、山茱萸肉五钱、熟地黄十钱、大米五十钱，细细煎熬而成。这些药疗、食疗共同发挥作用，很好地控制了高太后的头疾发作。

如此不出三个月，困扰高太后多年的头疾居然痊愈了，高太后欣喜异常，立刻封柔奴为柔嘉郡君。入宫只三个月就获得太后信任并擢升的，历来还未曾有，阖宫震惊了，眼看这小丫头下一步就是才人、美人、昭容了，得了高太后的喜爱，这些还不简单？不仅李贵妃对柔奴高看一眼、刻意拉拢，就连皇帝赵顼本人以及向皇后、朱德妃、林婕妤等都听说了柔嘉郡君医术精到，手到病除，颇得太后欢心的事。

一日在福宁宫，皇帝赵顼与李贵妃、朱德妃、武才人众妃闲聊，问了问皇子们近期的学习进益以及公主们的女红，随口问了句："听说宫里新来了一个宫女，颇受母后喜欢？"刚刚晋升的朱德妃笑道："是啊，听说生得很美呢。"

武才人怀着孕，肚子高高隆起，一张脸圆圆的，由于吃得太多，出了双下巴。她仗着有孕，打趣起皇帝来："哟，官家何时也开始关心起后宫的事儿了？一个小小宫女就惊动了圣驾，官家只记得这么个小宫女讨了母后喜欢，记不记得，林婕妤姐姐也曾被封为永嘉郡君？"

当下赵顼笑说："瞧你这张嘴，朕只单单问了一句，就招来你这么多话。朕近日也患失眠头痛的毛病，听说她那方子甚是管用，朕是九五至尊，难道连个小宫女都使唤不得？"

武才人到底年轻活泼，嘴上也快："这天底下还有官家

使唤不动的？便是明天就封她做个昭容、贵妃的，又有谁敢
说不？"

朱德妃只浅浅一笑，李贵妃却从鼻子里哼了一口气，赵
顼似笑非笑地看她一眼："你这性子啊，总不改，醋坛子似
的，左右被我惯坏了。"

像这样其乐融融的场景实在是少见，对于励精图治的皇
帝赵顼来说更是不一般。许是年纪渐长的原因，从今年以来，
赵顼更加关心起皇子来，深悔之前忙于政事，疏于对皇子们
的管教，于是偶尔去后宫各寝殿走一走，有时也召那几个有
子、有孕的嫔妃，到他的福宁宫坐坐、拉拉家常。

年岁渐大，无论朝政再重要，终究还是子嗣最要紧。前
朝仁宗的悲剧，赵顼可是谨记于心。说实在的，他也不太赞
成父亲英宗赵曙的做法，仁宗虽不是自己的亲祖父，可毕竟
把大宋江山传给了他这一脉，也正是子嗣上的缺失，才使得
仁宗这一脉皇权旁落。所以对赵顼来说，人生有两件顶顶要
紧的事：一是变法图强，一是培养皇嗣，培养以后大宋帝国
的接班人。

赵顼自幼便"好学请问，至日晏忘食"。当太子时就喜读
《韩非子》，对法家"富国强兵"之术颇感兴趣；当时就读过
王安石的《上仁宗皇帝言事书》，对王安石的理财治国思想非
常赞赏。所以，自他继位起，便开始重用王安石，进行变法。
虽然阻力重重，但他矢志不改，决定实行更为强硬的手段来

推行新法。这样夙兴夜寐，便觉心力交瘁，身子越发虚弱了，一日竟于垂拱殿听政时忽然晕了过去。

皇帝突然晕厥，一下子惊动整个后宫。柔奴眼见得陈太医、董太医，以及太医局的众多太医、宫女、太监慌慌张张地往垂拱殿跑，便知发生了大事。此时她已被封为柔嘉郡君，在宫中主尚食一职，主管宫内司膳、司醢、司药等，因此也慌忙随众人进了垂拱殿。只见陈太医、董太医正满头大汗地忙着救治皇帝，赵顼则脸色苍白、双目紧闭，像死了一般。

柔奴见他们所用药方乃温补之方，忙上前阻止："官家许是劳神过度的缘故，思虑劳神而积劳成疾。由于心藏神，脾主思，故用神过度，长思久虑，则易耗伤心血，损伤脾气，以致心神失养，神志不宁。依我看，应该先泄再补，我这段时日研制出一个方子叫'万病散'，是以附子（炮裂，去皮脐）半两、川乌头（炮裂，去皮脐）半两、朱砂（细研）半两、芫菁（糯米拌炒令黄色，去翅足）半两、川椒（去目及闭口者，微炒去汗）半两、雄黄（细研）半两、干姜（炮裂，锉）半两、人参（去芦头）半两、细辛半两、莽草（微炙）半两、鬼臼（去须）半两、蜈蚣一枚（微炙，去足）、蜥蜴一枚（微炙）。每服半钱，以温酒调下，不拘时候。不妨一试。"

陈太医不无担忧地望着她："柔奴，这可是龙体啊，容不得有半点差池。"

柔奴淡淡笑曰："伯父请放心，柔奴愿担一切责任。"

白太医则不怀好意地说："柔嘉郡君，如果这药服下去，官家身体没有起色，你可愿领罚？"

柔奴望着他一副小人嘴脸，轻蔑一笑："甘愿受罚！"

第三十七节

柔奴亲手调制的"万病散"服下约半个时辰，赵顼竟悠悠醒来。众人皆大喜，高太后与阖宫嫔妃都大喜过望，皇子、公主们早已赶来，在寝宫外黑压压跪了一地，等候侍疾。

赵顼醒来后，高太后即命赏太医局诸太医，对柔奴的赏赐格外丰厚，看来还有擢升之意。柔奴一再推辞，众人纷纷围住她，贺喜、套近乎。人群中，白太医的脸色愈加难看起来。

这白太医原本自恃医术高超，要在宫中谋个锦绣前程，无奈前有宇文璟，后有陈太医，一直显不出他来。他满心巴结高太后，谁知高太后的头疾未治利索，倒被一个刚进宫的小宫女抢了头彩，心里正自懊恼，想使出浑身解数把皇帝的病治好，不想又输给了那个小丫头，心里嫉恨发作，又不敢言，脸上便显出了不快。

从福宁宫出来，闷闷不乐的白太医正要出宫去，忽然被一个穿着体面的大宫女拦住了："白太医好，我们家娘娘身体不适，请您前去诊治。"

白太医随着宫女一路走去，没想到兜兜转转来到了宝篆宫。白太医见到富丽堂皇的宫殿和珠光宝气的李贵妃，紧张得大气不敢出。李贵妃见白太医进来，只是略微露出点笑容："白太医安好啊，请坐吧。"

白太医不敢抬头："请问娘娘有何不适？容在下搭一搭脉。"

冬雪拿来一根红绳，将绣帕附在李贵妃手上，白太医忙仔细搭脉。李贵妃微微一笑："本宫其实无甚大碍，只是为白太医鸣不平。太医满腹经纶，可惜怀才不遇啊。"

白太医见李贵妃这样说，不由一阵感动，当下俯身拜倒："小人请娘娘栽培！"李贵妃笑笑："还是白太医懂事，若太医与本宫合作，本宫自然少不了你的好处！"当下吩咐冬雪去取来金丝香木嵌蝉玉珠，赠予白太医。白太医本来满腹牢骚，郁郁寡欢，现见李贵妃如此有意拉拢，就乐得顺水推舟，收了礼物，自此便投靠了李贵妃。

李贵妃之前收买宇文璟，无奈宇文璟像个茅坑的石头又臭又硬，不光不合作，还说什么"进宫是为太后与皇帝办差的，不会听从别人的调遣"，言外之意是嫌自己位卑言轻了。不识相的东西，就得给他教训！还真以为老娘前朝没人了？更让她气恼的是，皇四子暴毙，宇文璟竟敢私下查案，所以李贵妃与她背后的"合作伙伴"寻了个理由，将宇文璟下狱，并派人将其暗杀。

原以为此事做得神不知鬼不觉，但没想到还是出了点儿纰漏，听宇文璟临死前无意中泄露说他手头握有李贵妃谋害皇嗣的证据，李贵妃吓得一个多月没睡好觉。这可是死罪啊，陪伴赵顼多年，她深知赵顼的性子，尤其这几年，赵顼的身子一年不如一年，他对皇嗣的关心也一年甚过一年。若知道了她干下了那些见不得人的勾当，别说眼前的荣华富贵了，恐怕性命都难保了！

李贵妃越想越怕，苦心经营多年，她可不想前功尽弃！儿时的痛苦如梦魇一样围绕着她，即便在"鲜花着锦、烈火烹油"的富贵与恩宠中，她也战战兢兢、如履薄冰，生怕眼前这一切会突然失去。

贵妃李含香有个凄惨的童年，十岁之前衣不蔽体、食不果腹的刻骨感受，还有经受百般凌辱与白眼的孤独脆弱，让她没齿难忘。她时刻提醒自己，要不惜一切手段保住眼前的荣华富贵。是的，她出身寒微，母亲只是一户中等人家的姜室，正室凶悍善妒，母亲肚子偏又不争气，只生了她一个女儿，所以李含香自小便饱受父亲、嫡母和兄弟姐妹的欺侮，过着吃不饱、穿不暖的日子。

由于只生了个女儿，母亲渐渐失宠于父亲后，母女两人更是缺衣少食，简直吃了上顿没下顿，活不下去了，母亲只得靠给人洗衣讨生活，还常常被一些无赖流氓欺侮。母亲无奈，只得含泪托人把只有十岁的李含香送入宫去。

　　入宫之后李含香依然遭人欺凌，多亏老天爷给了她一副清秀的面容和窈窕的身段，她偷练惊鸿舞，幻想有朝一日被皇上相中。而她这些痛苦的往事，就连她身边最最亲近的心腹宫女都不知道。入宫后，她获得皇帝恩宠多年，却未能如愿生下皇子，眼看后宫诞下皇子的嫔妃越来越多，她怎能不生气、不心焦？她没有娘家势力可以倚靠，唯一能靠的，只有她自己。

　　直到有一天，中秋家宴后，他向她献上堪比皇后尊贵的南洋珍珠，甜蜜地称呼她为皇嫂，并许下誓言，如若有一天他登基为帝，他必保她一世尊荣富贵，她所生的四个女儿，都会婚配给朝内最有权势的人家，得永续富贵。这样的条件她无法拒绝，而他与她一样，也是见不得后宫子嗣昌盛，子嗣越少，他登基的概率便越大，而他比赵顼，只不过晚出生两年而已。

　　王侯将相，宁有种乎？我与你是同胞兄弟，只不过晚出生两年而已，凭什么你天生该居于那高高的皇位之上，而我就只能终生仰望？我也有天资，我也有谋略，我也善骑射，我也是父皇、母后的儿子，我还深得母后喜爱，凭什么？况且，大宋自太祖起，便有兄终弟及的传统，太宗可以，为何我不可？

　　他需要后宫里有人与他结下同盟，这人须有恩宠和地位，须有野心与狠辣，须有对富贵荣华的强烈需求，须有不择手段的心机与谋略。当然，更须有他能驾驭和掌控的一面，家世不能太显赫，若有朝一日事情败露，她，便是最好的替罪羔羊。这个人，他寻找了很久，终于找到一个最佳的人选，她便是 —— 贵妃李含香。

第三十八节

与赵颢的一拍即合，使李含香误以为，除了她的丈夫赵
顼，她在朝中有了可靠的靠山。她不再是孤身一人。

赵顼病情稳定之后，好消息接踵而至，不多日，武才人
为赵顼生下一个皇子，取名赵佖。赵佖出生时，武才人险些
血崩而死，亏得陈太医与柔奴在旁边小心医治，这才保得住
母子性命。又添一皇子，赵顼自然欣喜异常，诏令阖宫欢宴
三天，以示庆祝。并下恩旨擢升武才人为婕好，武婕好自然
是欢欣异常。

与此同时，前朝的王安石变法正在轰轰烈烈地推进，虽
然遭到司马光、苏轼等老臣的反对，但国库库银的确是增加
了不少。赵顼也一时心情大好，前朝、后宫喜事连连，又兼
在柔奴的精心调养下，赵顼的身体一天天好将起来。

这段时光，是大宋皇宫最为宁和欢欣的日子。

杏花春雨时节，微风拂面，带来泥土和花的芬芳。一日，

柔奴穿着杏黄春衫，看着宫女熬药，不由得想起了耶律浚和王巩，怔怔地出了神。那书呆子王巩倒是常常托陈太医捎书信或者好吃的吃食进宫，信中诉不尽的相思之情，倒让柔奴紧闭的心扉荡起层层涟漪。耶律浚斯人已去，再怎么追忆已是于事无补，柔奴不是那样死心眼的人，然而对耶律浚的那份挚爱，却使她无法轻易地将自己的心交付出去。

愣神间，突然太监传话，皇帝召见。这还是赵顼第一次正式召见柔奴。柔奴自然早就见过这个年轻、文弱的皇帝，上次赵顼晕倒时，只记得他面孔苍白，但醒来后最深刻的印象莫过于那双晶亮的眼睛，执拗、从不肯妥协的黑漆漆的眼眸，如果他眼睛直视你，那便是深不见底的深潭，仿佛能直抵灵魂深处。

赵顼其实刚刚三十出头，留了胡子，有了些许的沧桑感。他白皙瘦弱，有一种自然的风流儒雅，做皇帝多年，又有种不怒而威的威严，柔奴对这个苍白瘦弱的皇帝却天生有种好感，大约他既不同于自己父亲李谅祚那般彪悍好斗，又不似耶律浚那般孔武有力。赵顼的长相，就是杏花春雨的大宋，有扑面而来的文人气息。

柔奴匆匆赶去文德殿，进得殿门，只见赵顼正在读一个厚厚的卷宗，听太监说柔奴到，赵顼把书放下，笑吟吟抬起头："听他们说，是你救了朕？"柔奴低头答："是太医们的功劳，柔奴不敢居功。"赵顼仍是和颜悦色："别害怕，抬起头来。"柔奴答:"奴家长相粗陋,不敢面圣。"

赵项说:"无妨。"语气虽柔和,却有着不可置疑的权威,柔奴无奈,只得缓缓抬起头来。顿时,那一抬首的光彩照人、明光艳艳,恰似一树开到极盛的西府海棠,有说不尽的千娇百媚,令赵项顿时有一种奇怪的感觉袭遍全身,似要化在这无尽的春风里,再不作别的念想。

他盯着她,半晌无语,眼神热烈,忽然笑道:"朕平生最恨的,就是贪欢误国,譬如南朝陈后主、隋炀帝杨广,朕觉得他们不能自持自律,便不配做帝王。朕为太子时即发下重誓,此生勤政,必富国强兵,以雪前世之耻。朕虽比不得唐宗宋祖,也怕日后留下骂名。然,朕不负国,却终究负了自己,见到你,朕才知,原来陈叔宝也有他的可原谅之处。"

柔奴静静听完,颔首曰:"官家是真正的帝王,官家今日所做的,无负天下苍生,无负大宋子民,更无负于心。"

赵项一阵轻咳:"终究还是负了朕自己。谁不想佳人在侧、红袖添香? 朕也许是个好皇帝,却不是个会享受的男人。"

柔奴道:"官家后宫佳丽无数,皇子众多,江山稳固,奴家认为,官家算得上真正的有福之人。"

赵项道:"见了你才知道,朕的后宫,确实该充盈了,后宫佳丽虽多,但朕就缺你这样一位温润如玉的美人,柔嘉郡君,想不想做朕的美人?"

柔奴道:"奴家不想做美人,只想做官家的知己。奴家不想官家因为奴家懈怠了朝政，奴家不想背负这样的千古骂名，奴家也不想让官家背负这样的骂名。"

"哦?"赵顼饶有兴趣地听着，"从来没有一个女子敢拒绝朕，她们也不会拒绝朕。朕知道，她们千方百计地讨好朕，为的是这尊荣和恩宠。朕不相信，进了宫的女子会不想要这些。"

"奴家生性淡泊，许是知道这富贵也有富贵背后的辛酸，也有许多不如意吧，因此对这些并不上心。"

赵顼眯着眼看她，打量了许久："你倒是有趣得很啊！你既不愿意，朕以天子之尊绝不勉强，但朕有信心，假以时日，你定会自己愿意做朕的美人。你刚才说要做朕的知己，朕倒是颇感兴趣，这知己是怎么个做法?"

柔奴浅浅一笑："知己，必是最懂你的心意，也必是要紧处，能说真话的人。"

赵顼朗声一笑："有趣、有趣得很！朕有的是美人，却还真的没有知己，朕就看看，你怎样做朕的知己!"

第三十九节

自从武才人生下儿子后，恩宠日盛，赵顼特意恩封武才人为武婕妤，并封她的父亲为庆州太守。李贵妃看在眼里，恨得牙根痒痒，她派人去监视武才人的父亲，想借机寻得武婕妤的不是。恰巧武婕妤病了，写信回家寻求菟丝子来入药治病，李贵妃就令太监截获这封信，诬陷武婕妤是要用菟丝子来做蛊道，诅咒皇帝。赵顼虽未全信，但架不住李贵妃时时挑拨，还是渐渐有些疏远了武婕妤母子。武婕妤无奈，只好跑去找太后哭诉，在慈明殿外正好碰到前来送药的柔奴。

"婕妤娘娘这是去哪儿？过几日便是七夕了，柔奴亲手做了几个中药包的小孩子玩具，正想给娘娘送去呢！"

"可不是，瞧我都糊涂忘了。"

柔奴见她眼睛泛红，顿时明白了怎么回事，笑道："娘娘刚刚生了皇子，还在月子里调养，前段日子身子又不利落，何必这么伤感？当心月子里坐下病根。依我说，一切都不必焦虑，应该把心放在肚子里，好好照顾好皇子才是。"

武婕好笑了笑："柔嘉郡君每日在官家身边照顾，想必已经知道了我的委屈，我九死一生生下皇子，又逢天恩浩荡，我又何必不顾脸面做那等下作事？宫中就是有些人，见不得别人的好，老想诽谤生事。"说着说着眼圈又红了。

"娘娘心里明白就是了。"柔奴笑笑，"我正要去觐见皇上，那菟丝子本就是可以入药的，想必官家也不十分明白，这才中了小人的离间计。我去说一说，官家还是肯信的。"

"真的？"武婕好眼中闪过一丝惊喜，"如此，我就多谢妹妹了！听说官家颇赏识妹妹呢，还不是被我说中了，妹妹很快就会发达了。"

柔奴笑道："娘娘这是听谁胡呲的？柔奴只是个小小的女官，万不敢有非分之想。"

武婕好神色顿时轻松了，脸色也好看了些："我们谁不是从小宫女、女官过来的？恐怕也只有向皇后出身名门罢了。以柔奴妹妹的才貌，姐姐便十分看好你。"说罢亲亲热热地搂住柔奴，往慈明殿走去。

自从上次文德殿一见，赵顼对柔奴可谓一见倾心，一向只醉心于变法革新的他，哪怕看个卷宗，眼前都会浮现出柔奴千娇百媚的样子，这对他，倒实实在在是人生头一遭。因柔奴执意不肯做美人，赵顼特意恩准柔奴为统领六尚的女官，专门为自己调养身体，可随意出入他的寝殿福宁宫，如此，他与柔奴便可天天见面了。

一日，柔奴循例来到福宁宫，为赵顼请脉，见赵顼正拿一本厚厚的书在翻阅，见她进来，笑着说："君实（司马光）还颇能干，这本书涵盖十六朝一千三百多年的历史，编撰了十几年，编撰得十分艰辛。朕觉得它'鉴于往事，有资于治道'，特赐名叫'资治通鉴'，你看这名字如何？"

柔奴见他脸上浮现出浅浅的得意的笑，有一瞬间像极了一个可爱的孩子，和平日正襟危坐、不苟言笑的皇帝判若两人，忙笑言："官家起的名，那自然是最妥帖的。"又说，"恭喜官家，官家最近的脉象沉稳了许多呢。"

赵顼笑道："如此，你是在夸自己调理得好了？"

"官家惯会说笑，奴家只是替官家高兴，并没有表功的意思。官家，奴家有些事不懂，司马相公这本书里，可曾提到汉武帝皇后卫子夫巫蛊之事？"

"那自然是有了，这本书通贯古今，上起战国初期韩、赵、魏三家分晋，下迄五代。君实确实投注很大心血，他在给朕的进表里说'臣今筋骨癯瘁，目视昏近，齿牙无几，神识衰耗，目前所谓，旋踵而忘。臣之精力，尽于此书'，好一个尽于此书！朕真的应该好好嘉奖他才对。"

"那柔奴要好好贺喜官家了，俗语说得好：治世方得良臣。如今，政治清明、经济繁荣，和官家重用贤臣不无关系啊。"柔奴也欢喜道。

"你也赞成变法？"赵顼脸上陡然露出一抹喜色，一激动竟然把茶杯打翻了，"朕自变法起，后宫便一片阻挠，就连朕的祖母、母后还有自己的皇后都竭力反对。说实在的，朕都被她们烦死了！国库空虚、兵力虚弱，先帝给朕留下这么一片江山，你让朕怎么办？祖宗把这么大的家业交到朕手上，难不成让它从我手上亡了呀。"他说到激动处，居然拍案而起，在书案前来回踱步。

柔奴微微一笑，柔声道："奴家只是一个小小宫女，自然不敢妄议朝政，但官家变法图强的心，奴家是懂得的。不变法无法改变积贫积弱的面貌，变法又会触及许多人的利益，说实话，奴家倒十分佩服官家的勇气与胆略！奴家入宫之前也曾听说过，之所以民间有怨言，是因为变法在推行过程中有人借机牟利，为害百姓，如青苗法和保甲法，所以错不在变法，而在于执行变法之人！"

"啊呀，你还真是朕的知己！"赵顼听闻，脸上一团喜色，简直奔过去要将柔奴搂入怀中，柔奴下意识躲闪了一下，"你调理的不是朕的身体，你调理的是朕的心啊！若后宫诸人像你这般通情达理，恐怕朕就会少许多的烦恼了！"

柔奴道："柔奴熟读史书，自然知道官家的用心。但奴家也知道自古后宫女子为争宠，或者权臣为了兴风作浪，都会利用巫蛊之事做文章。奴家认为，官家在前朝事务繁忙，后宫应该求稳，后院不起火，官家在前朝才能更专心，况且陛下既然看重皇嗣，自然以保护皇嗣为重，前朝有汉武帝受江充挑拨，逼死皇后卫子夫及太子之事，当今有大辽皇帝受奸人挑拨逼死皇后萧观音和昭怀太子之事。可见，这种事不能再在大宋发生了！"

赵顼听出她在为武才人求情，又听她讲到昭怀太子耶律浚的事，微笑着说："知道，朕还不至于如此糊涂，但柔儿居然也知道辽国昭怀太子的事？依朕看，这个契丹皇帝也太过糊涂了，听信小人谗言，对自己的妻儿动手，愚蠢至极！朕是无论如何做不出这种事的！"他是说者无意，柔奴却是听者有心了，当下眼角便湿润起来，赶紧偷偷拿衣袖拭了拭。因赵顼忙着翻阅司马光的《资治通鉴》，并没有留意，柔奴掩饰了一下，寻个借口出得宫来，心思所在，少不得面对北方，又偷偷哭了一场。

第四十节

赵顼听了柔奴的劝，从此对武婕妤母子又渐渐亲厚起来。武婕妤自然是对柔奴感恩戴德，竟然与她称姐道妹，不时送她些好吃的、好玩的，两人在宫中时常走动。

王巩买通了宫里司礼太监，继续偷偷送些诗信及小玩意儿往宫里，询问柔奴在宫中生活如何，关切之情溢于言表。一日，随信附有一首李太白的诗："相思相见知何日，此时此夜难为情。"诉说他思念琼儿、辗转反侧难以入眠的情形。看到这信这字，柔奴莫名其妙一阵心跳，想起与他相识以来的种种，他对她无怨无悔的付出转眼已有几年的光阴，她竟无一点回馈。

在世人眼中，王巩家世好，长相俊雅，更难得的是对她一片似海情深，始终不渝，多少女儿家盼能得这样一位有情郎而不可得呢，她却丝毫没有珍惜。柔奴心里渐渐生出一些感动和别样的情愫。

一日，柔奴正在宫里当值，朱德妃派宫女知秋前来求助。朱德妃性格温良淳朴，平时谨言慎行，柔奴与她交集甚少。朱德妃所生皇子赵佣、赵似都身体柔弱，时有发烧惊厥，去宫中延请太医，每逢白太医诊治完，孩子总是迟迟不见好，有时反而要厉害些。因此朱德妃心生疑窦，这次悄悄着人去请柔奴到他们居住的富春阁亲自加以诊治。

富春阁离亲蚕宫不远，亲蚕宫与观稼殿都是大宋初年皇帝为表勤俭爱民及对农事的重视而设，皇帝每年于殿前种稻、秋后收割。皇后作为一国之母，每年春天在亲蚕宫亲自举行亲蚕仪式，并完成整个养蚕过程。所以这亲蚕宫平日里十分安静，尤其到了夜里，四周静谧一片，似与世隔绝了一般。朱德妃居住的富春阁偏于一隅，玲珑小巧、陈设简朴，处处可见她谨慎低调之风。

柔奴细细检视白太医药方及药渣，发现白太医所用药方中大黄、芒硝用量过多，心中立刻明白了几分。柔奴悄悄告诉朱德妃："白太医这个方子本身没错，小儿惊厥高热，是应该用釜底抽薪法，用苦寒通便的药物来达到退热的目的。此犹如锅下柴多火旺，抽去柴薪则火熄热退。故常用大黄、芒硝等药，或将其配入清热方剂中，以通利大便，泻下热结，只是这方子里用量太多，日子久了，恐会伤及小儿的脾胃、大肠、心经，使孩子不思饮食，渐渐消瘦。"她换了个温和滋补的方子，"此方可保六皇子和十三皇子周全，你偷偷去太医局找陈太医，让他依方抓药，只是此事千万不可让别人知道。"说着眼睛示意宝篆宫方向，朱德妃会意，点点头。

自此，在柔奴的精心调养下，赵佣、赵似身体渐渐康健起来，柔奴又拿了许多书，有空就去富春阁教授两个皇子读书写字做游戏。两个皇子聪明伶俐，因为娘亲平素管教太严，柔奴对他们不仅和颜悦色，还时常讲好听的故事给他们听，所以皇子们越来越喜爱柔奴，时间长了，赵佣、赵似在读书上也进益不小。朱德妃看在眼里，自然心里感激不尽，但她是个少言寡淡之人，嘴上不善言辞，心里却渐渐与柔奴交好。

一日，朱德妃请柔奴为她诊脉，说近日身体倦怠、恶心胸闷、不思饮食。请白太医来诊治过了，只说着了风寒，也开了药方，因了上次的事，自己不放心，请柔奴再来看看药方有无问题。柔奴搭了脉，又偷偷看了熬煮过的药渣，大惊失色："娘娘这是喜脉，已有孕两月有余，然而，白太医开的药却是桃仁、红花，有活血化瘀的功效；大黄、厚朴、枳实、芒硝有攻下积滞的作用，若是孕妇使用，极有可能小产啊。"朱德妃闻言也大惊失色："白太医行医多年，断不会看不出这是喜脉，他居然敢如此大胆，必是背后有人指使！可惜，宫中好多姐妹，就这样被人动了手脚还不知情。"

柔奴示意她轻声："背后那个人，想必我不说，你也猜得到，阖宫上下都有她的耳目，怕是连你宫里也不例外，所以凡事要小心，不要惊动了她。这药，你仍是差人天天熬煮，只是一定不要吃下去，这笔账先给她记着，等有了证据之后再跟她算总账！你这几天一定要仔细留意着，看你宫里有谁偷偷去宝篆宫了，想必那就是内应了。"朱德妃会意地点头。

听说朱德妃再次受孕，李贵妃这边恨得牙根直痒痒，便差人叫来白太医，耳提面命，如此授意了一番，满心等得朱德妃小产，然而等来等去却毫无消息，忍不住偷偷叫来富春阁的宫女询问，却是那个与柔奴一起进宫的叫迎儿的。迎儿待众人睡下后，悄悄地起来，从富春阁的角门里拐出去，七拐八拐，偷偷来到宝篆宫的后门，那边早有小太监在接应。

迎儿以为自己做得神不知鬼不觉，没想到朱德妃早已派心腹宫女春在盯上了迎儿，见她夜深时分偷偷进了宝篆宫，好大一会子才出来，春在也不打草惊蛇，装作什么事没发生似的回去复命了。自此，迎儿的一举一动皆在朱德妃的监视之中。

为害朱德妃流产，李贵妃又心生一计，借林婕妤的手送给朱德妃一件天蚕丝做成的衣服，以示贺喜。天蚕丝华美异常，又轻薄透气，自是价格昂贵、不可多得的好物。李贵妃狠了狠心，将赵颢赠予她的两件天蚕丝衣服都拿出来，一件在生漆水里泡了三天三夜，林婕妤喜欢的那件却没做任何处理，并悄悄叮嘱林婕妤不让朱德妃知道衣服是自己送的。

第四十一节

这林婕妤原有些喜欢贪小便宜，李贵妃时常给她些小恩小惠，再加上李贵妃也颇受赵顼宠幸，她便也愿意为李贵妃办些事。那日，她提着两层食盒，笑意盈盈赶到富春阁时，朱德妃正为两个儿子亲手裁制贴身的内衣。林婕妤也为赵顼生了个皇子，就是皇十四子赵偲。赵偲生性调皮，林婕妤一直希望赵偲能跟赵佣、赵似兄弟俩多亲近亲近，也在功课上长进些。此刻看朱德妃与两个儿子其乐融融地在一起，便含笑地上前去，娇声说："姐姐的手越发巧了！什么时候，我也像姐姐似的，有双巧手，偲儿就能多几件好衣服穿！"

朱德妃扭头见是她，不由笑了："你今天怎么有空过来？""想姐姐了呗！"林婕妤俏皮地说，"娘家送来我打小爱吃的点心，做得很是精巧，倒比御膳房做得更有风味。我不能吃独食啊，想着姐姐有孕在身，赶紧给姐姐送来了！对了，还有件天蚕丝的衣服，轻薄透气，姐姐有身孕，容易出汗，很适合姐姐穿，所以一并给姐姐带来了！"朱德妃接过衣服看了看，果然很是喜欢，少不得对林婕好连声道谢。

自此朱德妃便将这件衣服常常穿在身上，但不久手臂和背上就出现一片片的红粒，又痒又肿，朱德妃开始并未在意，以为是蚊虫叮咬所致，但紧接着身上瘙痒无比，手指渐渐肿得不能够正常地握拳和伸直，而且皮肤大片溃烂，这才吓坏了，忙召来了柔奴。

柔奴听说后觉得事出反常，她匆匆赶去富春阁，仔细勘查，发现罪魁祸首原来是这件天蚕丝的衣服！衣服用生漆水泡过，这生漆水含有剧毒，对生漆过敏者肌肤触摸可导致红肿、出红疹、瘙痒等表现，严重者可毒发而亡。

柔奴把这些告诉了朱德妃，朱德妃心里恨极了，当即就要去赵顼面前告发，却被柔奴拦住："你去告谁？林婕好还是宝篆宫那位？依我看，林婕好不过是替罪羊罢了，背后指使她的恐怕是——"她努努嘴，指向宝篆宫方向："此刻即便见了官家，告诉他这种种，官家也不会相信，因为咱们还是没有直接证据，她又惯会做出贤良淑德的形象，官家对她还是极其信任的。眼下，你虽中毒，可毕竟皇嗣未损，皇帝顶多会申斥她，她还是继续做她的贵妃，再则，我相信她背后必有人与她同谋，否则，再大的胆子，也不敢如此任意残害皇嗣。我怀疑皇四子，还有前段日子武婕好生产时的血崩都与她脱不了干系。我倒要看看，她背后那个人究竟是谁？你且忍一忍。"朱德妃只好忍怒不提，心里恨死了李含香。

七夕眨眼到了，王巩托人从宫外捎来用刚采摘的荷花花苞做的双头莲，还有绿豆、小豆、小麦泡在陶瓷器皿里发出的嫩芽，用红、蓝彩条扎起来，叫作"种生"，送与柔奴。"种生"五颜六色，煞是好看，柔奴爱不释手。王巩另附小诗一首，"山有木兮木有枝，心悦君兮君不知"。柔奴俏皮地回了一首："一寸相思千万绪，人间没个安排处。"找个粉色信笺写了，着人带给王巩，王巩见到柔奴俏丽的字，如见其人，思念之情更甚。

颇让柔奴惊喜的是，朝云给她写了信，信中提及她与苏轼的种种生活乐事，叫柔奴看着竟有几分羡慕，当年那个瘦瘦小小的丫头转眼成为一代文豪的如夫人，与苏轼郎情妾意，世间一对神仙眷侣。信中特别写到苏轼为她在家中搭了一座乞巧楼，让她与孩子们诵诗，还把做好的手工摆在那儿，花花绿绿的一桌子，然后点燃降火，依次叩拜，很是热闹。

朝云在信中还不忘了提醒柔奴，七夕夜一定要对着新月穿针引线，讨个吉利。柔奴看着信，眼前浮现出朝云与苏轼穿针引线、赋诗唱曲儿的情景，不禁有些神往。能与苏轼为伴，对于一个女子来说，也算不虚此生了。这两天在宫中听到一个传说，熙宁七年（1074年）九月，三十七岁的苏轼被委任为密州太守，他从苏州启程，前往密州赴任，途经苏州阊门，苏州"望云馆"有位歌伎，特意携酒前来送行。临行，苏轼赠她一首《醉落魄·苏州阊门留别》：

> 苍颜华发，故山归计何时决？旧交新贵音书绝。惟有佳人，犹作殷勤别。　离亭欲去歌声咽，潇潇细雨凉吹颊。泪珠不用罗巾浥，弹在罗衫，图得见时说。

还有一些女子，未嫁时仰慕苏轼，嫁人后仍念念不忘，想来见苏轼一面，以了结情思。据说苏轼在杭州时，一日与友人同游西湖，"至湖心，有小舟翩然至前，一妇人甚佳，见东坡，自叙：'少年景慕高名，以在室无由得见。今已嫁为民妻，闻公游湖，不避罪而来。善弹筝，愿献一曲，辄求一小词，以为终身之荣，可乎？'东坡不能却，援笔而成，与之。"

苏轼赠送给这位多情少妇的诗词，就是这一首《江城子》：

> 凤凰山下雨初晴，水风清，晚霞明。一朵芙蕖，开过尚盈盈。何处飞来双白鹭，如有意，慕娉婷。　忽闻江上弄哀筝，苦含情，遣谁听？烟敛云收，依约是湘灵。欲待曲终寻问取，人不见，数峰青。

　　王巩再有信来，一开头就说，柔奴若再不出宫，他就要应父母之命娶妻生子了，女方为翰林学士张方平的三女儿，将来，柔奴若再想嫁与他，只能做妾了。柔奴笑他如此不正经，又想：可不是吗？以他的年纪，早该娶妻生子了，待要修书一封调侃他几句，又见他信后殷殷叮嘱，在宫中一定锋芒不可太露，注意自身安全，后宫之险恶他早有耳闻，稍有不慎便可招致杀身之祸。柔奴看他反复叮咛，心里也觉温暖感动，对王巩的情愫不知不觉又增添了几分。

　　日子便在这种写信与回信中悄悄溜走。

　　宫中的日子忙碌又漫长，忙碌还没有什么，只要一切安好，别出什么乱子，就是人生好时节。只是到了晚上，想起死去的耶律浚和宇文柔奴大仇未报，琼儿便再也睡不着了。此刻，她也分不清自己到底是琼儿还是柔奴了，从兴庆府的蓦然回首、惊鸿一瞥，到如今以统领六尚女官的身份寄居在这大宋皇苑之内，耶律浚的猝死、王巩的深情、赵顼的爱意，自己忧伤早殇的母亲、薄情寡恩的父亲、才高八斗的大宋文豪等等，这一切都像浮生一场梦，有时显得如此不真实。只是想起苏轼、王巩和朝云，还有灵瑶，她的心里会暖暖的，他们是她生活里一抹阳光。转过身，她又在记挂灵瑶回西夏之后怎样了，小丫头也到了婚嫁的年龄了，大辽一别，转眼又是一年多没见了，午夜梦回时柔奴经常会梦到他们。

七夕过后，很快就是深秋了，这一年，已近七旬的曹太皇太后咳疾发作，日夜不停地咳，险些咳出血来。因曹太皇太后是当今高太后的亲姨妈，又是当今皇帝的祖母，因此不光太医局忙起来了，就连柔奴也要调配过去帮忙。天气转冷，阖宫的皇子公主们，身体虚弱些的，也是三天两头发热、腹泻、咳嗽，所幸六皇子赵佣和十三皇子赵似在柔奴的精心调养下，身体渐渐康健起来，竟然没有生病。朱德妃自然是对柔奴感激不尽，上次生漆中的毒在柔奴的大力调治下，已渐渐无碍，朱德妃身体一天好似一天，再加上现如今她的肚子越来越大了，自然是万事小心，平时宫门也不迈出半步。如此，倒也平安无事。

王巩和朝云的书信又相继来到，王巩说他与苏轼、朝云相约去赏菊。秋日赏菊是东京汴梁的传统，汴梁的菊花品种很多，有黄白色而花蕊像莲房的"万龄菊"、粉红色的"桃花菊"、白色花瓣而浅红色花蕊的"木香菊"、黄色而花瓣是圆形的"金铃菊"，各家酒店都用菊花扎成门洞，他们三人在郊外登高设宴，赏菊饮酒，还笑称"遍插茱萸少一人"。宫外的日子多么新鲜有趣，柔奴能想见他们的快乐，再看在宫内如此沉闷单调，柔奴又一次动了出宫之心。

朝云则在信中提到苏轼在家中为她烹制美食，制作东坡肉及桃花酒，他写词、她唱曲，琴瑟相和，言语间是满满的幸福感。苏轼极爱吃，又极善于烹饪，曾自嘲老饕。柔奴看了，不禁想，这朝云倒真是个幸运的女子，这辈子能和自己所爱的男子在一起，长相厮守，人生之大幸！

第四十二节

　　曹太皇太后的病刚刚有好转，太后高滔滔又病倒了，渐渐地还重了起来，这下子，连赵顼都急了。御医院开出大量补药，但柔奴却主张不要乱吃补药，应先排毒。为此她和白太医发生了争执，柔奴依据张仲景的《伤寒杂病论》及宇文家祖传秘方，认为现在药方太过崇尚温补，仍坚持大多数病是因为病邪侵入人体导致，必须先排出病邪，再看看要不要补。白太医则说如果她延误病情，就要以欺君罪论处。两人均在高太后处立下军令状，若不能半个月内医治好她的病，则重杖二十，撵出宫去。

　　柔奴回到住处后苦思冥想。她用先泻后补的办法，高滔滔初期反应很大，甚至一度狂泻不止，身体变得十分虚弱，李贵妃、白太医欲借机治柔奴的死罪。紧要关头，向皇后命柔奴迅速调制出对症的汤药，柔奴用自己在御花园亲手种植的中药材及西夏补药包括极品枸杞等，细细研磨，精心调制了十全大补汤，没想到效果出奇地好，高太后渐渐能吃些东西，几日后竟能下床走动了。

李贵妃见势不妙，偷偷指示高太后宫中的熬药宫女在十全大补汤中加入过量的菖蒲，适量菖蒲有消痰除积的作用，多了未免有毒性。宫女把汤药端进去后，幸亏柔奴早有准备，她仔细检查了药渣，发现里面有过量的菖蒲，及时阻止了高太后进药。

东窗事发，小宫女畏罪自杀。阖宫大乱，居然有人敢对太后下手，高滔滔震怒异常，下令阖宫搜查、整顿肃戒，凡是夹带私藏、与外界私通消息的，一律杖责，或杀头或赶出宫去。一时间，宫里乱作一团，包括鲁清风在内的许多李贵妃的眼线，都被柔奴借机除掉了。只是迎儿还要留着指证李贵妃，便没有被撵出去，暂时关押在掖庭，等候发落。

经柔奴精心调养后，高太后终于痊愈，此病如若再发展下去即是肺气肿，有性命之忧。白太医医治无效，差点延误治疗，只好乖乖地领了二十大杖，被逐出宫去。此事令柔奴在宫中威信更高，也让李贵妃羽翼被剪除不少、大受折损。

渐渐到了冬天，柔奴入宫已有一年多，元丰改制也稳步推进。在蔡确、王珪的协助下，赵顼对职官制度做了改革。宰辅制度恢复了唐三省制规模，以尚书左、右仆射为宰相，左仆射兼门下侍郎，行侍中之职，右仆射兼中书侍郎，行中书令之职，借以发挥中书揆议、门下审复、尚书承行的职能，实际上权归中书。同时，参知政事改称中书侍郎、门下侍郎和尚书左、右丞。凡省、台、寺、监领空名者一切罢去，使各机构有定编、定员和固定的职责；许多机构便或省或并，如三司归户部和工部，审官院并于吏部，审刑院划归刑部。这一来二去，节省了两万缗的开支，赵顼乐不可支，距他富国强兵的梦想又近了一步。

时光荏苒，许多前尘往事渐渐已让柔奴释然，再怎么伤心，耶律浚也是回不来了，她的心渐渐收住，静了下来。生命终究是美好的，要享受这种美好，哪怕是短暂的。

从冬至后，东京汴梁就热闹起来，瓦舍艺人沿着御街表演各种杂技、傀儡、杂剧、评书。到了正月十六一早，皇帝赵顼登上城楼宣布与民同乐。去得早的市民，站在城楼下面可以瞻仰龙颜。城楼两旁是贵族和大臣们的彩棚帷幕，各家安排歌舞伎在里面演出，乐声鼎沸。王巩、苏轼、黄庭坚等人也来凑热闹。西朵楼下方，开封府尹的军士在那里警戒，帷帐前排列着罪犯，百姓们一边看演出，一边看宣判，可以说是寓教于乐。狂欢从白天到黑夜，再从宣德楼移到大相国寺看灯会，大相国寺的灯会同样人声鼎沸，人们摩肩接踵，热闹非凡，直到第二天深夜人们才渐渐散去。

王巩再有信来，诉说大相国寺看灯会的热闹有趣，并附有几个新鲜灯谜让她猜："只待双方心融洽，才可将那情侣结"

（倩）；"只上浮云间"（去）；"曾经沧海难为水"（滩）……
渐渐地，王巩的书信与关怀成了柔奴的期盼，她的芳心一点
点被打动了。

赵顼为讨太皇太后和皇太后欢心，也在宫中制作灯谜，
令阖宫上下，不分身份尊贵高低，均可猜谜，多猜中者有奖。
太皇太后与高太后传下懿旨，宫女、太监们这一天也有礼遇
和赏赐，阖宫喜笑颜开。

柔奴才思敏捷、技压群芳，一连猜中二十多个灯谜，拔
得头筹，更兼那天穿了一件色彩淡雅恬静的襦衣，被满树的
红梅和悬挂满枝的红灯笼衬得分外明艳照人，恰似李商隐
诗中的"匝路亭亭艳，非时裛裛香。素娥惟与月，青女不饶
霜"。赵顼远远望去，从未见过这样明光潋滟的美人，一时惊
呆住了。

上元节后，赵顼愈加爱恋柔奴，片刻不想离开柔奴，执
意要立柔奴为婕妤，渐渐失宠的李贵妃更视柔奴为心腹大
患，恨不得除之而后快。但柔奴仍不为之所动，虽然她对锐
意进取的青年皇帝也颇有好感，但自小在西夏王室所见的种
种倾轧以及耶律浚母子的悲惨遭遇，使柔奴越来越厌倦尔虞
我诈的宫廷生活，所以对赵顼的深情厚谊，她反倒是避之不
及了。

一日在福宁宫，柔奴正为赵顼请诊，神色疲倦的赵顼突

然说道:"朕有大宋江山,天家富贵,天下女子莫不倾心朕,为何你不肯?"

"大约奴家不喜欢这富贵枷锁吧,从来人人只羡富贵,我只爱自在。"

"做了朕的女人,朕也可以许你自在啊。"

"官家不知吗?皇宫里什么都有,就是没有自在,便是官家肯,太后肯吗?太皇太后肯吗?"

"你还是信不过朕对你的真心?"

"官家的话柔奴自然不敢不信。但柔奴要的,官家却恰恰给不了。"

"这世上还有朕给不了的东西?"他轻轻笑道,"朕是天子,普天之下莫非王土,率土之滨莫非王臣,还有朕给不得的东西?"

"奴家要一份至纯至真的爱,'愿得一心人,白头不相离'。官家可给得了?"

赵顼轻蔑地一笑:"你毕竟是小女子,任性得很,这世上哪有至纯至真的爱?朕是不信的——朕是天子!"他长叹一声,颓然坐在龙椅上,"天子,便当以天下为己任,没有资格耽于儿女情长,朕累得很,只想找个懂我的女子,知我、懂我、怜我。"

在那一刻,柔奴在赵顼脸上看到的,是一个受伤孩子般的纯粹与无辜。男人至死都是孩子,无论他身份多么尊贵。

柔奴道："官家自然给得起，官家给奴家的，已足够多，奴家别无期求。只是，能做得了好皇帝，却未必能做个好相公。"

"这么多年来，朕孤独得很，年少时的雄才大略，如今已渐渐消磨殆尽。朕有几十个女人，朕冷眼瞧着，这么多年，她们怕朕，但又巴结朕，她们爱朕吗？朕不觉得。但是，自古以来，人人都求富贵，她们并没有错，只是朕没有爱过她们。柔奴，你是朕这一生唯一爱上的女人，朕从未这么想与一个女人厮守终生，难道你就一点都不顾念朕的一片真心，一点都不想做大宋最尊贵的女人吗？"

"官家对柔奴的厚爱柔奴感怀不已，可是人各有志，官家饱读史书，想必也知道唐德宗与王贵妃的故事吧？"

神宗默然不语。他熟读史书，怎能没听说过？唐德宗李适当太子时，爱上了好友王承升之妹王珠，李适即位后，便宣王珠进宫，隆重地册封她为贵妃，还极力讨她欢心。没想到王珠适应不了皇宫生活，坚决要求出宫。最终德宗无奈，下令废去王贵妃的名号，让她身穿入宫时的衣服，用一辆小车把王珠送出了宫门。后来大才子元士会爱上了王珠，为了能与王珠结为夫妇，又不违背皇帝"不许嫁与仕宦之家"的圣意，元士会甘愿放弃自己的大好仕途，辞了中书舍人之职，携王珠双双返回故里，过起隐居的恩爱生活。两个人，一个追求爱情，一个不慕荣华，这一对奇男奇女演绎的真情故事，成为后人流传的一段佳话。

柔奴每每读到王贵妃的记载，都惊叹不已，在她内心深处，有着一颗与王贵妃一样向往自由、渴望爱情的心："后宫虽富贵，却也为富贵所累。王珠宁愿不做贵妃，哪怕与心爱之人，做个乡野村妇也开心！"柔奴欣赏她这份骨气。

第四十三节

听到柔奴的回绝，赵顼气急败坏道："那都是些蠢妇！"忽然转念一想，若有所思："难道你已有了心爱之人?！想效仿王珠?"

柔奴缓缓摇头，心里暗想：我心爱之人，早已被奸人所害，与我阴阳两隔……只是这王相公，算是我心爱之人吗?

赵顼虽然明白柔奴的心意，却一时不能放手。失意之下，赵顼已经略显疲态，身体每况愈下，在感情上，他更需要一个能了解他心意、与他说得上话的可心人。好不容易有柔奴这样的知己，他怎肯轻易放手?

眼下，前朝改革不太顺利，立储的呼声却高起来，这一切，都让赵顼头疼不已。朝中已分两派：大臣蔡确和邢恕有策立雍王赵颢、曹王赵頵之意，"三旨宰相"王珪则拥立皇六子赵佣。一日，蔡确在与王珪同去探望赵顼时，问王珪对立储之事有何看法，暗中却派开封知府蔡京率杀手埋伏在暗处，只要王珪稍有异议，就将他杀死。

　　王珪胆小怕事，是出了名的"三旨宰相"。他上殿奏事称"取圣旨"，皇帝裁决后，他称"领圣旨"，传达旨意是"已得圣旨"。见蔡确相问，王珪却一反常态，慢吞吞地回答："皇上有子。"言下之意是要拥立赵佣为帝。王珪这一次如此有主见，蔡确无法，便只好四处张扬，说他自己有策立大功，却反诬高太后和王珪有废立赵佣之意。此事在后来给他招来大祸，暂时不说。

　　不仅朝中大臣另有打算，赵颢和赵頵也极为关注选立皇储一事。他们时常去皇宫探视哥哥赵顼病情，看过赵顼后，赵颢还径直去高太后处，试图探听或是谈论些什么。赵顼心知肚明，但也无可奈何，弟弟仗着母后的疼爱为所欲为。赵顼虽心生不满，无奈也只能"怒目视之"，前朝事务繁忙，自己身体虚弱，对弟弟们的篡位之心，实在无力回击。

　　与此同时，后宫武婕妤、林贤妃也加入立储之争中来。她们争相向高太后献媚，费尽心思讨好，想为自己的儿子也争个储君之位。只有朱德妃不争不抢，安心待产，依然故我。

　　一日，柔奴去富春阁探视朱德妃，见她正专心致志做小儿衣服，笑道："过几日就要生产了，还在做衣服呢，当心伤了胎气。"

朱德妃笑笑："不当紧的，左右没法儿出门，做做衣服解解闷儿。"

"这一胎怕又是皇子吧？"

"我倒盼着是位公主呢。"朱德妃摸摸肚子，"已经有两位皇子了，公主更好。"

"前朝后宫都争得不可开交了，你倒好，没事儿人似的，听说六皇子是皇储的热门人选呢。"

"这是皇家的事儿，与我何干？"朱德妃头也不抬，淡淡地说，仿佛争储热门人选并不是她的儿子。

"你真的不在乎佣儿日后能不能成为大宋皇帝？"

朱德妃怔了怔："我只要我的孩子平平安安。人人都想做皇帝，可是官家做皇帝这么多年，我也没见他开心过。"

"德妃姐姐，你这话倒有几分道理。汉朝薄太后的故事，不知你可听说过？薄太后在做景帝妃子时崇尚黄老之学，不争宠、不争位，结果最终她的儿子刘恒当了皇帝；戚夫人争来争去，却把自己和儿子的性命争丢了，下场十分凄惨。柔奴也认为你只需好好培养孩儿即可，无为而治，不争也罢！"

朱德妃点点头，一时两人无语。

窗外雨打芭蕉，雷声滚滚，眼看一场疾风暴雨就要来了。

这朱德妃原也身世坎坷，父亲崔杰，是最普通的平民百姓，在她年纪很小的时候就去世了，母亲李氏改嫁朱士安，又将她托付给一位姓任的亲戚抚养，因此她从小就有了三位父亲。所以，朱德妃自小渴望亲情，性格也格外温厚可亲。她虽然读书少，可自幼身世坎坷，历尽白眼嘲讽，养成了随遇而安、恬淡闲适的性格。

李贵妃依然处处刁难柔奴，不过每次都被柔奴机智化解，李贵妃气不打一处来。柔奴行事谨慎、处处恭顺，寻不出她半点差错，她又深得曹太皇太后、高太后、皇帝喜爱，一时也不能拿她怎样。但见她越来越受宠，李贵妃内心焦虑万分，她派人暗暗寻访柔奴入宫之前的经历，想从中找出破绽。

柔奴越是拒绝赵顼，皇帝反而越喜欢她，更是想封她为妃。一日在福宁宫，赵顼半真半假地说："朕是皇帝，朕说要封谁即是谁，朕今日就下一道圣旨，你还敢抗旨不成？"

"官家是明君，想必不会强迫一个小女子做她不喜欢的事。"

"做朕的女人，就那么不情愿？"

"官家，可容柔奴说句真心话？"

"但说无妨。"

"官家，您若不是皇帝，柔奴倒有可能爱上您。"

"哦？"赵顼听了似乎颇感兴趣，"为何？"

"官家，您是天下人的官家，不是小女子一个人的官家。柔奴要嫁的官人，须得真心真意于我，这三宫六院的，可都得遣散了，就像先皇一样，终生只爱太后一人，官家做得到吗？柔奴想要和官家终日厮守，须臾不离，官家做得到吗？"

赵顼无言以对。望着柔奴的明眸皓齿，似远黛青山，又似江南烟雨中着露的杏花，那样不卑不亢地立在自己面前，小小的嘴角有一丝倔强的意味。突然之间他恼怒起来，更像一种爱而不得的气急败坏。"来人！"他大叫。"官家有何吩咐？"内侍殿头童贯慌忙进来。"拟诏！即日起着封柔嘉郡君陈柔奴为婕妤！"童贯领命而去。赵顼随后把脸转向柔奴，一脸挑衅的笑。

圣旨刚刚拟好，内侍太监突传李贵妃求见，赵顼不耐烦地说："朕眼下没空，让她以后再来！"

太监对李贵妃说："官家正忙于政务，娘娘择日再来吧。"谁知李贵妃不依不饶："事关皇家体面的大事，还请公公再通传则个。"

太监只好再次折返回来，禀告皇帝，赵顼无奈，只得摆摆手："宣她进来吧！"只见李贵妃身着杏黄色公服，宽领大袖，领边、袖边、大襟边、腰部和下摆部位分别镶有印金和刺绣，饰以浓艳开放的牡丹和山茶，显得人格外娇俏明媚。李含香行礼后开口便道："官家，臣妾此番面圣，有重要事情禀奏！"

赵顼只好敷衍道："爱妃但说无妨。""臣妾听闻陛下有册封陈柔奴之意，事关皇家体面，臣妾不敢不说。那陈柔奴入宫之前，身份卑贱，曾为东京官伎，绰号点酥娘，汴梁百姓无人不知，以她这种身份，不配入宫为妃，若封她为婕妤，会招致天下人耻笑啊皇帝！"赵顼一听，勃然变色："休要一派胡言！"李贵妃申辩道："臣妾在官家面前怎敢有半句虚言！因此人来历可疑，臣妾曾令人偷偷查过，拿着她的画像请人看，可巧有人认出了她，三年前，她曾被选为花魁，在花满楼陪客卖笑，见过她的人不少呢，陛下若不信，可派人查证。"赵顼冷笑道："朕自然会查证，只是你这妇人，如此费尽心机针对柔嘉郡君，朕难道不知你是何居心？你虽言之凿凿，可有证据？"

李贵妃见皇帝动怒，俯身拜礼："臣妾怎敢别有居心？臣妾只是为陛下着想！臣妾既敢这么说，自然是有证据的！"说罢拍拍手，花满楼的紫玉姑娘突然出现，亲手指证柔奴曾选为花魁，并为花满楼头牌"点酥娘"，曾去达官贵人府上侑酒陪笑。

原来前年天灾人祸、天下大旱，百姓们流离失所、饿死冻死者不计其数。守旧派官员郑侠趁机绘制"流民图"呈给赵顼，历数新法的过失，要求罢免王安石。"流民图"上百姓饿死、冻死者众多，赵顼看后大惊失色，也颇为动容。在内外压力下，王安石被迫第一次挂冠而去，花满楼的靠山倒了，花满楼的生意自然也受到了影响。王妈妈死后，众人作鸟兽散，紫玉一时没了生计来源，年老色衰的她沦落为东京汴梁的洗衣娘。当李贵妃的人找到她时，为了银子，紫玉只得答应了李贵妃指证柔奴。

听完紫玉指证，赵顼颓然坐在龙椅上，他虽想加封柔奴，此时也只好暂时收回诏令了。只是心里对柔奴的恼和对李含香的怒又多了几分，当下不禁大发雷霆，摔了几个茶碗，他很少这样动怒，吓得左右宫人噤若寒蝉，大气儿也不敢出。

第四十四节

　　早有人将福宁宫的事告诉了向皇后，向皇后匆匆赶到福宁宫。向皇后是宰相向敏中的曾孙女，青州知府向经之女。她素来端庄大气，再加上后宫有太皇太后、皇太后，她更是什么事也不肯居前，对后宫嫔妃也很客气，对诸皇子多有疼爱，因此名声不错。赵顼对她虽无爱，却也相敬如宾，礼遇有加。

　　只是向皇后一直看不惯李含香的跋扈，见赵顼先前宠着她，只好不闻不问。宫中皇嗣折损，向皇后也被人猜疑，更何况因她无子，民间还多有传闻，将损害皇嗣的矛头直指于她，因此对于李贵妃的言行，她也一直存心留意着。如今听说赵顼发了大火，赶紧赶来福宁宫，柔声相劝道："官家不必动怒，这天下是官家的，官家喜欢谁、要封谁，岂容他人置喙？"劝了好半天，赵顼气才渐渐消下去。但自此，再也不愿踏入宝篆宫半步。

　　李贵妃见赵顼日渐疏远自己，心里惶恐，不仅没有反思自己对皇帝所爱之人处处针对，还以为是因为自己没有生下儿子的缘故。她日思夜想，半宿半宿不睡觉，忽然想出一条妙计，可设计陷害朱德妃，杀母夺子。

　　朱德妃的儿子赵佣是皇六子，前面五个哥哥全部早夭，所以非长非嫡的他，一下子成了皇储的热门人选。李贵妃怎能不明白呢？如果除掉朱德妃，将赵佣养至膝下，那以后，她不就成了皇太后了吗？当下，便主意打定，依计而行。

　　按照惯例，贵妃乘凤舆，由小太监抬着。这一天，李贵妃却故意由宫女抬着在宫中走来走去，并故意在赵顼下朝时遇到他。赵顼见了，觉得很奇怪，问这是何故，李贵妃故作委屈地回答说："小太监们多行为不端，臣妾眼不见心静。"赵顼让她举例说明，李贵妃便故作迟疑地说："听说富春阁里的小太监常和宫女们行为不端，所以臣妾不愿意见到他们。"赵顼听后，虽然厌恶李贵妃小题大做，还是命令搜查富春阁小太监的住所，果然搜出了李贵妃命人藏在那里的太监与宫女之间的狎具。

　　赵顼因此大怒，觉得有伤风化，宣布要遣散所有的富春阁太监，并迁怒朱德妃，要将皇子赵佣、赵似交由向皇后抚养。朱德妃突然遭此不白之冤，急怒之下早产，生下了一位公主。在生产时遭遇血崩难产，险些丧命。柔奴前去探望，朱德妃已经虚弱得说不出话来，只是紧紧握住柔奴的手，请她帮忙照顾两个年幼的皇子，似有托孤之意。

幸得陈太医和柔奴等合力抢救，朱德妃才转危为安，免遭一死。

与此同时，立储之事闹得沸沸扬扬，赵顼的两个同母弟弟雍王赵颢和曹王赵頵都是三十多岁的年纪，论声望、地位和出身，两人中的任何一个都有资格做皇帝，而且赵颢、赵頵因为高太后的偏爱，在朝中势力越来越大，手下党羽众多。当时的大臣蔡确和邢恕投靠了二王，为了夺策立之功，两人精心策划，曾想通过高太后的侄子高公绘和高公纪达到目的。

邢恕于是以赏花为名将高公绘和高公纪邀请到自己府中，一番推杯换盏、寒暄之后，邢恕终于开口了："皇帝如今体弱多病，可最大的皇子延安郡王还年幼，不知两位大人有何想法？"

见高公绘和高公纪都拈须不语，邢恕接着说："雍王和曹王都很贤明，咱们大宋可以效仿太祖和太宗啊！"高公绘听后大惊，猛地一拍桌子："邢大人，这是想置我们全家于死地吗？！"说罢，与高公纪双双拂袖而去。蔡确和邢恕见阴谋难以得逞，又见朝中大臣都拥立赵佣，这才决定改弦易辙，也拥立赵佣。

立储之事还未平息，西夏又蠢蠢欲动。元丰年间，梁太后梁落瑶频频向大宋发起挑战，宋朝边关频频失利。梁太后亲自率领军队突袭大宋，其中一路大军包围了宋朝的保安军顺宁寨地区。战事突起，大宋军方没有来得及调度驰援，顺宁寨瞬间陷入西夏军的重重包围之中。

当时顺宁城寨中不过几千人马，面对城外十万敌军，人人惶恐。大敌当前，气氛紧张。保安军首领立马派人飞马传信朝廷。

军报传入皇宫，赵顼震怒不已，急召文武大臣商议。满朝文武，居然没有一点主意。赵顼头疼欲裂，一气之下旧病发作，被扶入福宁宫休息。柔奴闻讯赶来，了解事情原委后，忽然心生一计，向赵顼献出计策。赵顼听后大喜，依计而行。

第四十五节

西夏军旗猎猎，硕大的梁字旗迎风招展，十万大军密密麻麻，把顺宁寨围得水泄不通。梁落瑶一身戎装，得意扬扬立于顺宁寨城下，号令守城将士赶快开城投降。突然，见一女子，立于城楼之上，对她便是开口大骂，把梁落瑶如何勾引自己妹夫、陷害公婆一家、处死自己的小姑子那些隐秘的龌龊事一一曝光。话语污秽不堪，连西夏将士都听不下去了，纷纷捂住耳朵，梁太后更是羞愤难当，厉声命令将士张弓搭箭合力齐射，想把城楼上高声大骂的女人给射死。

可是，城楼上早就做好了防备，根本就伤不了人家分毫。

于是，骂人的女子话说得越来越难听，西夏军将领看到杀不死她，梁落瑶在部下那里丢尽了面子，羞恼之下，半夜时分下令撤军走了。大宋不战而屈人之兵。由于又羞又气，梁落瑶回到西夏兴庆府便大病一场。

于是，大宋边疆妓女一张利口骂退十万敌军的故事轰轰烈烈传扬开去。这个骂人的女子真的是个妓女，只不过她一个民间女子哪知道这么多西夏王宫的秘事？是柔奴把梁落瑶做下的那些见不得人的事写成书信，快马加鞭送到顺宁，命顺宁的保安军找了一个嘴尖舌利的妓女，如此这般教好了上阵痛骂。柔奴太了解梁落瑶了，她做下那些龌龊事生怕有人知道，便是西夏将士知道的也不多，如若在阵前羞辱，便如当众剥光她的衣服一般，心高气傲的梁落瑶哪受得了这样的羞辱？自然是无心恋战了。

此计果然奏效，围困顺宁寨的十万大军潮水般尽数退去。但赵顼高兴不到两天工夫，西夏又派兵来骚扰，又兼雍王赵颢、曹王赵頵对皇位一直虎视眈眈，赵顼更是忧心恼怒，于是日复一日，内忧外困使他身体日渐消瘦、虚弱下去。

一日，柔奴去福宁宫请脉，见赵顼居然拖着病体，在自斟自饮。柔奴忙上前制止："官家，万不可再多饮酒了，饮酒伤身啊。"

赵顼醉眼蒙眬地看着她："伤身？伤身又如何？你知不知道，朕为天子，也很无助、无奈！朕的改革之路走得艰辛，西夏那个疯女人居然敢屡屡欺负朕！朕的委屈向何人去诉？就连朕的弟弟们都觊觎朕的皇位！朕身为皇帝，爱上一个女人，封她为妃都会被拒绝，朕是大宋的天子啊！万般无奈、诸事不顺，何乐之有?!"他含混不清地说完，居然啜泣了起来。

九五之尊的皇帝居然在一个小女子面前不加掩饰地哭出声来，柔奴一下子呆在了原地。她何尝不理解他，她又何尝不爱怜他！只是她太冷静、太理智，她知道这样的生活不适合她，别的女人费尽心思求来的荣华富贵，她真的是不屑一顾，她不愿为这样的富贵误了终身的幸福、自在。

她何尝不知道，他看似至尊无上、无所不能，他又是多么形影相吊、孤独可怜的一个人：前朝，他与旧党及各利益集团争斗、妥协；后朝，还要与支持旧党的母亲高太后、祖母曹太皇太后和自己的向皇后周旋，更要时时提防自己那两个同母弟弟觊觎皇位。况且自己的子嗣经常夭折，自己都无法照顾周全。上天给了他尊贵，却没给他轻松与乐趣。他活得太累了！

她又何尝不知道他爱自己，也许爱的是自己的聪慧和女中丈夫的胸襟，也许爱的是自己对权贵的轻视和不曲意逢迎，也许爱的是他们之间能直抒胸臆、惺惺相惜。但她要的，他却永远给不了，在励精图治的政治理想和日复一日的琐碎政务，在虚情假意的阿谀奉承、曲意承欢和殚精竭虑的左冲右挡中，他早已精疲力竭！诚如他所言，他没有资格谈情说爱，要实践这胸中抱负、实践这政治理想、实现这为人君父的责任，谈何容易?!

赵顼犹自喃喃地说："早知道做皇帝辛苦如斯，在最深的心底也不能如意，那要这万里江山，又有何用?! 又有何用!"

他发狂般嘶吼着，涕泪交加。此时的他不再是那个坐在高高庙堂之上的皇帝。他像个受了伤的孩子，或者更像一个受了伤的野兽。

看着赵顼醉意蒙眬，涕泪交加，柔奴对他又怜又爱。她为他做了醒酒汤，亲自喂他喝下去，待他清醒些了，又柔言劝道："官家还是要珍重龙体啊，其实前朝后宫这些事，也尽在官家掌控之中。如你忌讳雍王和曹王有不臣之心，抓住他们的把柄敲打敲打即可。此事的关键在太后身上，你可多与太后沟通，太后不是糊涂人，她分得清轻重。另外，六皇子聪明懂事，陛下可为其寻找名臣大儒加以精心辅导。六皇子已长大，奴家认为，还是交于他娘亲养育为好，免得母离子散、心生怨怼。"

赵顼点头："柔儿，你真是朕的解语花、朕的知己啊。朕即刻下诏，吩咐他们去做，只是你要答应朕一件事：朕封你做婕妤不肯，朕封你做贵妃你可答应？"

恰巧这话被福宁宫的宫女听到了，第二天这话就传到了高太后和向皇后耳中。李贵妃听后如临大敌，思来想去跑到太后宫中挑拨，说柔奴进宫之前曾为行院官伎，如被封妃会大大折损皇家颜面，高太后听了心中自是不悦，李贵妃又挑唆说柔奴为皇上出主意制裁雍王和曹王，离间太后与皇帝的母子亲情，高太后听后更是大怒，居然以柔奴是新党内线、宫人干政、惑乱君主的罪名将她抓起来，连夜交于掖庭审讯，意图逼她自裁。

赵顼听闻柔奴被关押后第一时间赶来求情，高太后亦不依不饶。自新法推行以来，高太后一直强烈反对，在她影响下，后宫太皇太后及向皇后均反对新法，所以赵顼母子之间，原本有些疙疙瘩瘩，此番为了柔奴的事，母子之间又发生龃龉。高太后一气之下，旧疾发作，头疼得死去活来，赵顼也龙体不支，太医院众太医包括陈太医一时间都束手无策。因为之前高太后的病一直由柔奴调治，所以万般无奈只好暂且放出柔奴，经柔奴一番施治，高太后头疾才被控制住。

高太后被救醒后深感柔奴又救了她一命，只能宽赦她。但她同时厉声警告柔奴，不许太接近赵顼。但赵顼总是偷偷宣柔奴进福宁宫，柔奴深感如果此时再不向赵顼告发宇文璟被害之事，以后恐怕很难有机会说出来。她决心为宇文璟申冤之后就自请出宫，告别这是非之地。

第四十六节

一日黄昏后，香花如雪、宫闱低垂，柔奴在福宁宫内，沏上一壶香茶，茶香氤氲，沉香袅袅。柔奴将宇文璟被害一事细细说与赵顼听，并说自己一直怀疑背后与李贵妃合谋的是雍王赵颢，只是一直没有证据。赵顼听到李贵妃居然敢联系外臣谋害自己的皇嗣，又知道赵颢果然早就在皇宫大内有动作，还有合谋之人！一时恨得牙根痒痒，恨不得立马把他们二人千刀万剐，但柔奴请赵顼冷静下来，为了找到两人勾结残害皇嗣的证据，不要轻易动李贵妃，以免打草惊蛇。

赵顼为敲打赵颢，第二天突然让人给赵颢送去不少书，并且叮嘱他好好地在家读书。这件事在表面上看起来好像是赵顼对赵颢这个弟弟的关心，但其实背地里的意思是警告他好好地待在家里，不要暗中捣乱，更不要有非分之想，否则就会有杀头之虞。

赵顼还偷偷召见宰相王珪，让他小心监视赵颢在前朝的一举一动。同时，派了不少眼线监视李贵妃在宫中的一举一动。

　　王巩在宫外听说了柔奴被交于掖庭审讯并差点被处死，吓了一大跳，在佛像前百般烧香祈祷，并托人捎来一只平安符，殷殷叮嘱，让柔奴寻机出宫，否则时间长了恐有不测，并细细叮嘱她"深宫凶险，稍有不慎则有性命之忧，我担心柔儿竟至夜夜不得安眠"。柔奴收到平安符后，又读王巩书信，心中颇为感动，早已厌倦皇宫争斗的她，心灰意冷，盼着能赶紧出宫。

　　柔奴以戴罪之身继续为高太后诊治，为了哄高太后开心，柔奴少不了费尽心思。她请灵瑶在西夏请了尊鎏金的迦陵频伽佛像，有着半人半鸟的造型，是佛经中说的妙音鸟，进献给高太后。高太后本来就不十分讨厌柔奴，那天也是被李贵妃一挑唆，激愤之下要杀柔奴。现见柔奴又一次将她从病痛中救出，又如此乖巧懂事，早已从心底原谅了柔奴。

　　柔奴知道高太后偏爱自己的小儿子赵颢和赵頵。一日在慈明宫，柔奴为高太后用百合花熏完头，趁她高兴说："人人都讲太后聪慧圣明，柔奴深以为是呢。"

　　高太后听了不禁抿嘴一笑："你这张小嘴啊，甜得抹蜜，叫哀家怎舍得杀你。"

　　柔奴说："我只是个小小女官，杀了我倒没什么，就怕伤了太后的美誉。人人都说太后宅心仁厚，连只小狗小猫都不舍得杀，怎会杀人呢？"

高太后说："别以为你奉承我两句，我就会由得你乱来了，后宫女子历来不得干政，你可要谨记在心。"

柔奴说："那是自然，再借柔儿十个胆子，柔儿也不敢了！太后的话自然谨记于心。只是柔儿确实感佩太后是深明大义的千古好太后，汉朝窦太后和您比，那可是差远了，梁王刘武是景帝刘启唯一的同胞兄弟，窦太后偏爱刘武，甚至想让刘启传位于刘武，结果引起朝政混乱、人心不稳。可太后您，除了当今皇帝，还有两子，您尚且公正持明，以大局为重，怎不让人感佩！"

聪明的高太后听出了柔奴的深意，意识到自己已经不知不觉也犯了窦太后一样的错误，这样做既违反祖制，引得朝政动荡，日后又会落得千古骂名。高太后心里暗暗吸了一口冷气，这小女子，不知不觉就把自己劝谏了。

左思右想，还是应该立自己的孙子啊，日后也能去见先帝及列祖列宗了，若因自己偏爱幼子动了大宋根基，确实得不偿失啊。见柔奴冒着杀头危险、不顾个人安危劝谏自己，高太后从心底佩服起这个小女子来，也渐渐感到柔奴对皇家的一片赤诚真心。她不为功名利禄，不为个人私利，凡事以大局为重，这小女子和李含香等人自然不同。

但狡猾的李贵妃从柔奴进献给高太后的迦陵频伽佛像中发现了端倪，她派人暗中与赵颢传递信息，告诉他柔奴已是他们的最大障碍，此人必须除掉。赵颢派人去打探柔奴的身份，之前顺宁寨被围时，柔奴献计，赵颢就很奇怪为何她对西夏王宫的事如此熟络，西夏将士都不知道的内幕，她居然会了然于心？因此，赵颢借进宫探母之际，向母亲指认柔奴是西夏派来的细作，高太后再次被儿子赵颢蛊惑，刚刚对柔奴建立起来的信任又崩塌了，再仔细想想，柔奴确实有几分西夏人的相貌，这小女子谈吐不俗，不像寻常大宋医官家的女儿，又对西夏皇宫之内的事如此了解，如果真是西夏派来的奸细，那大宋最高权贵——尤其自己那个高坐龙椅之上、坚持要立柔奴为妃的皇帝儿子，更是时刻处于凶险之中啊！高太后越想越怕，不管怎样，先把柔奴羁押起来，细细审问才能安心。

柔奴再次被羁押在掖庭，赵颢授意掖庭主事太监，对柔奴动了私刑，打得柔奴死去活来，欲置柔奴于死地。王巩听闻消息后心急如焚，恨不得化为虫子飞进皇宫将柔奴救走。他写信给苏轼。但此时苏轼也因屡屡上书直言新政弊端被朝中一干小人算计，将要身陷一场精心策划的阴谋之中，自身难保，局势一时波诡云谲。

朱德妃、武婕妤得知柔奴被刑讯逼供，也大惊失色，两人合力去向赵顼求救。赵顼正为西夏梁太后屡屡挑起事端头疼不已，一时竟没顾得上柔奴被抓之事。听两妃说柔奴又被抓了，且被动了私刑，一时又惊又怒，居然吐出一口鲜血，昏死过去。

朱德妃、武婕妤见状，吓得魂飞魄散，赶紧去见向皇后。向皇后听说后，顾不得穿上公服便披头散发地赶来，一面命太医局抓紧诊治，一面去见高太后求情，一进慈明宫便扑倒在高太后脚下，失声痛哭："母后快放了柔奴吧，您这是要了官家的命啊！"

高太后见向皇后如此不顾仪表也吓了一跳，忙追问怎么回事。向皇后略微整理下仪容答道："臣妾治平三年便嫁与官家，臣妾与他相守二十年，最是了解他，官家雄心万丈、致力朝政，从未对哪个女人用情，便是臣妾最最疼爱的燕国公主病死，也不曾见他如此伤心。但他听说柔奴被母后羁押、用了私刑，居然口吐鲜血，可见，他对那小女子用情颇深，母后若还想与官家有这母子之情，若还想要官家这个儿子！赶紧放了柔奴吧！"

高太后听后大惊："他居然对这小女子如此深情，这小女子断断不能再留在宫中！这次先放了她，但务必想个名堂撵出去最好！"

向皇后答："母后，这是后话了，容臣媳想个办法，眼下最当紧的，赶快放出柔奴，仍让她去福宁宫伺候着，官家看见她才能心安！"又低低啜泣道："官家这身子 —— 臣媳实在是不敢想啊！"

高太后长叹一声，颓然坐在凤椅上，窗外雨骤风怒，似这风雨飘摇的大宋王朝。高太后唤来执事太监，令他去掖庭放出柔奴。她想起死了十几年的英宗赵曙，不禁泪如雨下，自己年事已高，身体日渐力不从心，安排好儿子身后的继承人，使这权力更迭不至于太过激烈，大宋王朝最高权力能顺利交接，自己便能去找赵曙了，虽然儿子赵顼正值青春鼎盛的年纪，但看他的身体，是一年不如一年了。

第四十七节

对于柔奴这个小小的宫女，高太后心里是既爱又怕。这小女子聪慧乖巧，见识、心胸远非寻常宫人所比，医术又如此高超，有她伴在儿子身侧，的确能慢慢调养赵顼身体，但她不要名位富贵，封妃都不接受，如此不同寻常，她要的到底是什么？难道是这大宋江山？心思深不可测啊！李含香虽然愚蠢，但不至于打江山什么主意，用着还放心些。这小女子的来历、背景还需调查得仔细些。

掖庭烛光昏暗，柔奴蜷缩在草席上，浑身是血，已经奄奄一息，突然门吱啦一下，有个身穿大氅的身影闪进来，柔奴仔细一瞧，没想到却是向皇后。向皇后背对着她，用非常平静的语气说："我已经奏明太后，即刻便会放你出来，官家为了你，急火攻心，吐了口鲜血，至今还在榻上躺着，刚刚苏醒。宫里是断断留不得你了，太后也有明谕要把你放出宫去，你今晚就出这掖庭，恐怕留一夜，明早我只能来收尸了。"柔奴点点头:"多谢娘娘救命之恩!"向皇后冷笑道:"你也不用谢我,只是见了官家,在他面前美言几句便可。"心里却想着,救了这柔奴,其实有三重好处:第一重自然是正中赵顼下怀,她这个失宠的皇后坐实了贤良淑德之名,皇上自然感谢她;第二重也打压了李含香的势力,李含香这次在赵顼心里,是彻底没了位置;这第三重,也算是给朱德妃、武婕好一个面子,这两个妃子都是有儿子的,万一哪个儿子日后继了位,对自己这个皇太后也不会太差,谁让自己没有儿子呢?想起自己十二岁不幸病死的燕国公主,向皇后不禁流下泪来,直叹自己命苦。她命宫女急急挽起柔奴,往自己宫里来,一则自己宫里相对安全,任李含香再胆大,也不敢到自己宫里行刺,二则帮柔奴处理一下伤口,第二天仍命她去赵顼身边伺候。安排妥当,向皇后又唤了一名小宫女,让她去福宁宫报信,赵顼本来担心柔奴,见小宫女来报柔奴已被安全带至皇后寝宫,便也放下心来,睡了个安稳觉。

次日一大早,日头刚刚升起,赵顼一睁眼已看见柔奴好好地站在他面前,顿时长舒一口气,病也不知不觉好了一半。

此时,西夏王李秉常也就是琼儿的异母弟弟与他母亲梁太后之间权争不止,宋、夏战争一触即发。李秉常为了寻求支持和依靠以削弱梁氏母党集团势力,接受大将李清的建议,打算将黄河以南之地划归宋朝,用结好的办法,借助宋朝的力量对付自己的母亲。

这可是天上掉下一块大馅饼啊！李秉常可能也确实是被逼到无路可走了，才下了这么大的血本。赵顼得知后狂喜不已。对西夏黄河以南的千里沃土，赵顼可是觊觎良久了。眼见这么大一块肥肉掉下来，满朝文武对西夏的态度也来了一百八十度的大转变，从你死我活的对手倒变成了盟友。再加上赵颢对柔奴的指认一直没有强有力的证据，因此，柔奴被诬为西夏细作的事便暂时无人追究了。

只是李贵妃用力过猛，她一心要置柔奴于死地，早早地就收买好掖庭的小太监，为柔奴送去加了断肠草粉末的饭菜，没想到却扑了个空，柔奴已被向皇后偷偷带回宫里。而柔奴也料定李贵妃必定会加害于她，着人偷偷留下了有毒的饭菜，并向赵顼上报。

证据确凿，不容置疑，赵顼大怒，令大太监李信组织专人重查，送饭的小太监被抓进掖庭严刑审问，重刑之下招出是李贵妃手下指使。赵顼命人封了整个宝篆宫，宝篆宫内所有宫人都遭到了严刑拷打，刑罚之严酷闻所未闻，有的宫人被折磨得不成人形，纷纷招供了。有的供认李含香指使他们灌怀孕宫人堕胎药，有的供认李含香下令将不听话的宫人推入井中或偷偷打死埋了，迎儿更是直接招认了皇四子暴毙系李含香毒杀，太医院首领宇文璟因追查此事获罪被杀也是李含香安排的。此话一出，阖宫震惊，皇帝、太后大怒，贵妃李含香立马被贬为宫人，脱簪待罪，囚禁在宝篆宫里。

李贵妃势力迅速削减，阖宫上下俱知是得罪了柔奴的缘故，一方面受她欺压多年的宫人纷纷拍手称快，一方面多年依附于她的宫人开始与她撇清关系，更有甚者还纷纷落井下石，纷纷到柔奴和向皇后处指证李含香的种种忤逆之举。柔奴默默记下其中的一些细节，包括李含香同赵颙交往的一些细节，赵颙赠送的一些礼物，以及她虐待宫女，陷害朱德妃、皇四子等证据。

当年的林婕妤，李贵妃曾假借她的手为朱德妃送去了有毒的天蚕丝外衣，险些害得朱德妃小产，如今刚刚被封为林贤妃，怕受牵连，巴巴地跑到向皇后宫里哭诉了一阵子，说自己心思单纯，不小心被李含香利用，竟不知她有如此险恶用心，怪自己识人不察，自请待罪。向皇后好言安抚了几句，林贤妃又跑到柔奴的住处，如此哭诉一番，祈求柔奴在皇帝面前为她美言几句。

林贤妃是三司使林特的孙女，司农卿林洙之女。年幼即被选入宫，为赵顼生下了二子一女，即燕王赵俣、越王赵偲和邢国公主。因她诞育皇嗣有功，赵顼对她也很善待，柔奴更是对她礼遇有加，当下少不得好言劝慰，让她不必忧心。林贤妃明白，以她的家世背景和身份，自然犯不着去和一个身份低微的女官示好，但宫中无人不知赵顼倾心柔奴，封她做贵妃她却力辞不就，因此柔奴的身份相当微妙，自然开罪不得。已有好事者去向皇后处进谗言，说柔奴居然连贵妃之位都不屑于去坐，也许野心在于觊觎后位，向皇后听了只是微笑不语。

此事过去没多久，宫中再次发生一件大事。神宗十子——赵伟聪明机灵、讨人喜欢，柔奴平时也对他颇有照顾。一日乳母报告说赵伟跌伤，柔奴便去诊治开药，等她开了药就被一个小宫女叫走，说林贤妃身体不适，柔奴匆匆去了富春阁。谁知赵伟吃完药后却一命呜呼。

事出蹊跷，柔奴自然是第一嫌疑人，在事实未查明之前，高太后又派人将柔奴押入死牢，这次她铁了心要置柔奴于死地，任谁劝说都无用。

赵顼自然不相信柔奴会杀皇子，为此事与太后又有争执。柔奴以戴罪之身求见高太后，称自己确实遭人陷害了，她请缨用三天时间调查清楚，否则自请死罪。

高太后念她三日之内肯定不会找到有力证据，就答应了她。并与她约定，若三日之内不能自证清白，便要立即处死她。柔奴没有半分犹疑就答应下来。

柔奴回到赵伟的寝宫取证，有人已经先到一步，把所有证据销毁，连药渣都没留下。柔奴去李贵妃寝宫宝篆宫附近仔细查找，终于找到一个空布袋，里面有少量残留的黑色粉末。柔奴认出那是马钱子磨成的粉末。

这种粉末虽然可以治疗跌打损伤，但毒性极强，根本不能用在孩子身上。中毒症状是最初出现头痛、头晕、烦躁、呼吸增强、肌肉抽筋、下咽困难、呼吸加重、瞳孔缩小、胸部胀闷、呼吸不畅、全身发紧，继而发生典型的惊厥症状，最后窒息而死。是谁偷偷往柔奴的药方中加入这种剧毒成分？柔奴暗中调查这两天的出宫记录，发现李贵妃宫中有个叫秋娘的宫女曾经出过宫，但是至于她去了哪里、与何人会面，则无从知晓。

柔奴暗自思忖，李贵妃已经遭遇如此打击，为何还行事如此疯狂？难道她已经丧心病狂到不顾身家性命了吗？种种迹象证明，李贵妃似乎与这件事脱不了干系。无论如何，应该洗脱自身罪名，把李含香背后的盟友揪出来，这样才能最终为宇文璟沉冤昭雪，也最终能够保全自己。经过这几番折腾，柔奴已是疲惫不堪，这皇宫她是一刻也不愿意待下去了，一旦为宇文璟报了仇，她便想早日逃离这皇宫，尽快回到王巩身边去。

当下主意打定，柔奴请赵顼放出话来，说已经找到了有力的证据，真相不日即将大白于天下。她认准，真正的凶手一放松，必会露出马脚。

果然，第二天夜里李贵妃宫中小太监刘汉偷偷溜出宫去，与雍王赵颢手下的亲信见面。因赵颢是高太后最爱的儿子，一直特许赵颢住在宫中，直到连小儿子赵頵都出居外宅之后，赵颢接连上表请求出外，赵顼还顾虑到母后的感受，都没有准许。朝中一直对此有非议，拖了数年之后，高太后迫于压力，才下令在皇宫附近给赵颢修了王府。因此，赵顼安排人悄悄跟踪到雍王府，其实也就在这皇宫附近，不过几百米距离。

正当刘汉把一包纸悄悄塞给赵颢手下的时候，被逮了个正着。赵顼派人把他们抓到大理寺审讯。

赵顼执政之后设立大理寺狱掌管京师诸司刑事案件的审判。这个案子非同小可，大理寺自然相当重视。重刑之下，刘汉终于招认皇四子、皇十子之死都系李贵妃与雍王合谋而为。柔奴借机拿出自己入宫后搜集的证据及宇文璟死前留下的证据，与武婕好、朱德妃一起控告他们勾结起来残害皇嗣，向皇后也把多年偷偷搜集的李贵妃勾结前朝大臣、阴谋谋害皇嗣的证据拿出来。

这次直接在大理寺审讯，赵顼担心宫里有人会杀人灭口，让小太监死于非命，大理寺审讯快速，一旦得到这些证据立马禀报皇帝，所有证据累加一起已相当充分。至此，案情大白，大理寺卿早已上报皇帝，赵顼听后雷霆震怒，立即命人把李贵妃打入掖庭，赐其自尽；赵颢则被拘禁于雍王府中，听候处置。

接着，赵顼诏令恢复宇文璟名誉，加封正五品御医。柔奴听到宇文璟平反的消息，泪流不止，向天遥拜："柔奴妹妹，大仇已报，你泉下有知，应该瞑目了！"

高太后闻知爱子被抓，又惊又怒，连夜召赵顼入慈明宫。赵顼知道母后这是又为弟弟求情，推说有病不去。高太后急怒之下，居然深夜移驾福宁宫，当时赵顼正在批阅奏章，柔奴在旁边伺候喂药，高太后进来，见皇帝几日不见，已是形销骨立、弱不禁风，责备之话一时说不出来，只是问："这两日精神可好些了？"

赵顼挣扎着要给母亲行礼，却被高太后扶住："官家不必多礼。老身问你，你弟弟与你乃一母同胞，怎会加害自己的侄儿？我看，定是那李含香贱妇为开脱罪责，诬陷你弟弟，你一定要明辨是非呀！"

赵顼一阵剧烈的咳嗽，大约是强忍心中怒气："母后……到如今还如此袒护颢儿，颢儿这是犯了死罪，若不是看在母后面上，他现在还能好好地待在雍王府吗？！自小，母后便袒护颢儿，儿子登基后，每得一部稀有书籍，亟派使者骑马送给他看，当年他反对王相公变法，随意置喙朝事，我亦未问罪于他。熙宁七年上元节，颢儿违制将王相公骑马引入宣德门，后被送交开封府处理，开封府尹蔡确将颢儿无罪释放，亦是儿子授意。儿子为讨母后欢心，百般纵容他，没想到他竟敢做下这胆大包天的事！残害皇嗣，他居心何在？！不就是觊觎这大宋江山、这皇位吗！他若真想要，我让给他！否则过两天，他该谋害我这个亲哥哥了！"说完又是一阵急喘与咳嗽，柔奴连忙扶住他。

高太后见赵顼真的动了大怒，又看他身子虚弱至此，一时老泪纵横："老身已风烛残年，只有你们弟兄几个，你父皇去得早，我怎忍心看你兄弟相残！颢儿犯了错，自当责罚，但老身愿意向你保证，若免了颢儿死罪，他定能痛改前非！老身也会明示他不可再觊觎皇位，收起他的非分之想！母亲将扶持我的孙儿登基！"说罢竟不顾仪态失声痛哭。

赵顼见母亲哀恸至此，一时也动了恻隐之心，当下扶起母亲，母子相对垂泪。福宁宫一时沉浸在悲伤之中，高太后看赵顼脸颊深陷，神态极为疲惫，亦不觉心疼："官家要多多保重自己的龙体啊，前朝事务繁忙，老身听说，那党项人一直在西北边境挑衅，契丹人也有些蠢蠢欲动。官家一直实行富国强兵之法，但新法的确使百姓们受害、流离失所，母亲知道你断不肯受人胁迫、甘居人下，唯有保重好龙体，方可大有作为啊！"赵顼含泪点头。经此一闹，高滔滔与赵顼母子关系竟然有所缓和。

第四十八节

冬去春来，大内已是春意盎然，相比于皇宫内，东京汴梁的街道上已是游人如织，踏青赏花络绎不绝，御街上各商家都生意兴隆，吆喝叫卖，一片繁华景象。和别处不同的是，往日热热闹闹、仆从川流不息的宝篆宫，此时却无可挽回地寂寥下去，就连仆从也一下子去了一大半，稀稀落落的，只留两个睬眉耷眼的宫女，老大不情愿似的进进出出。

李含香已经数日没有梳妆了，只穿一件皱巴巴的寝衣，头发披散着，鬓角头发一夜之间全白了。她曾粉面含春的脸蛋如今暗淡无光，皱纹一下子滋生出来，像老了十几岁。从十三岁承欢君前，她每日必做的就是精心描画，妆容精致，精心侍君，保住自己的荣华富贵。可从今以后，一切都不必了。今天，就是她的自裁之日，之前的许多努力和算计，瞬间变得既无聊又可笑，李含香满心是凄凉和无力感。

是谁把自己逼到这一步的？又怪谁呢？她蓄满泪水的眼

睛看都不用看，便知道面前放的是什么，那是一杯送她上路的毒鸩酒，明年今日，便是她的忌日了。

那多少个不眠之夜的算计与期许，就这样意义全无、戛然而止。与赵顼往日恩爱的点点滴滴、四次怀孕生子的痛苦不易、对荣华富贵的长久期盼，瞬间变得轻若鸿毛。在生命面前，还有什么东西值得一提呢？可惜，她明白得太晚了。

没有人知道她此刻的凄凉，就像没有人懂得萧观音死前的凄凉一样。当辽国皇后被赐死的消息传来时，李含香还有着不屑一顾和置身事外的冷漠，可如今轮到她，她才真正感到那种深深的无望和切肤之痛。

那种如陷冰窟的痛——她已麻木，事到如今，死也许是一种最好的解脱了。

李含香缓缓喝下那杯酒。前贵妃李氏，如今的一个普通宫人，卒于三十二岁，死后被草草收殓。她死之后，不仅赵顼没有前来吊唁与抚慰，就连她亲生的四个女儿也没有人前来打理后事。她的尸体胡乱被埋葬，就像她不受欢迎地来到这世间一样。

宝篆宫整饬一新，又住进去了一位年轻的美人，仿佛李含香从未存在过一样。

一日柔奴与赵顼在福宁宫，赵顼扬了扬手里的奏章："这是苏子瞻给朕上的表，文采斐然，依朕看，苏轼真是一个天才!"听到皇帝直夸苏轼，柔奴心里也高兴，在给王巩的书信里就着意提了提。

柔奴两年前离开大辽之前，将耶律浚的独生儿子，三岁的耶律延禧交给萧兀纳偷偷抚养，并教授了萧兀纳一个好办法，此法可以使耶律延禧和爷爷耶律洪基相认，以便养在宫中，保护延禧周全。萧兀纳自然依计行事。

一天，大辽皇帝耶律洪基正在宫中休息，新封的皇后萧坦思殷勤地一旁伺候。这萧坦思是赵王萧别里剌之女，知枢密院事萧酬斡和驸马都尉萧霞抹的妹妹。太康二年，先皇后萧观音死后第二年，她即被封为皇后。她虽然年轻端丽，但品貌才情自然和萧观音没法儿比，所以耶律洪基看见她，自然想起那个被自己一怒之下赐死的结发之妻，心里已有几分悔意。

说来也怪，这萧坦思虽然年轻，自入宫后却从未生育。想起已经死去的独子耶律浚，耶律洪基时常感到锥心的痛，没想到自己恣意一生，却连个后都没留下，这大辽江山以后由谁来继承？又听风言风语说是耶律乙辛害死了耶律浚，心里暗暗恨起了乙辛，开始着人偷偷调查此事。

一日，正伤心时，忽听宫外传来洪亮悠扬的歌声，字字清晰，洪基侧耳细听，居然是民间传唱甚久的《挟谷歌》。《挟谷歌》以怀念骨肉亲情为主，洪基听着听着，念及太子耶律浚的种种好处，老泪纵横、伤痛不已。

正落泪间，北院宣徽使萧兀纳突然求见，身后还跟着一个两三岁的幼童。耶律洪基一见那孩子，便觉得面熟得很，只见那孩子眼角眉梢都是惊惧不安，有些怯生生的，但眉眼之间却酷似自己。洪基目不转睛地望着孩子，半天才问："这是谁家孩儿？怎么倒是面善得很？"

萧兀纳行过礼后，失声痛哭，将耶律延禧带到洪基面前，说："快叫皇爷爷！这是先太子的遗孤，是您的亲孙儿啊！"耶律洪基闻言，仔细端详那孩子，不由百感交集，抱着皇孙大哭。

此时的耶律洪基才渐渐回过味来，太子耶律濬死得蹊跷，又听到种种传言，是耶律乙辛居心险恶暗杀了太子，又听萧兀纳把他所知事实情节据实相告，洪基听后又惊又怒，对自己的失察深深懊悔自责。幸亏独生儿子还留下了一支血脉，所以对幸存的耶律延禧格外关照、疼爱。这次能和孙儿相认，已是万分欣喜，由于保护皇孙有功，萧兀纳被擢升为南院枢密使，特许他在宫中教导耶律延禧。

耶律洪基与耶律延禧爷孙相认之后，萧兀纳第一时间写信告诉了王巩，王巩自然第一时间告诉了柔奴。柔奴听说，从心里替耶律濬高兴。这一支血脉存下，也算对得起耶律濬了。只是王巩信中请萧兀纳设法除掉魏王，为耶律濬报仇，萧兀纳在信中说："⋯⋯弟意悉知⋯⋯只是除掉乙辛需假以时日，目前帝已警觉，渐厌之。待帝察觉其有谋反之意，徐图之……我已暗中搜罗乙辛谋反之据。"

太康五年，耶律洪基外出游猎，柔奴接到线报，乙辛欲借机除掉年仅四岁的耶律延禧。她请王巩给萧兀纳带信，一定要保延禧周全，并借机揭露乙辛的野心。萧兀纳赶紧进宫去，向皇帝报告乙辛有借机杀皇孙之心，请求皇帝狩猎时务必将延禧带在身边。

果然，乙辛请求皇帝外出时将皇孙耶律延禧留在宫中。耶律洪基见乙辛果然提出这个要求，登时明白了乙辛的企图，特旨携皇孙耶律延禧狩猎同行，这才避免了又一次暗杀，同时对耶律乙辛已生出强烈的杀心。

耶律洪基彻底不再信任乙辛，萧兀纳借机让清子和单登姐妹俩去耶律洪基处告发，单登姐妹将此前乙辛授意勾结陷害皇后与太子的过程和盘托出，耶律洪基听后大怒，想到此生只有耶律浚一个儿子却被耶律乙辛陷害至死，伤心号啕大哭，恨不得立马对耶律乙辛抽骨扒皮，以报这杀子杀妻的血海深仇。萧兀纳知道时机已成熟，他打听到耶律乙辛在黑山的平淀地区，故意劝皇帝到北方散心，将到达平淀时，故意使皇帝恰好看见扈从官员紧紧跟随乙辛身后，阿谀奉承，极尽谄媚之事。耶律洪基看到乙辛已结成朋党，魏王在朝中势力日益庞大，如今已成尾大不掉之势，是时候赶紧铲除了。于是赶快把乙辛外派任知南院大王，削掉了他的一字王爵。

正值春风得意的耶律乙辛立即察觉到不妙，假惺惺地入宫谢恩，实际想刺探皇帝的态度。不料刚到皇宫，耶律洪基当日又下旨，进一步把他降官，改派乙辛主持兴中府事。昔日围在魏王身边的人见皇帝讨厌他，一再降职，也纷纷离他而去。一时墙倒众人推，萧兀纳在皇帝耶律洪基授意下，开始寻找耶律乙辛更大的罪证。

第四十九节

与此同时，表面风平浪静的大宋，也正酝酿一场针对苏轼的政治阴谋。苏轼移任湖州的第三个月，一天，苏轼正与朝云在后堂商讨竹笋炒肉的做法，突然朝廷钦差皇甫遵闯进来，朗声说："苏轼接旨。"

苏轼忙跪地接旨，其实对于这一切，苏轼已有准备。就在昨天，弟弟苏辙慌慌张张地从南京任上赶到湖州，进门就说："哥哥、哥哥，大事不好！"苏轼从未见弟弟如此慌张过，也大惊失色："子由，何事如此慌张？"

苏辙这才把驸马都尉王诜怎样跑到他府上，告知他一群和苏轼有嫌隙的御史，为讨好王安石，暗中指称苏轼在诗文中歪曲事实、诽谤朝廷，请皇上下令司法官员判罪。苏辙将事由告诉了苏轼，并请哥哥索性逃走。苏轼听闻后，虽大惊失色，然自忖自己胸襟磊落，没做对不起朝廷的事。再说跑也没用，只会连累王诜、苏辙（子由）他们，于是在心里做好了最坏的打算，殷殷叮嘱夫人王闰之、爱妾王朝云及长子苏迈，如若此次他回不来，应该如何处置后事。家人已经哭成一团，后事虽已交代，然而苏轼心里仍不踏实。

等钦差皇甫遵到时，太守官衙的人已慌成一团，苏轼心怀惧意，不敢出来，与通判商量，通判说："事已至此，无可奈何，需出见之。"苏轼一听，就准备出去，手下祖无颇连忙提示："衣服，衣服。"苏轼说："既有罪，不可穿朝服。"祖无颇提醒道："未知罪名，仍当以朝服相见。"于是苏轼穿上官衣官靴，面见钦差皇甫遵。

苏轼首先说话："苏轼自来疏于口舌笔墨，着恼朝廷甚多，今日必是赐死。死固不敢辞，乞归与家人诀别。"

皇甫遵淡然道："不至于此。"命士兵打开公文一看，只是份普通公文，不过是写苏轼以诗文讪谤朝廷，传唤进京而已。要苏轼立即启程。苏轼披枷戴锁起身赴京，家人哭着相送，朝云急急写了封信给王巩。

途经扬州江面和太湖时，苏轼觉得前途未卜，想跳水自杀。因不知道要判什么罪，又怕他的案子会牵连好多朋友。可一想，真跳了水，又会给弟弟苏辙及亲朋好友招致更大的麻烦。家人慌忙烧了他大部分与友人的通信和手稿，一家子十口人先到苏辙家避难，可途中御史台又派人搜查他们的行李，找苏轼的诗、书信和别的文件。后来苏轼发现自己的手稿大部分被焚毁，残存者不过三分之一了。

　　苏轼七月二十八日被逮捕，八月十八日送进御史台的监狱。二十日，被正式提讯。提讯之时，苏轼先报上年龄、世系、籍贯、科举考中的年月，再叙历任的官职和有他推荐为官的人。他说，自为官始，他曾有两次记过记录。一次是任凤翔通判时，因与上官不和而未出席秋季官方仪典，被罚红铜八斤。另一次是在杭州任内，因小吏挪用公款，他未报呈，也被罚红铜八斤。"此外，别无不良记录。"

　　苏轼被抓，王巩收到朝云信后，第一时间写信给柔奴，请求她在皇帝面前给苏轼辩白。柔奴进福宁宫，果然看到赵顼正眉头紧锁看御史中丞李定呈上来的案情进展，说苏轼面对弹劾全都承认了。赵顼大怒，柔奴柔声劝道："奴家在民间时，听到老百姓对苏子瞻都是赞美之词，我与苏子瞻如夫人朝云也是旧识，苏子瞻纵使对新法不满，也是一心为民考虑，不会挟带私心，可能有些言语过激了，得罪了一干小人，官家要明辨啊！"赵顼皱着眉头说："朕倒是深知苏爱卿为人，只是弹劾他的奏章如此之多，恐怕不是空穴来风吧。"柔奴道："木秀于林，风必摧之。况且苏子瞻一向耿直，快人快语，见不得百姓受苦，虽有言辞上的不满，但终究出发点是忠君爱国。"赵顼扬了扬手中的奏章："眼下苏轼都已招供！难道苏轼是受刑不过，还是有更大的秘密朕不知道呢！"于是气呼呼派人去问问李定可曾用刑。李定答道：苏轼名高，辞能惑众，为避人言，不敢用刑。赵顼更加生气，命御史台严加审查，一定要查出所有人。柔奴见赵顼正在盛怒之下，只得先去太后宫里，刺探一下太后的态度。

在御史台，审讯者常对苏轼通宵审问。苏轼下狱后未卜生死，一日数惊，茶饭不思，憔悴至极。但王巩悄悄买通了一个狱卒，每天在监狱里给他热水洗澡，狱卒对苏轼的才情品德很是钦佩，分文不要也愿意照顾苏轼。九月份，御史台已从四面八方抄获了苏轼寄赠他人的大量诗词。有一百多首在审问时呈阅，有三十九人受到牵连，其中官位最高的是司马光。那是王安石罢相的次年（1077年），苏轼寄赠司马光一首《独乐园》："先生独何事，四方望陶冶。儿童诵君实，走卒知司马。……抚掌笑先生，年来效喑哑。"御史台说这诗讽刺新法，苏轼供认不讳："此诗云四海苍生望司马光执政，陶冶天下，以讥讽见任执政不得其人。又言儿童走卒，皆知其姓字，终当进用……"这些赠黄庭坚、王诜等人的诗文，一时成为轰动朝野的新闻。苏轼如果单单关注人民的疾苦贫穷、捐税征兵，那派小人还能装聋作哑，置之不顾。现在他直接指明了一些小人的名字，其中有在王安石势力下蹿升起来的李定和舒亶。朝政是在无以名之的第三流人才的掌握中，这类人唯利是图，随风转舵，既无所谓东，也无所谓西。但苏轼指名道姓地骂他们，这是他们不能忍受的，必欲除之而后快。

在等待最后判决的时候，苏轼长子苏迈每天去监狱给他送饭。由于父子不能见面，所以早在暗中约好：平时只送蔬菜和肉食，如果有死刑判决的坏消息，就改送鱼，以便心里早做准备。一日，苏迈因银钱用尽，需出京去借，便将为苏轼送饭一事委托远亲代劳，却忘记告诉远亲暗中约定之事。偏巧那个远亲那天送饭时，给苏轼送去了一条熏鱼。苏轼一见大惊，以为自己凶多吉少，便以极度悲伤之心，为弟苏辙写下诀别诗两首，一首是："圣主如天万物春，小臣愚暗自亡身。百年未满先偿债，十口无归更累人。是处青山可埋骨，他年夜雨独伤神。与君世世为兄弟，更结来生未了因。"

第五十节

　　苏轼写给弟弟苏辙的第二首诗："柏台霜气夜凄凄，风动琅珰月向低。梦绕云山心似鹿，魂飞汤火命如鸡。眼中犀角真吾子，身后牛衣愧老妻。百岁神游定何处？桐乡知葬浙江西。"在诀别诗里，苏轼表达了他一家十口全赖弟弟子由照顾的心愿，而自己孤魂野鬼，独卧荒山，听雨泣风嚎。如这次蒙难，他愿与弟弟世世为手足。子由接到这封信感动万分，竟伏案大哭。狱卒随后把此诗带走了。到后来苏东坡开释时，狱卒才将此诗退回，说他弟弟不肯收。

　　子由知道这是哥哥的一条计，故意把诗交还狱卒，因为有这两首诗在狱卒手里会有很大用处。按规矩，狱卒必须把犯人写的只言片语交给监狱最高当局查阅。正如他所料，这两首诗传到皇帝手中，赵顼看了十分感动。柔奴借机进言："苏子瞻在这般情形下还感念皇恩，他怎么会有谋逆的想法呢？官家若不信，可秘密派人去狱中刺探，若苏子瞻如此重压之下能睡得着觉，则他心必是光明磊落，谋逆之事必是小人构陷。"赵顼笑道："这个办法好！"于是派人深更半夜去狱中刺探苏轼情况，只见苏轼呼呼大睡、鼻息如雷。那人回来报时，赵顼与柔奴相视而笑。

朝堂上，有多人为苏轼求情，连他的老政敌——已罢相回家的王安石也上疏劝赵顼说：圣朝不宜诛名士。在后宫，柔奴也为苏轼的事多方奔走，她在赵顼和太后面前多次为苏轼求情，直言苏轼有报国热情，只是为人磊落、言论有失而已，而且，太祖赵匡胤年间就已定下不杀士大夫的国策，自仁宗一朝起，更是保护人才、胸怀仁义、宽厚待人，有盛世不杀人才之风。赵顼原本就喜爱苏轼的才华，见柔奴这样相劝，更是从内心不想把事情搞大。

曹太皇太后病情加重，赵顼前去探望，曹老太后斜倚在床头，颤颤巍巍地说："老身已经六十多岁，眼看是快要死的人了，可是老身却不敢去见仁宗皇帝，顼儿知是为何？"赵顼微微摇头，太皇太后喘息了一会儿接着说："老身怕先帝责怪我呀，当年苏轼、苏辙兄弟二人，可是先帝钦点的宰相之才啊，他曾亲口告诉老身'吾今又为吾子孙得太平宰相两人'，若是官家杀了他，老身还有何面目去见先帝？"

赵顼听得是这事，赶紧起身行礼道："娘娘请放心，孙儿也绝无杀苏轼之意。只是苏轼言辞狂放，被人抓住把柄，这次也许得借机给他个教训才好。"

曹老太后点点头:"文人狂放,也是应有之义,我倒听得那苏轼外放之时,颇有政绩,也颇受当地百姓爱戴。像这样一心为民的,即便此时不受重用,也断无可杀之理。"

赵顼点点头:"孙儿自有安排,娘娘尽管放心。"又说,"娘娘凤体欠安,孙儿正打算大赦天下为娘娘祈福呢!"

曹太皇太后虚弱地摇摇头:"实在不用大赦天下,只放了苏轼一个人就行啦。"

如此,苏轼在牢中共待了一百三十天,最终得到从轻发落,朝廷最后只定了苏轼"讥讽政事"之罪。是年十二月二十八日,赵顼判苏轼流放黄州,本州安置,不得签署文书,受当地官员监视。

苏轼出狱那天,正是一年中最冷的季节,漫天雪花,北风呼啸,临近过年,街上人来人往采买年货,家家张灯结彩,苏轼却觉得恍若隔世。御史台外,一干人正站在雪地中等他,王巩、弟弟苏辙、儿子苏迈等人全赶了过来。子由见哥哥毫发无伤,不由得冲上去抱着哥哥大哭,本来以为此生再也见不到面了,没想到哥哥大难不死,逃过一劫,边哭边道:"太好了!本以为只能下世做兄弟了!嫂子和朝云她们都在家中等你,你在狱中这些天,她们俩眼睛都快哭瞎了。"王巩向苏轼施了一礼:"子瞻兄无碍就好!定国此番既是来接子瞻兄,也是来辞行的。"苏辙急急说:"定国兄受哥哥连累,要被发配到广西宾州瘴疠之地去了。"原来乌台诗案受到牵连的人中，有三个人的处罚较重：驸马王诜因泄露机密给苏轼，而且时常与他交往，调查时不及时交出苏轼的诗文，被削除一切官爵；其次是王巩，被御史附带处置，发配广西；第三个是苏辙，他曾奏请朝廷赦免兄长，自己愿意辞去一切官职为兄长赎罪，结果被调到高安，担任筠州酒监。苏轼见亲朋好友都被自己连累，一时感慨无言，不知说什么好，只是紧紧握着弟弟和王巩的手，不停地握着，眼角泪花闪现。

第五十一节

东京汴梁最繁华的白矾楼内，为迎接苏轼大难不死，亲朋好友为他摆酒压惊。还是那座白矾楼，依然宾客盈门、热闹非凡，小二身手敏捷，手托十几个菜盘，脚下生风，来来往往上菜。三年前，也是在这里，在这个房间，柔奴、灵瑶、王巩、种师道一起，送柔奴去契丹大辽营救爱郎。光阴如箭、物是人非，白矾楼没变、菜没变、酒没变，但人却变了，耶律浚已死、柔奴已进宫两年，苏轼和王巩又即将被流放，这无常的命运啊！王安石虽已罢相，可吕惠卿那帮小人还在把持朝政，他们愚弄皇帝、欺压百姓，弄得民不聊生，大宋王朝要往何处去？他们个人的前途命运又会如何呢？

经过这次牢狱之灾，苏轼似乎变了不少。他一口接一口喝酒，说："再也不敢仗义执言了！先妻在世时多次劝我，不可口无遮拦、不平则鸣，我还是未领会她的嘱托啊！连累了子由与定国弟一干人！我与兄弟们赔不是了！"他端起酒杯，对王巩等人深深鞠了一躬，随即将杯中酒一饮而尽，王巩连忙扶起他。"何时出发去宾州？""也就这一两日了。"王巩黯然道，"正在打点行李。子瞻兄此番大难不死，回家有娇妻美妾相伴，定国非常羡慕啊！"苏轼定神看他，不觉嘿嘿一笑："定国兄风流倜傥，身边莺莺燕燕不少，还记得我在徐州任上，你与三个貌美歌姬同游泗水，登魋山，吹笛饮酒，乘月而归。我于黄楼上对你道：'李太白死，世无此乐三百年矣！'你还记得否？那三个歌姬可是个个貌美如花，对你颇有意啊，又为何发此感慨？"王巩摇摇头："此番我发配广西，她们已经纷纷离我而去了！"苏轼一惊，心里愧疚之情更甚，王巩缓缓道："我并不怨她们，说实话，她们离去，我既理解，也无半分伤感，只有一人，让我牵挂于心，已有数年。""是哪位姑娘让定国兄如此挂念啊？"苏轼、苏辙忙问。"子瞻，你还记得那年你我与种将军在黄河边上，初见维摩天女的情景吗？"苏轼心头一震，想起初见李琼儿，惊为天人的一瞬，王巩说："只一眼，弟就对她终生难忘了啊，自此后，所有女人在我心中都再无颜色！只是当时，她心心念念都是大辽皇太子耶律浚，如今，耶律浚已死多年，想必她也已经放下，如今她尚在宫里，这次发配岭南，自是千辛万苦，若有她陪伴在侧，再苦弟也不怕了！"看着王巩黯然神伤，苏轼安慰他道："依我看，琼儿公主有勇有谋、有情有义，若她知道定国弟一片似海情深，她定不会辜负！""是啊，她此番进宫，是为金兰姐妹柔奴报仇，顶的也是柔奴的名字，我和她一直有书信往来。现在李贵妃、赵颢他们已被惩处，宇文璟也已平反，依琼儿的个性，我知道她不久该出宫了。"

福宁宫内，纱幔低垂，宫灯晦暗。经过乌台诗案这么一折腾，赵顼身体更加虚弱，不仅饭量大减，渐渐晚上神思困顿，眼睛干涩，几乎无法读卷宗了，柔奴便炖了人参燕窝粥给他送去。赵顼见了她，苍白的脸上浮出浅浅笑容："柔儿，你来啦。"

柔奴点点头，放下粥，行了个礼："官家万福，官家要注重将养啊，人参燕窝正好滋补，我特意加了些黄芪、白芍，为官家调养身子，国事虽要紧，龙体更要紧啊。"

赵顼亦重重叹口气："朕觉得身子一日不如一日了，今日偶读佛经，忽生倦怠之心。朕十八岁即位，当时就立下宏愿，当效法唐太宗等明君，励精图治。多年来，朕一直苦着自己，不敢稍有懈怠，不事游幸，废去元老，起用王安石主持变法。朕只想要一个兵强马壮的大宋，一个国强民富的大宋，一个不受欺凌、不用岁币和纳贡平复边疆的大宋。可是，今天——朕渐渐觉得累了。"

柔奴望着虚弱的皇帝，心里渐渐生出些许柔情。这个大宋帝国最尊贵的男人，也有这么寂寥忧伤的时刻，她在心里已经打定主意要离开他，离开皇宫，但看着他羸弱不堪的样子，却又莫名地感到心疼。

赵顼已经渐渐不能上朝了，曾经热闹的紫宸殿渐渐冷清下来，日头晦暗，恹恹地挂在天边，乌鸦绕着大宋殿宇漫天飞翔，充满了不祥的气息。从精美的四抹格扇窗向外望去，大宋王朝似有一种乌云压城、山雨欲来的感觉。

熙宁九年春天，王安石因身体有病，屡次要求告老。到六月间，王安石的儿子王雱突然壮年而逝，王安石悲痛欲绝，精神受到极大刺激，已无法集中精力过问政事。赵顼只好让王安石辞去相位，出判江宁府，而赵顼变法的步伐也随之慢了下来。随着变法的受阻与搁浅，赵顼的精神和身体也渐渐变得颓废虚弱起来，他把朝政更多地交给司马光、吕公著、冯京、孙固等一批旧党，一边坚持改革，以平衡新派、旧派的力量。身体不支再加上新旧党争不断，导致赵顼经常失眠，身体状况日益恶化。王安石第二次罢相后的第二年，赵顼改年号为"元丰"，无奈从幕后走到前台，亲自主持变法。

然而，变法依旧伴随着反对的声音，阻力重重。失去了王安石，赵顼本就很伤心，又要独自面临巨大的压力，在力不从心的同时还有些恼火。

一日，向皇后上书赵顼，称后宫要裁减用度，况且天恩慈悲，应该放出两百名大龄宫女，让她们自行嫁人。大宋自仁宗皇帝起，便有放出大龄宫女的惯例，赵顼闻言欣然应允，并着意交代，近日身体倦怠，一切事宜交由向皇后去办，不用再请奏，向皇后领命而去。

万不料裁撤名单里恰恰有陈柔奴的名字。

原来是柔奴特意找到向皇后，自陈已年满二十岁，况且身休久累成疾，无法为太后、皇帝多多效力，自请出宫去。向皇后早有此意，那日她去掖庭偷偷探视柔奴，早已表达此意。现如今，借刀杀人除去了李贵妃，宫中已无人可与之抗衡，柔奴再待在宫中，于她不光无益，还是个潜在的威胁。况且高太后也已私下授意让柔奴出宫去，自己又怎能不明白呢？

待司礼太监手捧花名册恭恭敬敬退出隆祐宫后，向皇后长长地吁了口气，瘫软在凤榻之上。二十年她苦心经营，何尝有一天轻松过？她本来就比赵顼大三岁，已是人老色衰，能登上皇后宝座全凭的是家世背景。她没有李含香的美艳精明，更没有柔奴的年轻、娇俏、聪慧，甚至不及朱德妃、武贤妃、林贤妃等，因为她们还给皇帝生下了儿子！而她呢，她只生了一个公主，还于十二岁上夭折了！命运对她是如何不堪！

第五十二节

　　向皇后颓然坐在凤椅上，细细回想了自己这半生：二十年嫁入皇家，夜夜不得安眠，如今也落得孤家寡人，凄凄惨惨。她拿起镜子，揽镜自照，看到自己眼角日渐堆积的细碎的皱纹及花白的鬓发，幽幽叹了口气。是啊，她是大宋帝国最尊贵的女人，然而，身前身后冷冷清清，与皇帝更是只有夫妻的虚名，而没有夫妻之实，若没有皇后的封号和尊荣，阖宫上下早已不把她放在眼里。

　　纵使贵为皇后，李含香仗着赵顼的宠爱，也多次恃宠而骄，好多场合还让她下不得台来，她早就想整治这个小贱人了！无奈，对外，她要保持大宋皇后的雍容大度；对内，她要在婆母和祖母面前谦谨恭顺，在赵顼面前要扮演一个贤妻。无人时，她心里何尝无恨？为什么以她皇后之尊，上天只给她一个女儿？为什么偏偏这唯一的女儿，上天又给她夺了去?！她早已经打定主意，一旦赵顼驾崩，她必力主赵佣登基，李含香想跟她抢，真是可笑至极！等曹老太后、高太后一死，她便是名正言顺的大宋皇太后，多年的煎熬，也终于有个出头之日了。

至于赵伟之死，那是合着他命不好，出身低贱，母亲家族没有势力，也没有什么封号，他也只是除掉李含香和柔奴的一枚棋子罢了。谁也猜不出，刘汉、秋娘居然是她的人，是她偷偷安插在李含香身边的棋子。想到这里，她心里闪过一丝冷笑，脸上却仍是一贯的宽厚仁慈的模样，多年的宫廷生活早已经历练出她这一切，忍辱负重、不动声色，杀敌于无形。在众人眼里，她还是那个宽厚仁慈的好皇后，那个恭谨谦让、低眉顺目的儿媳，那个不与妃子争风吃醋的贤德皇后。

柔奴离开大宋皇宫的时候，如同她两年前来的时候，是个朝霞满天的清晨，微风轻拂到脸上，带着花草的香气，她重新嗅到了自由的味道。这满宫烟柳、三千富贵，从此便与她无关了。宫门一关，皇帝的深情、天家的富贵便从此与她无缘了。但她却充满了由衷的欢喜，从今天起，她要为自己活、为自己爱的人而活。这大宋的繁华璀璨，她要慢慢去体味，这生灵涂炭、病痛困顿，她要慢慢去拯救。她已经立下了一生的宏誓，只要她一天活着，她必用终生所学救助天下黎民众生，不计得失、不计利益。她为所爱之人曾经赴汤蹈火、不顾生死，现如今，她同样能做到如此。这世上最爱她之人就是王巩，王巩此刻已是戴罪之身，即将流放千里之外的岭南瘴疠之地，她却偏偏要陪伴他千里流放，陪伴他度过这一生最苦厄、最难挨的时光。

离开皇宫的时候，宇文柔奴一身素衣，挽着简单的包裹。王巩也是一身白衣，在宫门外静静等候，两人双目含情，相视一笑。无须言语，那一笑里有太多深情、太多不易。

上得马车，大宋的皇宫内苑渐渐被抛诸身后，东京汴梁的御街上，河流尚且冰封，再过几个月，牡丹、芍药、木槿就会竞相开放了。又一个轰轰烈烈的春天即将开始。

赵顼斜倚在龙榻上，急促地呼唤着柔奴的名字，一个陌生的小宫女怯怯地走过来禀告："柔奴郡君已经被放出宫去，她走之前特意嘱咐奴婢，为官家熬好这服汤药！""什么?!"听到这话，赵顼震惊不已，顿觉头痛欲裂，心像被掏空了一般难过。继而，他忽觉嘴里发甜，随即吐出一口鲜红的血来，盛汤药的琥珀玉碗被摔得粉碎，小宫女早就吓得魂飞魄散，逃也似的去向向皇后禀告。等向皇后急匆匆赶到福宁宫，见赵顼已无力地靠在枕边，大口喘气，泪水已经流了满脸。他两眼喷着怒火，直视向皇后，声音虽微弱却有压抑不住的怒火："你是想让朕死吗?"向皇后忙跪下说不敢，赵顼颤抖着声音说："赶快将她与我追回！"向皇后低头不语，赵顼颤抖着声音说："向氏，你想抗旨?"向皇后还是一语不发，所有宫女太监大气不敢出，这时忽听宫外传道："太后驾到！"

太后高滔滔急急忙忙从外面走进来，一看赵顼的态势，忍不住失声痛哭起来："官家若是还动怒，先杀了老身再说吧！"赵顼看母亲一脸悲伤，只得强压了怒火。高滔滔坐在赵顼床边："官家，此事怪不得皇后，是老身传旨把她放出宫去的。老身知道你喜欢她，然而我冷眼看去，那小女子没有一点留在宫里的意思，我已派人悄悄查明了她的身份，竟是西夏王李谅祚的女儿！当今西夏皇帝李秉常的姐姐，那梁太后已将她许配给大辽皇帝耶律洪基，如果官家执意要将她留在身边，以后与大辽、西夏关系就更不好处了啊！母亲知道她聪慧伶俐，你对她用情很深，可是你是皇帝啊，皇帝必以大局为重，切不可儿女情长啊！母亲已经交代皇后，再去民间选些聪明美貌的女子充盈后宫，官家千万要保养好自己身体啊！"

赵顼听母亲把话已经说到这份儿上，重重叹了口气，闭目不语了。高太后连忙让宫女又去煎了服汤药，服侍赵顼喝下。那夜，鹅毛般的大雪飘飘洒洒下了一夜，赵顼的心也如堕冰窟。虽是新春来临，赵顼却第一次感觉到，生命中最重要的东西失去了。

再次与王巩相见，虽然眉梢眼睛全是爱意，柔奴感觉他历尽几年的沧桑，仿佛一下子老了几岁。此次乌台诗案，王巩是受牵连最深、处罚最重的一位。况且他们要远赴的岭南山高水远，瘴气严重，去那里的人几乎没有活着回来的，即便得以生还，也一身是病，半条命没了。

但是王巩却发现柔奴愈加成熟淡定、风姿绰约，故作轻松地调笑："柔儿越发出落得好了。如今，我被贬谪到那偏远的穷山恶水，可能无法亲自照顾你了，柔儿今后有何打算？"

柔奴淡淡一笑："我拼尽性命出宫来，只想寻到你，并无什么打算。"

王巩依然调笑道："时日仓促，恐怕也来不及为柔儿寻一门好亲事了。"

柔奴冷笑道："当今天子我都不想嫁，你觉得你能帮我寻到一门什么样的好亲事？"

王巩道："那你究竟做何打算？"

柔奴望向他，目光坚定："你我是患难之交。人活着只不过是世间过客，念君情深，所以报君深情，患难之际，唯有与君相伴，方显真情，我自然要随你赴那瘴疠之地。"

"可是，"王巩犹豫道，"可那里路途迢迢，一路上奔波辛苦不说，到那里也是瘴气严重，柔儿身体柔弱，我怎忍心柔儿为我受苦？"

第五十三节

柔奴浅浅笑道："四年前我和亲大辽，与相公初次相见，相公对我的深情厚谊，我怎能不知？无奈我心里一直放不下耶律浚，后来进宫为柔奴妹妹报仇，也是因为我已心如死灰，原想孤单一生罢了。如今，大仇已报，我听闻消息，耶律乙辛那个老贼包括耶律燕哥一帮恶人都已经受铁骨朵棍棒打击之罚，拘禁在来州，伺机除掉仇人已指日可待了。心事已了，接下来我心无挂碍了，要为自己活了。"

王巩听闻大喜："柔儿能想通最好！我虽被发配，有你相伴，也是人生大喜啊！纵然再苦也不会觉得苦了。从今以后，我和柔儿再不分离！"说罢，两人紧紧相拥，这是相识几年以来两人第一次如此相依相偎。

良久，两人才分开，王巩说："对了，前几天苏子瞻出狱，我去接他，为他在白矾楼压惊，还提到你。他前几日应该带家眷去黄州了，昨日有信来，闰之、朝云已到了黄州，他仍对我受他牵连颇有愧意，念念不忘嘱咐我多保重身体，还问你出宫了没有。我今天就写信告诉他你已出宫，将随我南下，怕他也放心不少呢！”

柔奴道：“先且慢告诉他，我最了解朝云的性情，她知我随你南下，必会不辞辛苦前去探望。如今子瞻刚刚结束牢狱之灾，大伤元气。朝云素来身子纤弱，又有身孕，我怕她撑不下来。”

两人正在收拾行装之际，忽然宫中又传来圣旨，原来赵顼并没有就此罢休，派人宣旨给柔奴，说她一日未嫁，便可再次宣她进宫。无奈之下，柔奴只得与王巩草草举行婚礼，以侍妾身份嫁于王巩。

洞房之夜，红烛高照，红妆下的柔奴自是明艳照人。看到此情此景，王巩幸福得如在梦中，他紧紧握着柔奴的手，喜之不胜，竟热泪涟涟，只是一个劲儿说：“委屈你了，柔儿，此生有你相伴，我王巩死而无憾。”柔奴那一刻真正体会到了一种叫幸福、踏实的感觉。自她降生人间，还从未有过这种感觉。王巩又喃喃道：“不能给你正妻的身份，着实愧对你了。”柔奴却掩住他的嘴说：“你以后不用对我说这样的话，我不在乎名分，只你心里对我好就行。”柔奴知道王巩乃宰相王旦之孙，若立正妻，必须是门当户对的宋朝高官之女，自己虽为西夏公主，毕竟身份不能公开，可能至死都要顶着宇文柔奴的名号了。宇文柔奴，不过是小小御医之女，御医只不过是八品官员，能嫁给王巩这样家世背景不错又有才华的男子已是不易。况且王巩对她一腔深情，又何必在意名分呢？

宦官回去复命，赵顼听闻柔奴居然匆匆嫁给了王巩，气急败坏又不便发作，只得把气全撒在王巩身上，诏令他即日起程赶赴广西宾州。

一路上自是路途迢迢，行遍千山万水、艰险跋涉。然而，数年的相思终于得偿所愿，与自己心爱的人比翼双飞，路途的艰辛便不在话下了。因此流放之路虽然辛苦，倒也充满了乐趣。

广西宾州果然是瘴疠之地，人烟稀少、瘟疫横行，两人所居之处，也不过是一座简陋的茅舍，已经废弃荒凉了许久。但柔奴用一双巧手细细布置了，在屋前空地上种了满满的山茶花及四季桂、茶梅等，每天折上几枝带露的花插于梅瓶中，陪伴王巩读书写字。

由于水土不服，王巩接连生了几场大病，全赖柔奴为他医治疗养。两人在困厄之中相惜相守，相依相伴。王巩泼墨吟诗，访古问道，柔奴则歌声相伴，催促奋发。他们读书，创作，歌舞，熬药……硬是把粗粝的日子过成了温柔的诗。在岭南，柔奴不仅慰藉了王巩的寂寥，她还同情当地贫苦百姓，亲自上山采药，为他们医治，因医术高明，被当地人誉为"神医"。那里虽没有东京汴梁的繁华、大宋皇宫的富丽，但却是青山绿水、一步一景，没有纷争，岁月静好。

爱是解一切苦厄的良药。

这边，苏轼与朝云也在黄州开荒种地，苏轼和朝云仍不时有信来，在信中苏轼详细描写了黄州生活的困苦，朝云更是戏称，如今自己相公又有了个新的雅号，叫"东坡居士"了，原来苏轼被贬到黄州担任团练副使，薪俸变得少得可怜，他们一家人穷得一度过着"向人乞米何曾得"的日子。后来在当地朋友的帮助下，苏轼好不容易在城东弄到一片坡地，便带着一家老小开荒种田，苏轼亲自挥镐耕种，时间一长，苏轼就像乡间老农一样，干活累得又黑又瘦。为了节约过日子，苏轼把零用钱限制在每天一百五十文。每月初一这天，苏轼取出四千五百钱，精打细算分为三十份，刚好够用一个月，然后用画叉挑起来挂在屋梁上，每天需要用的时候就去拿一份。朝云在信中说：苏轼"俸入所得，随手辄尽"。苏轼给王巩也致信说："谪居无事，默自观省，回视三十年以来所为，多其病者……足以所见皆故我，非今我也。"在黄州，这位老兄感慨于以前汲汲于功名利禄却招罪惹祸，不如超越利害任性逍遥。从执着到洒脱，从功利到审美，从束缚到自由，苏轼走了一条自我拯救之路，王巩在心底为他高兴。

在最艰难的时候，苏轼在黄州却一口气写了许多名噪一时的大作。第一首是《卜算子·黄州定慧院寓居作》，柔奴惊喜地把苏东坡这首词谱成曲子，唱给王巩听：

> 缺月挂疏桐，漏断人初静。谁见幽人独往来，缥缈孤鸿影。
>
> 惊起却回头，有恨无人省。拣尽寒枝不肯栖，寂寞沙洲冷。

然而那年中秋节，朝云却寄来苏轼新写的"世事一场大梦，人生几度秋凉？夜来风叶已鸣廊，看取眉头鬓上。酒贱常愁客少，月明多被云妨。中秋谁与共孤光，把盏凄然北望"。王巩看了这首词，不觉皱了皱眉头："子瞻兄这是有些看空了，也有些过悲了。"

第五十四节

　　广西宾州的清冷寂寞，不仅没有使王巩颓废，反而使他更加刻苦，写下了《论语注》十卷，秦观特意为他作序。一日，王巩叫住忙碌的柔奴，说写了首诗请她看："桂林太守几时行，泛汴桃花浪已腾。目极云阴低远树，夜寒风急乱春灯。"

　　柔奴看后温言软语道："相公和以前比，又大有进益了！"然后用飞白体抄了，裱起来，挂在正厅，倒养眼得很。那一手潇洒的飞白体，不像一个女子书写的。

　　朝云又有信来，经历一段时间寂寥、低落之后，苏轼抛却过往恩怨，潜心著述，写下了《前赤壁赋》《后赤壁赋》等传世文章，也写下了登峰造极之作《念奴娇·赤壁怀古》：

　　　　大江东去，浪淘尽，千古风流人物。故垒西边，
　　　人道是，三国周郎赤壁。乱石穿空，惊涛拍岸，卷

起千堆雪。江山如画，一时多少豪杰。

　　遥想公瑾当年，小乔初嫁了，雄姿英发。羽扇
纶巾，谈笑间，樯橹灰飞烟灭。故国神游，多情应
笑我，早生华发，人生如梦，一樽还酹江月。

　　这首词，让王巩、柔奴读后大为惊叹！柔奴还特意用飞
白体誊写了《念奴娇·赤壁怀古》，又把它谱了曲子，让王巩
去唱。

　　《前赤壁赋》同样很得柔奴喜欢："且夫天地之间，物各
有主，苟非吾之所有，虽一毫而莫取。"柔奴对王巩笑言："相
公，此生能与苏子瞻相交，应该是相公最庆幸之事。对了，
现在可以称他苏东坡了，东坡兄才高品洁，其诗词文章必能
光耀千秋，只怕，我们也能沾光名垂千古呢。"王巩笑道："垂
不垂千古倒不要紧，我只庆幸这辈子遇见了你，与你执手偕
老，实乃人生一大幸事。"两人在艰苦岁月里你恩我爱，倒也
不觉得清苦了。

　　一日，王巩突然收到了萧兀纳的信，太康六年（1080年）
三月二十七日，耶律洪基封耶律延禧为梁王，加号守太尉，
兼任中书令。派勇士六人严密护卫他，延禧的储君之位日渐
坐实。这实在是个好消息。

　　日子就这么慢悠悠过着。此时，灵瑶亦有信来，西夏国

内又发生了政变，这次政变，是在元丰四年由于梁太后囚禁儿子李秉常导致的。

元丰四年（1081年），西夏梁太后囚禁李秉常导致国内政乱。大宋皇帝赵顼认为攻占西夏的良机已经到了，趁此发动五路伐夏大军。这也是他一直以来苦苦等待的机会。自从柔奴离宫之后，赵顼有一段时间消沉，但他身为帝王，一切以国事为重。他拖着虚弱的病体，亲自部署了这场战争。

赵顼部署李宪部出熙河路，种谔部出鄜延路，高遵裕部出环庆路，刘昌祚部出泾原路（刘昌祚受高遵裕的节制），王中正部出河东路，欲一举攻克西夏兴、灵二州。按作战计划，泾原、环庆两路合取灵州，河东、鄜延两路先会师夏州，再攻怀州，最后四路合攻兴州。宋朝还请吐蕃出兵渡黄河攻取凉州，以牵制西夏右厢兵力。

五路中，李宪以大将李浩为先锋，由今临洮出发，翻越马衔山，至康古城，进而取西市新城，九月二日，攻克兰州。李宪设帅府于城内，并建置兰州，李浩为知州。

种师道亦随伯父种谔作战，种家军沿无定河西进，起初势如破竹，通过一系列间接攻城战略的运用，先后攻取了西夏的米脂寨、石州、夏州、银州等地。种师道万万没想到再见灵瑶，却是于两军阵前。

攻克银州之时，又是一场恶战。见西夏军前一员骁勇小将，英姿飒爽，却也面熟得很，种师道拍马过去一看，不由大惊，原来竟是女扮男装的灵瑶！

原来灵瑶回西夏后，经不住她一再恳求，慢咩将军同意她随军出征，不想慢咩将军奉命守石州、夏州、银州三城，正巧与种家军阵前对决。两人曾戏言过他日阵前对战之事，当日以为是戏言，不料今日竟成真。

灵瑶也发现了种师道，大吃一惊，见种师道一脸倦色、胡子拉碴，心里顿生怜悯，眼神里既有怨念又有怜惜。

战鼓擂起，两人无奈，只能拍马出列，手执武器，作势厮杀起来。为了掩人耳目，灵瑶故意虚晃一枪，刺中种师道左臂，种师道作势逃跑，灵瑶紧追不舍，两人骑着烈马，一前一后跑离阵前，过了许久，听后面厮杀声渐弱，两人才停下马来。

种师道深情地呼唤一声："灵儿，多日不见，你可好？"

灵瑶强忍泪水，轻轻颔首："还好，将军如何？"

"左右不过南征北战罢了！灵儿，你一个女儿家，为何要披挂上阵？你不知这样很危险吗？"种师道说。

听到他这样问，灵瑶的热泪不禁滚滚而下："我为何披挂上阵？因为我要等一个人来！"

"灵儿！"种师道禁不住大叫，"等我？你可以给我书信，你……这样，怎么让我放心得下？"

"给你书信？谁知道你在哪里？谁知道你有没有忘记我？千里传书，又至何处？！"

"灵儿,我怎会忘了你?我日夜都在思念你啊!我后悔,那一年我不该护送你回西夏!我后悔,为什么没有把你留在身边!"

灵瑶哽咽道:"回来之后,爹爹和妈妈一直在催我成亲,我今年已近二十岁,为了不辜负你,我想方设法不嫁,把妈妈都气得大病一场,可我不知道,自己哪一天才能见到你!这辈子还能不能见到你?你为何现在才露面?你为何不来大夏寻我?"

"灵儿,我是一名军人,此生只能听从君命和将令,我纵然一心想寻你,可又怎么能够擅离军中?"

灵瑶索性大哭起来:"都是你!误我终生!"

"灵儿别哭!灵儿别哭!"见灵瑶哭得泪人一般,种师道手忙脚乱地劝慰道,"这次战事一停,我就带你走,从此咱们再也不分离!"看灵瑶还在嘤嘤哭泣,种师道焦急地说:"咱们耽搁时间过久,恐会惹人猜疑,我们还得马上回到阵前,这里有我的军牌,你且收好,咱们找机会相见!"

第五十五节

两人又拍马回来，种师道佯装受伤，退回阵中。身边副将奇怪道："没想到这西夏小将好生厉害！连种将军都不是他对手！"

灵瑶也退回阵中不提。

宋夏两军连日征战，打得难解难分，灵瑶因得种师道的再三叮嘱，没有再参战。天气渐渐冷下来，大漠戈壁，早晚温差极大，每到夜晚，北风如狼一般嚎叫，单薄的军帐根本无法抵御严寒，再加上军粮供应不继，又逢大雪，宋军死伤近半。

恰好这个时候，种师道负伤昏迷，高烧不退，性命堪忧。但是由于深入西夏腹地，医药已经用完，给养严重不足，因此种师道虽然病情危急，身边人也是干着急，没办法。

一个风雪弥漫的夜晚，种师道营帐中，他已昏迷一天，滴水未进，身边伺候的小兵一遍遍换着他额上的毛巾，一筹莫展。这时，一个灵活的身影敏捷地靠近种师道大帐，蹑手蹑脚的。见到一个年轻的将军打扮的人怀里抱着一堆药摸进帐来，士兵们吃了一惊，正欲拔剑，年轻人亮出了种师道的贴身腰牌和药，其中一个亲兵之前曾与灵瑶共过事的，见是灵瑶，摆摆手，将士们退下。

种师道迷迷糊糊中看到一双熟悉的眼睛，只不过眼睛红肿、泛着泪光。"灵儿……你怎么来了？"他挣扎着要坐起来，灵瑶轻轻按了一下他的胳膊，又摸了摸他的头，滚烫滚烫："你这个傻瓜，明明知道这里这么冷，还只穿这么单薄的军装，连吃的都没带够，你们的粮草保障呢？你们大宋的皇帝，真的以为你们是铁人，不用吃饭、不会生病吗？"

她从随身的包裹里拿出药，还有馒、羊腿等吃的，还有一件牦牛皮大衣，种师道身边的亲兵见到吃的馋得直咽口水，种师道说："我胃口不好，这些，都给这些将士分了吧。"

灵瑶把这些吃食给这些亲兵，他们几乎是抢过来，哆嗦着大口大口地撕咬吞咽，差点没噎着。种师道眼角泛出泪来："这些十几岁的孩子，已经好几天没正经吃东西了……每餐都是就着雪吃点树皮草根……已经有很多将士撑不下去了。照这样下去，不用打仗，我宋军就支撑不住了……"

灵瑶含泪说："那我就经常来给你们送点吃的、穿的……"

"不要！灵儿，你这样做太危险了！如若被人发现，这是通敌叛国之罪，要诛九族的啊！"

"我总不能眼睁睁地看着你冻死、饿死啊！"

"灵儿，你别管我，只要你平平安安的就好！"

"放心吧，我自会小心一点。"

自此，灵瑶隔三岔五来送一些吃食和药材，种师道的病渐渐好起来，但是宋军与西夏争战中，自取得银川大捷后再无胜仗。泾原路刘昌祚部作战勇猛，乘胜直抵灵州城下，但高遵裕缺乏对战局的整体把握，在缺乏攻城器械、后勤不足的情况下，盲目命令刘昌祚直接攻城，西夏军屯兵坚城之下，围攻十八日不克。而西夏军放黄河渠水淹没宋军营地，又断绝宋军粮饷之道，宋军士兵冻死、饿死、淹死，眨眼又损失一大半。眼看支撑不住，朝廷无奈只得下令班师。

此战宋军只占领了银川几个州和横山北侧一些军事要点，相比于消灭西夏的初衷，战果确实一般。

战报传入大宋皇宫之时，赵顼正在进药，闻听后一口鲜血喷溅出来！他从十九岁登基后就一直励精图治，想仿效唐宗宋祖，十几年历尽千辛万苦就为了富国强兵，将来像太祖赵匡胤一样收复河山和失地，再不受异族的胁迫。可如今，好不容易通过变法使国库里有了点银子，西夏又恰逢争权内斗，这可是难得的天赐良机啊！可是，还是败了……难道这是宿命吗？

一时间，赵顼心如死灰，仿佛再也要强不起来了，若知道这种结果，以往的种种努力，又有何意义？

赵顼猛不丁地吐出这么一大口鲜血，可吓坏了高太后和向皇后。此时太皇太后曹氏已经去世，后宫只有朱德妃、武贤妃、林贤妃等人。柔奴离宫前，叮嘱陈太医如何治疗高太后的头疾，所以在柔奴离宫后，高太后头疾不光没有发作，反而渐渐好了起来，只是赵顼的身体一天天不可阻挡地坏下去，也许命数已尽，天命如此啊。

当下，高太后忙命太医院对赵顼进行抢救。阖宫太医忙成一团，却收效甚微。赵顼嗫嚅道："给朕……传……宇文柔奴进宫！"

身边的大太监李信却未动，赵顼咬牙道："快去呀！难道你想抗旨不成？"

李信嗫嚅着："官家您忘了？那宇文柔奴随王巩流放到岭南去了。"

赵顼咬牙长叹一声，再不说话。紧紧闭上双眼，不愿意再看身边人一眼。

偏远的岭南，火红的杜鹃花开满山坡，风景独好，移步换景、一山一景，王巩和柔奴沉浸在大自然的鬼斧神工中流连忘返。安顿下来后，柔奴一直在民间义务行医，为百姓寻医问药，每日忙碌不堪，岭南百姓都称她为"神医"。王巩看到那些衣衫褴褛的百姓围着柔奴，有时他都觉得浊臭逼人，但柔奴居然丝毫不嫌弃，王巩对她的敬佩之情又多了几分。在千里之遥的大宋京城，那位孱弱的却有着至高无上地位的君主，日日思念这位神医却不可得。

第五十六节

　　发配岭南第二年，王巩家中突遭巨变。王巩娶柔奴时已有五个儿子，王巩流放岭南后，两个年幼儿子突然病死，只剩下王奇、王时、王由三子，对王巩的打击实在太大，他不由得病倒了，幸亏柔奴在身边衣不解带地伺候，这才渐渐恢复了。王巩身体痊愈之后，利用这难得的清闲，在柔奴的陪伴下著书立说，红袖添香，倒也过得自在，但一直希望柔奴能为他再添丁，以抚丧子之痛。一日柔奴含羞带笑地问："我若为相公诞下麟儿，相公当为他取何名？""怎么，柔儿，你有了身孕？"王巩惊喜地问，柔奴娇羞地点点头，王巩狂喜，抱着柔奴在屋里转了几个圈，然后轻轻放下，在屋里来回踱了几步，认真地说："想我三槐王氏家族，也是诗书传家，我是晋国公王祐之曾孙，魏国公、文正公之孙；端明殿学士、工部尚书懿敏公之子。子由曾说我'故相之子孙而名臣之子也，生于富贵而笃志于学，勇于议论而不谋其身'。这话我当得起，我年轻时，也是笃学力文，练达世务，但我入仕，却是靠着祖上的恩荫，我做官，终究败在一个傲字上。我也知道自己好臧否人物，于是颇不为官场、世俗所容，希望吾儿能超越我，发扬曾祖、祖父之风，弘扬三槐王氏家族，就叫他王皋如何？"柔奴点点头，安心待产不说。

1083年，耶律洪基愈发对耶律乙辛动了杀心，耶律乙辛见大势不好，想逃到大宋，被萧兀纳察觉，萧兀纳禀报耶律洪基，洪基命令人活活勒死了耶律乙辛。因果报应从来不爽，当年十九岁的皇太子耶律浚被耶律乙辛活活勒死，七年后，乙辛以同样死法谢罪。但那个英武的大辽储君——皇太子耶律浚，却再也回不来了。

同年十一月初五日，耶律浚的儿子耶律延禧被晋封为燕王。

耶律乙辛被杀的消息传来，柔奴已哭倒在地，因果实在不虚啊。耶律延禧如今已被封为燕王，将来必是皇位的继承者。她在几千里之外的广西岭南给耶律浚遥拜，摆下果品和酒祭奠："耶律浚，大仇已报，你托付我的事，我没有辜负。你九泉之下安息吧。"如今她怀了王巩的儿子，前尘往事，仿佛大梦一场，她只想将孩子好好生下来，在这平凡岁月里与王巩患难与共，共度余生。

大宋皇宫，赵顼虽经太医院多方救治，还是渐渐露出下世的光景，阖宫嫔妃、皇子、公主、皇亲国戚都纷纷来侍疾。

之前由于高太后极力保全，赵颢找了个替罪羊，把所有责任推到他身上，因此并没被严惩。禁足一过，看到赵顼身体如此虚弱，他又动了争位之心，因此总是借机进宫探病刺探宫中动静。赵顼察觉到弟弟们的野心更甚于往日，又有母后的护佑，内心更是忧伤愤怒，但他已经动弹不得，只能以目怒视。这种怒火不好直接宣泄，郁积心内，反而又使病情加重了几分。

大宋帝国的最高权力更迭一触即发，朝中议论鼎沸，皇位之争也成了百姓们茶余饭后的谈资。就连远在千里之外的王巩与柔奴都听说了，牵挂不已。

柔奴托人把岭南新鲜的丹砂送到宫里进献太后，每封信必提及赵佣的聪明、勤奋和孝心。赵佣是当今皇帝赵顼的第六个儿子，高太后当然明白此中深意。一日，高太后去福宁宫探病，病床上的赵顼面色赤红、咳嗽不断，见到高太后，挣扎着要行礼，却丝毫动弹不得，高太后见状，眼眶也红了。

赵顼屏退左右，偌大的宫殿只有母子二人。赵顼气喘吁吁地说："母亲，这里只有你我二人。你还记得你曾经跟孩儿说的话吗？"

高太后点点头："自然记得。"

"孩儿没有杀颢弟，可是母亲你——却食言了。"

高太后："顼儿，母亲并没有食言，你放心。我自当拥立佣儿为帝，从今日起我会下令，颢儿和頵儿不得再入宫探视。"

"如此，我便放心了。"听了这话，赵顼长长地出了口气，"母后请便吧，我累了，想睡会儿。"

流放黄州之际，朝云也有了身孕，为苏轼生下儿子干儿，人生且痛且喜，恍若一梦，两人一番唏嘘。贬谪流放，两人却双双有喜，可谓不幸中之大幸！柔奴也为好友高兴。她发去贺信，恭贺干儿出生。朝云回信给柔奴，邀请她来参加干儿的周岁宴。柔奴笑道，皋儿尚小，宾州离黄州路途迢迢，又兼王巩近日偶感风寒，只能辞谢不去，却寄了很多小孩子用的衣物和玩意儿，尤其其中一把银制的长命锁，最是精致，祈祷干儿长命百岁。

十月二十七日，干儿来人世间已经一个月了，按照黄州当地的习俗，苏东坡为干儿举行了满月洗儿会。黄州太守杨采带着同僚前来贺喜，黄州的文人雅士、商贾市民、男女老少都来临皋亭祝贺。

临皋亭的正中放置大木盆一个，盆内注满热水，水内飘浮着红枣、彩线与葱蒜，香气扑鼻，数丈长的彩布将澡盆围绕。一位年长的太婆手拿一钗在一旁将水搅动，谓之搅碗，围观者相继投钱于水中，谓之添盆。水盆中的红枣凡是直立者，年轻妇女们争相取食，这是生男孩的象征。苏夫人王闰之在众人的簇拥下，将干儿抱出朝云的卧室，放入水盆中，十分小心地沐浴着。沐浴过后，又请理发师给他剃掉胎发。仪式完毕，苏东坡与朝云向前来贺喜的宾客表示诚挚的谢意。

黄州父老抓住这难得的机会，要求苏东坡赋诗一首。苏东坡稍加思索，随即赋诗一首：

人皆养子望聪明，我被聪明误一生。

惟愿孩儿愚且鲁，无灾无难到公卿。

第五十七节

　　干儿眉眼酷似朝云，脸庞却似苏轼，宽阔、方正，眼睛晶亮，很逗人喜爱，笑起来还有深深的梨涡，每日逗弄干儿成了苏轼、朝云最欢喜的事。干儿聪明伶俐，虽然不足一岁，在诗词上却有得天独厚的天赋，苏轼和朝云每次吟唱那些诗词，干儿总是听懂了似的乐不可支。每当他哭闹时，苏轼便与儿子唱"大江东去浪淘尽，千古风流人物"，干儿便于泪花闪烁间笑了起来。那天真无邪的笑容最能荡涤苏轼和朝云心中的烦恼，纵使日子再清苦，也过得甜蜜从容。

　　东坡在黄州发现一个可怕的现象，由于穷，黄州贫困人家生了孩子后会把孩子活活溺死，苏东坡见了深感心痛。虽然东坡此刻还顶着"罪臣"的恶名，但他仍以个人名义与鄂州太守朱寿昌去信，恳请他出面革除此种陋习，并在黄州自发组织了一个拯救溺婴的小组。在生活异常困难的情况下，他率先拿出一千钱，帮助那些即将生养小儿的穷困人家抚养孩子。千里之外的王巩、柔奴闻知后也慷慨解囊，凑了一笔钱捎过去。如此这般运作，一年能救得百十个小儿，也算功德无量了。

那年农历七月初七，是乞巧节，柔奴想起当年还在宫里的时候，每逢乞巧节宫里热闹非常，王巩必托人捎来好吃好玩的，皇帝赵顼也必定会在宫里庆祝一番。汴京的老百姓更是分外爱乞巧节，节前若干天，一种叫"磨喝乐"的小物件便摆满了商铺、小贩的摊位。这种小土偶被装在一个个雕刻精美、彩绘装饰的底座上，有的还会用红纱或绿纱做成的纱笼装起来，更有甚者，还有用黄金、珠玉、象牙、翡翠来装饰，价值好几千钱一对儿。不管是皇宫大内还是富贵人家，乃至平民百姓，都会买磨喝乐这个吉祥物把玩。除了磨喝乐，还有很多新奇玩意儿在售卖。有用黄蜡制作的鸭子、大雁、鸳鸯、乌龟、游鱼，都彩绘上色，金线装饰，这些东西和那些真的动物一样，能在水面上浮起来，人们都叫它"水上浮"。大人们买上一个送给孩子，孩子就能快乐好久。

还有的在一块木板上放置一层薄土，种上粟的种子浇上水，使其发芽。木板上还放置上小茅屋和花木，摆放一些农家田舍的小物件，看起来是一个农家小村子一样，这种小玩意儿叫"谷板"，类似现在的微缩景观。人们还成群结队地来到荷塘边，孩子们采摘荷叶给自己装饰成磨喝乐的造型，大人们则采摘待开的荷花花苞，连在一起做成双头莲的样子，然后大家在塘边的树荫下玩赏一番，玩够了就带着回家，引来路人侧目。柔奴还在宫里时，王巩就曾托人捎给她双头莲，以表相思。

乞巧节当天，汴梁城大街上车水马龙，满大街都是穿着新衣服的人，孩子们聚在一起，比谁的新衣服更漂亮。白天喧闹一天，晚上同样热闹，苏轼也携大病初愈的朝云同游黄州朝天门楼。眼见一轮新月高挂天边，苏东坡诗兴大发。他笑问王朝云，如此乞巧良夜，你最大的心愿是什么？朝云深情地回答道："天下女子在此夕皆向织女乞求才智技艺，但妾身却只想祈求与相公永不分离，再也不受那提心吊胆的别离之苦。"

苏轼感动之余，为朝云写词：

> 画檐初挂弯弯月，孤光未满先忧缺。
>
> 遥认玉帘钩，天孙梳洗楼。
>
> 佳人言语好，不愿求新巧。
>
> 此恨固应知，愿人无别离。

这首词自然传到柔奴这里。当年王巩和柔奴一个宫外、一个宫里，如今两人已经朝夕相伴了几个春秋，日子虽苦，有情意相伴，自然也不觉得苦了。柔奴忽然想，什么是真正的苦呢？即便居于高高的庙堂之上，天下都是他的，然身边却没有可亲可信之人，这才是真正的悲哀吧？她眼里浮现那个白净、瘦弱的大宋天子，他正在一盏孤灯下，手拿奏章，深情地凝望自己。窗外，是大雪，纷纷扬扬、漫天飞舞。一株红梅迎雪怒放，红梅与白衣，天家尊贵、励精图治的青年皇帝，那样深情款款地望着她——赵顼常说她比红梅好看，而在她心里，赵顼和这雪、这梅、这宫闱，也永远埋在她心里。

大宋皇宫之内，赵顼手拿奏章，斜眼看窗外，窗外正值秋日萧瑟。乞巧节他刻意在宫里热闹了一把，因为他越来越觉得孤单，那侵入骨子的寒意，让他睡眠越来越不好，三十七岁的他，开始有些健忘了，他常常拿起一卷书，或一个奏折，转瞬又忘了自己要干什么。宫里又纳了新人，新人年轻水灵，一双眸子也如清泉一样，似能说话。她也是袅袅婷婷、豆蔻年华，亦是崇拜他的尊贵，刻意逢迎，照顾得十分周到，然而他对这年轻的姑娘却似乎也失去了兴趣，他需要的是解语花，能安慰他最深的恐惧和孤独，然而除了柔奴，他又何处去寻？想到柔奴，赵顼又一阵心痛，他一个堂堂大宋天子，也如凡人一样，要遭受这爱而不得的痛苦。

赵顼的思绪突然被一封加急军报打断，又是不好的消息！兵败！兵败！又是兵败！赵顼茫然看着军报，上面刺眼的"永乐城惨败"几个大字让他一瞬间神思恍惚。他默默看了一遍又一遍，仿佛不敢相信似的，突然泪水狂涌而出，把身边伺候的宫女吓了一跳。"永乐城惨败!"他喃喃地说,鼻涕和眼泪使得他的话含混不清,"永乐城惨败!"他又说了一句,声音比之前高出不少,继而他像个狂怒的疯子,嘶吼道,"永乐城惨败!永乐城惨败!这就是朕十几年呕心沥血的结果!"突然,哇的一声,他吐出一口鲜血,身子直挺挺地向后面倒下。

第五十八节

原来元丰五年七月，赵顼发动了第二次大规模的攻夏战争，命令已攻取西夏银、夏、宥三州的大将军种谔整顿兵马，做好夺取整个横山地区，进逼西夏都城兴庆府的准备。为了巩固已占领的地区，赵顼采用大臣徐禧的建议，在银州东南二十五里险要之地，构筑永乐城，意图对西夏构成永久威胁。

同年九月，梁太后命令西夏统军叶悖麻集中三十万军队进攻永乐城，宋朝守将徐禧出动七万大军迎战于永乐城下，初战失利，宋军败退回城中。西夏军将城团团围住，断绝水源与粮运。由于城中缺水断粮，兵无斗志，西夏将士全力攻城，城终被攻破，宋军死伤数万人，再次损兵折将，铩羽而归。

这次就是徐禧传回京城的消息。赵顼听到永乐城惨败的消息，多年心血化为乌有，这才有了刚才吐血昏厥之事。待赵顼被御医们手忙脚乱地抢救回来，他迫不得已拖着病体召集群臣，只好与西夏再度议和，每年仍按原数"赐"西夏岁币，用大把大把的银帛来"买"和平。

西夏战场上，连日如席大雪终于停了下来，宋军撤离已近尾声。十几万大军，清点人数时居然只剩下不到一万，多少年轻士兵将自己留在了战场上。作为将军，种师道征战多年，这样的惨烈景象他看到太多，按说应该麻木了，但每次看到，还是忍不住地心痛，"青山处处埋忠骨，何须马革裹尸还！"战争于普通人，是逃不脱的悲惨命运。因与灵瑶约好，两人要一起返回大宋，此生永不分离。眼见大军要撤离殆尽，灵瑶却好几日没有消息，种师道不禁担忧起来，忙派人去打听。打听的人回来报说，灵瑶给宋军送粮送药的事被人举报，梁落瑶听后大怒，下令将灵瑶羁押，不日将于军前问斩，而慢咩将军夫妻也受牵连，将以通敌叛国罪被弃于市，满门抄斩。

种师道闻听消息大吃一惊，他剑眉紧蹙，焦急地想办法，绝不能让灵瑶一家人因为救他而送了性命！当下他组织身边的精兵干将，探听清楚关押灵瑶的地方，派了十八名武艺高强的死士去劫法场，务必救下灵瑶及慢咩将军夫妇。十八名死士领命后连夜出发，两天后赶到兴庆府。

刚进兴庆府感觉很异常，居然一点动静都没有，全城一片肃杀，满城缟素，一打听才知道原来一直把持朝政的梁太后前天夜里突然去世！据说死时全身剧痛，痛苦不堪。真是因果报应不爽，梁落瑶生前杀人无数，死时年仅四十岁。此时全城正处于国丧之中，戒备松懈，正是劫狱救人的大好机会，真是天助人也。于是没有太费周折，便将慢咩夫妇救出了。

这边，灵瑶正浑身是血地关在军械库里。按律，第二天于军前处斩，并将首级悬挂于城门之上，以儆效尤。

种师道带人闯进去时，灵瑶正要被押赴刑场。种师道带人奋不顾身地斩杀无数守兵，将灵瑶救出，顺手抢了不少兵械出来，然后放一把大火将军械库和部分西夏军士烧得干干净净。这次可谓斩获颇丰，也狠狠出了口气。

这下，灵瑶是彻底回不去西夏了，种师道和前往兴庆府的死士们会合之后，带着慢咩将军一家三口向大宋紧急撤离。

转眼间，苏轼发配黄州已经四年多。元丰七年，赵顼一纸诏书，调苏轼去汝州上任，苏轼只得带妻儿家小离开黄州，奉诏赴汝州就任。由于长途跋涉，旅途劳顿，刚满一岁的干儿有一天突然发起了高烧，虽经多方救治，却不幸夭亡。这对苏轼和朝云来说，是异常沉重的打击，尤其是朝云，干儿去世后，她大病一场，每日陷在悲痛中无法自拔，就是自那时起，她开始每日研读佛经，寻求精神上的安慰和超脱。千里之外的柔奴听说了此事也是焦虑不已，写信好言相劝，恨自己不能伴在朝云身边，解她痛苦。

命运真是无常。怎样承受爱的人离去？怎样面对生死？即使是东坡如此洒脱的人，也不免黯然神伤，朝云更是如此，每天沉浸在痛苦中不可自拔。但生离死别终究是每个人都要面对的。承受丧子之痛还要远赴汝州上任，况且汝州路途遥远，且路费已尽，苏轼只好上书朝廷，请求暂时不去汝州，先到常州居住，后被皇帝批准了他的请求。正当他准备要南返常州时，宫里却突然传出了不好的消息。

元丰八年正月初，在热热闹闹的阖宫欢宴中，赵顼在几名宫女的搀扶下勉强参加，才三十八岁的他似已油尽灯枯。西夏战事的惨败，对他打击巨大。十几年的潜心改革，伴随着如此多的反对之声，再苦再难，他不曾犹疑与后悔过；自己心爱的女子，宁愿随一个小臣流放瘴疠之地，也不愿陪伴自己左右，虽然带给他打击，也不至于让他痛不欲生，后宫的千娇百媚尚可宽慰自己。但酝酿十数年的西夏战事的失败，却让他受到了致命的打击，以前的种种努力都突然变得毫无意义，人生匆匆，愤然雪数世之耻？简直是不折不扣的笑话。

赵顼的病情不断恶化。大臣们乱成一团，宰相王珪等人开始劝赵顼早日立储。赵顼此时也深知自己时日无多，为怕有宫廷政变，点头同意了。此时的他已经不能上朝，向皇后为侍疾方便，索性搬到福宁宫居住。众皇妃、皇子每天前来侍疾，尤其是朱德妃生的六皇子赵佣，小小年纪不光用心侍奉，还每日手抄佛经，为父亲祈福。

因为担心自己的两个儿子有不臣之心，高太后下令关闭宫门，赵颢、赵頵再也不能入宫。高太后禁止二王出入赵顼寝宫，实际上是要他们断了继位的念头。同时，高太后暗中敕令宦官梁惟简，让他秘密赶制了一件十岁孩童穿的皇袍，以备不时之需。

皇帝赵顼病重，关于储君人选朝中是议论纷纷，自从上次赵顼与母亲议定之后，高太后便不允许其他两个儿子进宫了，这一来，就彻底断了赵颢、赵頵的念想。王珪等大臣们看这风向，纷纷进宫觐见，高太后就当着众臣的面夸赞六皇子赵佣性格稳重，聪明伶俐，自父亲病后便一直手抄佛经，为父皇祈福，颇是孝顺，称赵佣已能背诵七卷《论语》，字也写得很漂亮。大臣们一听全都明白了，储君必是赵佣无疑，当高太后将赵佣所抄佛经传给大臣们看时，大臣们齐声称贺。高太后立即命人抱出赵佣，宣读赵顼诏书，立赵佣为皇太子，改名赵煦，皇储之争至此总算尘埃落定。

第五十九节

　　福宁宫的日头从晨到昏沉重而缓慢地东升西落，宫廷的屋檐上，寒鸦盘旋低飞。柔奴种在宫里的梅花开出了最艳的姿态，灿若云霞。赵顼那天精神好了些，还多进了些食，想起那年柔奴一身素衣立于红梅之下，一颦一笑，无不明媚优雅、宛若天仙，嘴角不自觉露出一丝笑意。"柔儿，你近来可好?"他心里轻轻念道，"你我一别已有几年，你在岭南过得可好? 这皇宫深苑像一座豪华监狱，禁了我，也使我们此生再难相见! 天下是我的，我却又困于一隅，是什么把我困住了啊? 若时光倒流，回到我初登大宝的十八岁，我会选择走哪条路? 是否还会有这样的选择 —— 推行变法、富国强兵? 也许我不会那么急躁，不会那么急于求成。对柔儿你，我也一样，我不会急着封你为妃，我会安静地留你在身边，不给你一丝压力。可现在，柔儿，我自觉大限已到，今生也只有梦里见了! 可我怎样才能不思念?! 我看到梅花就想起你，那梅花是你亲手所种啊！我纵有江山又如何？如果命运可以选择，我愿与你携手江湖、快意人生，可是，这一生，终究不能够了！下一世吧，我要做个庶民，要娶你为妻，再也不要这朝堂政务，再也不必呕心沥血，我们只是陪伴彼此，做这红尘过客！"

看到赵顼多吃了点饭，向皇后惊喜不已。可是，一夕之间，漫天风雪袭来，梅花纷纷凋落，地上一片残红，似溅落的血滴，在白茫茫的大地上星星点点。宫中人人都道是凶兆，向皇后也不免心里一惊，与太子赵煦更是寸步不离地守在赵顼身边。

至凌晨，赵顼忽然发高烧，渐渐无法行动，吞咽东西也困难起来，只能进少量流食，本来就不十分魁伟的身躯变得更加瘦小，在锦被里瑟缩成一团，枯瘦竟如孩童一般。

当东京汴梁春天将至，一年的游兴即将轰轰烈烈拉开序幕之时，大宋皇帝，年仅三十八岁的赵顼却带着深深的遗憾离开了这个世界。元丰八年三月五日戊戌，赵顼驾崩，由太尉率群臣请谥于南郊，先行告天，再议定谥号神宗皇帝，最后向新帝奉上谥号宝册，九岁的六皇子赵煦即位，大宋改朝换代，从此进入大宋哲宗时代。

宫里缟素一片，再没有半点色彩。大宋帝国进入国丧期，治丧之礼非常隆重，宰相王珪负责宣读遗诰，宣读完后再率群臣十五举音（即哭十五声）以表达哀思，然后与文武诸臣再恭贺新帝即位；贺即位毕，诸臣列班进名拜慰新帝。高太后晋为太皇太后，向皇后晋为皇太后，诸臣在拜慰新帝后又列班进名拜慰向太后，竭尽哀思才退离宫殿。

丧礼完毕之后，有大臣发现遗诰中并未提及新帝的生母朱德妃，便上奏言："德妃朱氏诞生圣嗣，遗制内并无尊崇之礼，欲添入德妃朱氏，可尊为皇太妃。"新帝欣然同意，朱德妃被尊为了皇太妃。

东京汴梁城虽然处于国丧，仕女们依然在花团锦簇中荡秋千，春衫薄透。年轻男子们依然在草地上蹴鞠，血气方刚。初春时节，牡丹、芍药、木槿花依然开得炽烈，又一波人间春色，世间繁华。

赵顼死后不久，他耗尽一生心血的新法，就被他的母亲太皇太后高滔滔废除，所有一切努力，悄无声息地化为灰烬，仿佛不曾发生过。只是朝野动荡，新党纷纷被清算，旧党纷纷被召回，司马光、苏轼等奉命回朝效力。

柔奴闻听赵顼的死讯，痛苦异常，只有她了解这个野心勃勃、雄才大略的男人，在他短暂的三十多年的时光里，怎样苦苦挣扎、奋进、夙兴夜寐，为了自己的理想和抱负拼尽全力。她对他未必有爱，却满是尊敬、钦佩与怜惜。

世间，无论哪个人离去，都是一样，即便他是至高无上的皇帝，他离去了，这个世界也照样运转。文德殿里换了主人，九岁的小皇帝赵煦高坐朝堂之上，身后的帘子里，太皇太后高滔滔垂帘摄政。她驱除新党，下令召回司马光等一干旧党，苏轼当然也在其中。高滔滔欣赏苏轼的才华，有意重用，她虽是女子，气度却丝毫不让须眉，甫一上台就以雷霆之势碾压当初推动新法的势力，重新起用旧党，其中最重要的人物就是苏东坡。

元丰八年的春天，苏轼年已五旬，重新携家眷回到东京汴梁。从意气风发、不拘小节的青年才俊，到漂泊半生、尝尽悲欢离合的白发老人，半生荣辱，半生颠沛，可谓经历了大喜大悲。苏轼已将世事看透了，世事一场大梦、人生几度秋凉，多将心思放在研读佛道、写诗作文上，给王巩写信，得知王巩也获释回到东京汴梁，不由大喜，约定去家中探望他与柔奴。

两家人见面，分外欢喜！朝云与柔奴这对患难好姐妹抱在一起有说不完的话，时哭时笑。苏轼发现虽遭此一贬，王巩非但没有通常谪官那种仓皇落拓的容貌，反而容光焕发，更胜当年，性情也更为豁达。苏轼不由疑惑："定国兄啊，你被我连累贬谪宾州，瘴烟窟里五年，面如红玉，却是为何？"

王巩呷了口茶，微笑道："苏兄是真的不知，还是装糊涂？"

苏轼看了看他身边的柔奴，恍然大悟："红袖添香、佳人在侧，怪不得如此！"两人朗声大笑。

无论是初相识在黄河榷场，还是意外相逢在西园雅集，苏东坡都见识过柔奴的多才多艺，尤其为她的婉转歌喉所沉醉，如今流放归来，却觉得她的歌声更为甜美，容貌也更为美丽。苏轼试探地问柔奴："岭南应是不好？"柔奴则顺口回答："没什么不好的，此心安处，便是吾乡。"

见柔奴如此豁达，苏东坡对柔奴的敬佩更多了几分，他立刻填词《定风波》一阕：

> 常羡人间琢玉郎，天应乞与点酥娘。尽道清歌
> 传皓齿，风起，雪飞炎海变清凉。
> 万里归来颜愈少。微笑，笑时犹带岭梅香。试
> 问岭南应不好，却道：此心安处是吾乡。

这一天，东坡奉诏入宫，站在德庆宫外，感慨颇多。虽然皇宫没有任何变化，但自己却变了，再也不复当年二十多岁离川赴京殿试的心境了。在高滔滔的一番操作下，苏东坡破格连升四级，由一个职级仅为从八品的团练副使一下子跃升为三品翰林，不仅如此，他还成为小皇帝赵煦的老师，负责诏书的起草工作，可以说是位极人臣、风光无限。

第六十节

几年不见，高太后还是不见老。她比东坡大三岁，坐在高高的凤椅上，头发已然全白，但面庞因为保养得宜竟不见多少皱纹。她头戴九龙花钗冠，面贴珠钿，身着深青色袆衣，上绣对雉十二行，并用朱色作边饰，上再缀以龙纹，鲜艳、华美至极，活脱脱一副贵妇范儿。她身边是只有九岁的小皇帝赵煦。赵煦有一双和他父亲一样的眼睛，热切、执着、坚定，还有和他父亲一样苍白的脸色和瘦弱的身躯。见苏轼进来，高太后情不自禁地笑了笑："苏爱卿，许久不见，身体可好？"

苏轼忙行叩拜礼："蒙太后恩泽，老臣还好。太后安好否？老臣向太皇太后及官家请安！"

高滔滔忙说："苏爱卿平身！赐座！"赵煦也微笑着望向他。

御前太监忙搬来座位，苏轼再三谢过坐了。高太后温煦笑着："苏爱卿，先帝崩前曾专门向哀家说，要请你回朝任职。先帝一直很器重你，只不过当年形势所迫，未有重用。所以老身此番召你入宫，是想将朝中大事托付给你啊！皇帝年幼，你和君实要好好辅佐他才是啊！"

苏轼闻言，心中也颇感动，当下深施一礼："承蒙太后青眼有加，臣不胜感激，必披肝沥胆，尽心辅佐官家。请太后放心。"

高太后又与苏轼拉了许多家常，良久方示意苏轼退下。出得文德殿，夕阳将落，余霞满天，大内寒鸦阵阵、扑翅飞行，时光像一头巨兽，吞噬着人的青春和生命。眨眼间，神宗皇帝的一切被抹得干干净净，东坡的青春、激扬也消失得无影无踪。文德殿还是文德殿，但易主了的文德殿好像又不是文德殿了。

想起嘉祐元年自己和弟弟苏辙随父亲首次出川赴京，参加朝廷的科举考试。当年自己刚刚二十一岁，弟弟苏辙才只有十九岁，父子三人自偏僻的西蜀地区沿江东下，于嘉祐二年进京应试，第一次奉召进入大内。也是在这文德殿内，还记得当日自己所写策论的题目是《刑赏忠厚之至论》。当年这篇文章获得主考官欧阳修的赏识，也因此与欧阳修结缘，拜在他的门下，如今老仙翁也仙逝多年。想起当年种种，如今已是物是人非，流年似水，让苏轼唏嘘不已。

他回首望去，文德殿、紫宸殿、虚云殿、崇正殿、景福殿、延和殿重檐飞角，巍峨的宫殿群在朝霞的渲染中似披上了五彩锦衣。东坡呆呆站了一会儿，从乌台诗案的无妄之灾、流放黄州的穷困潦倒乃至三餐不继，重回这富饶绮丽的皇宫内苑，人生像一场梦似的不真实，荣辱得失，似过眼云烟，又如大梦一场！东坡慢慢踱着步，思量着太皇太后刚才的语气及措辞，对自己是一片拳拳关爱之心啊，东坡忽觉眼睛有些湿润。他慢慢踱向拱辰门，从拱辰门就可以出宫了，自己办公的地方就在皇宫右边。皇宫右边即为右昇龙门，有门下省、都堂、中书省、枢密院，东坡便在枢密院办公，这是太皇太后心疼他，不想让他跑来跑去特意安置的。

高太后执政期间，勤俭廉政，励精图治，因此这期间政治比较清明，经济也十分繁荣，天下小康、国势较强。但高太后对东坡的厚爱显然招致了不少嫉妒，苏东坡的宿敌开始上谗言，阻挠东坡高升，但对此高滔滔一概不听，凡是说苏东坡坏话的奏折她全部束之高阁。东坡负责诏书的起草工作并肩负帝师之责，皇宫专门为他安排了一个书斋，书斋与高滔滔所住的宫殿相通，便于两人随时交流。

一日在慈明宫，南方进贡了新鲜的柑橘，太后召苏轼进来，赐予他很多，又命御膳房宫女做了许多精致的点心，几个小宫女拿了上好的密云龙茶，焚了上好的龙涎香："苏爱卿，你外放多年，老身从未出过这深宫内苑，不知老百姓生活如何？对朝廷政见有何意见？你多给老身讲讲。"太后主动发问。

苏东坡俯身施礼道："这段时间政治稳定，经济有所发展，但老百姓的日子还是不太好过，之前新党为出政绩，蒙蔽先帝，青苗法强制借贷给农民，刚开始的确一定程度限制了民间高利贷对农民的盘剥，也增加了国库财政收入，但由于一批酷吏急于求成，却加重了对穷苦大众的经济剥削和政治剥削，其实并没有起到'富民'的作用，相反导致了大量小农破产，民不聊生。太后您召回旧党老臣，废弃新法，本意是好的，但现在这帮臣子却不分青红皂白，把新法统统废弃，连好的免役法都废弃了，如此矫枉过正，老百姓的日子依然不好过啊。"

高太后听他如此说，一阵怅然，良久才开口道："君实是有些过了，但君实又是天底下第一可信可用之人，既封他做了宰相，老身便不想干预过多——"她望了望颜色鲜艳的柑橘，突然换了个话题，"我听说苏夫人相当贤惠呢，哪天宣她进宫，陪我说说话吧。"

东坡只得一迭声地应允下来。又听太后幽幽问："看到这橘子，我倒想起一个人，想必苏爱卿也与她相熟吧？"

苏东坡忙问："是哪个？"

太后笑笑："陈柔奴，她曾经伺候过老身两年，那丫头，也是个鬼机灵，她治好了老身的头疾，前几年被我放出宫去了，老身时常想起她！"

苏东坡也忍不住笑了："您说柔奴啊，她嫁给了我的好友王巩王定国，前几年受我连累陪定国发配到岭南瘴疠之地，蒙太后恩召，两人现在也回到东京了，仍住在之前王家宅院，离我寓所不远。柔奴与我的如夫人朝云是旧相识，两人亲如姐妹，时常走动。"

太后又笑说："我听说你最近写了首词，宫里宫外都在传颂：常羡人间琢玉郎，天应乞与点酥娘。写的就是柔奴吧？"

"哎呀！太后英明！什么都瞒不住您啊！"苏东坡感慨地说，"定国弟受我牵连，发配到岭南瘴疠之地，不瞒您说，我是深感愧疚啊！如果定国弟有个三长两短，我苏东坡一生都负罪在心啊！幸亏柔奴姑娘舍身相伴，定国这才不仅没生病，还满面红光地回来了，而且著述一大堆！他们俩必将成为千古美谈！我看柔奴的心胸与格局，绝非一般女子啊！"

"是啊！"太后轻轻颔首，"这小女子的确不一般，她刚进宫就治好了我的头疾，用她的法子，居然现在没犯！你知道顺宁寨被围，也是她出的主意，骂退西夏三十万大军！便是拥立当今皇上，也有她一份功劳！"

苏轼听到这里却是大吃一惊，没想到柔奴在宫里会有这一番作为。太后又说："可惜她是个女子，当年先帝特别钟爱她，老身放她出宫，其实也是保护她呀。她还如此年轻，若真做了先帝的妃子，如今无儿无女的，处境就艰难了啊。如今她嫁给王巩，也算良配啊！"东坡将太后的话转述给柔奴，柔奴听了，对太后的英明感佩不已。

第六十一节

不久，苏夫人王闰之应太后之邀，入宫与太后拉家常，闰之讲了许多流放时的乐事，引得太后惊愕不已："如此苦楚，还能有乐?"闰之认真道："人生无非是苦中作乐，柔奴妹妹尚知'此心安处，便是吾乡'，我与子瞻、朝云亦是如此。"她进献给太后自己亲自烹饪的"东坡肉"。原来是苏轼贬谪到黄州，发现当地人不爱吃猪肉，便发明了猪肉的新吃法："净洗铛，少著水，柴头罨烟焰不起。待他自熟莫催他，火候足时他自美。"这种方法做出来的猪肉肥而不腻、味道鲜美，太后在宫中一直吃羊肉，虽然羊肉做法多样，御厨也手艺了得，然而吃了多年也有腻烦的时候，乍吃到这味美又不腻的猪肉，也觉新鲜。

苏夫人王闰之是苏轼亡妻王弗的堂妹。在苏东坡生命中最黯淡的时期，闰之随他辗转漂泊，无怨无悔。闰之性格比较柔和随顺，随遇而安，与苏东坡的乐观旷达相互映衬。

二十多年的相知相伴，她见证了苏轼在官宦生涯中的大起大落，如今终于可以在京城与东坡共享两年荣华富贵，做人人羡慕的龙图阁大学士夫人。

太后曾经笑问她："苏大学士才情逼人，我听说民间女子爱恋他甚多，还有为其自杀者，苏夫人知道否？"闰之含笑答道："我对相公也是绝对仰慕，他喜欢诗酒欢聚，就由他！文人风流，我欢喜还来不及呢，哪有一丝丝不悦？今生有幸嫁与他，是我三生之幸。"太后轻轻点头："老身与英宗皇帝，也是两小无猜，携手一生，他从未有负于我！纵使贵为帝王，未纳一妃一妾。"太后微微眯起眼："当时我感念他一腔痴情，现在想，未免对他苛刻了些。"

听到太后的感慨，闰之答："太后与英宗皇帝三岁相识，深情岂是寻常夫妻可比？太后想必聪敏盖世又才情无双，英宗皇帝已心满意足！我只是普通民妇，论才情，不及堂姐王弗，论美貌、善歌舞，不及朝云一半，我只有好好照顾子瞻，为他生儿育女，使他能尽心为朝廷效力即可了！"太后又笑说："女人善妒，像你如此贤良淑德，也可做我大宋妇女之榜样，我听说陈季常就常抱怨夫人对自己管得太严，苏大学士听后不无得意地戏谑他'龙丘居士亦可怜，谈空说有夜不眠。忽闻河东狮子吼，拄杖落手心茫然'。"说到这里，两人不禁拊掌哈哈大笑。至此，河东狮吼便成为妒妇的代名词。

太后赏了闰之许多珠宝首饰，闰之都托朝云转赠柔奴，让她作为筹建安乐坊的费用。柔奴在广西宾州时就筹建安乐坊，义务为当地百姓看病。这次随王巩迁回东京汴梁，又商量着再建一所安乐坊，为京城百姓义务看病。

此番回京，柔奴便按照母亲百花娘娘临终前的嘱托，已经寻到外祖父、外祖母的坟茔，并修葺一新。只是寻找狄青的坟茔确实犯了难，平定侬智高后，狄青被召入京城做了枢密副使，不久又升为枢密使，位高权重。狄青在东京汴梁任枢密使四年，那段日子正是百花在皇宫御厨，苦苦思念他的日子。嘉祐元年（1056年），京师发生洪涝灾害，狄青避水将家搬到大相国寺，竟在佛殿上居住，民情对此颇有疑惑议论，谏官上奏弹劾，朝廷便免去狄青枢密使之职，令他离京去陈州任知州。嘉祐二年（1057年）二月，狄青嘴生毒疮，三月份不幸去世。他去世之时，百花娘娘还在大宋皇宫之内，并没有和亲远嫁，她并不知道狄青已死，还在痴痴傻傻地幻想有朝一日能在皇宫遇见自己的爱郎。宋仁宗在禁苑中为他举哀，追赠中书令，赐谥"武襄"，可惜百花在御厨并不知道。狄青至死不知道，一位美貌的中原医女曾深爱他，直到生命的最后一刻。他们此生只见过一次面，他已完全不记得那个小女子的模样。

熙宁元年（1068年），宋神宗给近世将帅排名次，认为狄青从行伍出身而名震中外，为人深沉而有谋略，又能谨小慎微，保全名声，有始有终，对狄青颇为感慨和思念，下令取来狄青的画像放进宫中，并亲自为他御制祭文。这个时候，百花娘娘已经远嫁和亲了几年时间，琼儿已经出生，琼儿的父亲——西夏王李谅祚刚刚暴死，年仅二十一岁，百花娘娘也是在这个时候听说狄青早已离世多年，她的心一下子没有了支撑而变得支离破碎，别人只以为是李谅祚暴死对她打击太大了，殊不知她一直活在另一个男人的世界里。她无理由地爱他、无理由地相信他，也无理由地等待他，直到生命的最后一刻。

柔奴在大宋皇宫中曾拜谒过狄青的画像。望着这个母亲爱恋了一生的男人，柔奴觉得他并没有母亲描述的那般英俊，可能母亲在无数的思念中将他美化了，但不得不说，狄青还称得上是仪表堂堂。也许那个年轻将军英气勃勃的一瞥打动了怀春的少女心，也许是那个年轻将军忍着剧痛谈笑风生的英勇震撼了母亲，正值青春妙龄、豆蔻年华的母亲不由分说爱上了他。

从此，一别经年，天长地远，相思到死。

经过多方打听，柔奴终于寻到狄青的墓地，狄青埋到了老家山西汾阳。和王巩一起立在狄青墓前，柔奴遵照母亲的遗嘱为他敬献了花、果、点心等供品，烧了纸，又将母亲的一缕青丝埋在墓前的土下，填上最后一抔土时，柔奴忽然一阵悲怆感袭来，泪如雨下："母亲，您值得吗?"她在心底默念着，"你爱了他一辈子，他却根本不知道你是谁! 你从来没有参与过他的生活，如今与他合葬的，是生前陪伴他的女人，而你身体发肤的一部分，只能以局外人的身份对他遥遥相望! 母亲，你太傻了!"柔奴边哭边填上最后一抔土，母亲的青丝葬在了她最爱男人的身侧，她仿佛看到母亲对她绽放出笑容。那一刻，母亲终于不再孤单了。

柔奴觉得母亲这一生实在不值。但无论如何，她完成了母亲的遗愿，她帮她找到了这个世界上她最爱的男人，而她，也完成了母亲的意愿，找到一个爱自己、自己也爱的人相伴一生。

她摆脱了母亲的命运魔咒。

在东京汴梁做龙图阁大学士的这两年，应该是苏东坡自乌台诗案以来最舒适的时光，不仅锦衣玉食，还颇得太皇太后信任，尤其太皇太后高滔滔还时不时对他嘘寒问暖，关怀备至。苏东坡把这种惬意生活写成诗：

其一：

朝罢金铺掩，人闲宝瑟尘。

欲知慈俭德，书史乐青春。

其二：

> 露簟琴书冷，琱盘衍饵新。
> 深宫犹畏日，应念暑耘人。

其三：

> 秘殿扶疏夏木深，雨余初有一蝉吟。
> 应将嬴女乘鸾扇，更助南风长棘心。

苏东坡在宫中的工作量和工作压力并不大，每天早朝后就回到书斋休息，有空就看书弹琴。在高滔滔的关照下，吃货苏东坡每天都可以品尝到新鲜而美味的点心和食物，他的书斋也被宫女们打理得淡雅舒适。炎炎夏日，在宫中茂密的树木掩映下，书斋里却清凉宜人，尤其是在雨后听着蝉鸣，更令人心情舒畅。

这时期，朝云和王闰之也陪着东坡，过了两年优渥的生活，东坡把家安在汴梁城的百家巷，王巩与柔奴则把家安在马行街。马行街是东京汴梁最繁华的闹市，这里遍布医馆、药铺、香药铺和官员宅邸，不仅白日车水马龙，夜市比州桥还热闹百倍，车马熙熙，人群如织，纵然冬日雪花飞舞、大风狂号，或者秋日阴雨绵绵、锥心刺骨，夜市的人也不见少，喝酒唱曲儿，喧闹不绝，夜市直至三更尽，才五更又开始了。像州桥、马行街这些热闹去处，更是通宵达旦、一刻不停。

柔奴陶醉在清明、富贵的世界里。

第六十二节

苏轼由于工作需要，要经常宿在宫里。闰之就让朝云叫来王巩、柔奴夫妻俩，在夜市中一起闲逛，买些好吃的，或者从外面买些熟食和酒，回家围着炉火尽情喝酒取乐。州桥夜市上的美食有美旋煎羊、肠、鲊脯、麻腐鸡皮、旋炙猪皮肉、野鸭肉、滴酥水晶、煎夹子……令人数不胜数，眼花缭乱。即便是夜市小吃，也绝不肯马虎，通常用梅红匣儿装着美味，卖相极佳，就算不吃，光是看着已足够令人赏心悦目。东京的绮丽繁华，让在京外，尤其是黄州、广西宾州待了多年的几个人如同到了天堂，两家的孩子们更是欢喜异常。王巩、柔奴的儿子皋儿已经十岁了，异常聪明，读书能一目十行，在柔奴的精心调教下，小小年纪已有其曾祖父——宰相王旦之风。东坡常夸："此儿日后必有大成！"

有时候朝云会约柔奴、王巩去瓦肆勾栏玩，她们毕竟才二十多岁的年纪，正是青春好动的时候。汴水秋声，长堤烟柳，汴梁城的瓦肆、勾栏，人马喧嚣，比肩接踵，热闹非凡。每当这时，柔奴总是笑着炫耀："我刚来大宋那年，被选为花魁，就曾在这勾栏里表演过，那时人老多了！"王巩戏言道："你这辈子，活了人家几辈子！当年我就是听说有个美艳的新科花魁，叫点酥娘，唱作俱佳，我去买票，还一票难求！多付了许多银子才买到票，直到去花满楼一看，才发现果然是你！""不知我当年演出的勾栏是否还在？我若再去演出，是否有相识之人捧场？""你敢！"王巩佯怒道，"现如今你是我娘子，只能演给我一个人看！"朝云在旁边看两人打情骂俏，实在看不下去了："我家相公在宫里为朝廷效力，定国兄家有娇妻，就如此不求上进？哪天让我家相公在太后面前举荐举荐你，你也去哪个任上，把柔奴留给我，我看你们还能否恩爱？！""别、别、别！"王巩连忙摆手，"有柔奴陪着，我先好好享受享受生活！这样子也蛮好，每天读书、写字，做做学问，有好酒好菜吃，有好戏看，我就知足了，别无所求、别无所求！"他兴冲冲地问两位小娘子："今天我们看什么？是杂剧、傀儡戏、诸宫调、鼓子词、小唱，还是讲史、说经、小说？还是斗鸡斗犬、蹴鞠、马戏、杂耍？"柔奴说："我想听史。"朝云却笑着说："我倒想看杂耍。"王巩却说："我想看杂剧，看来这意见不甚统一啊，要不柔奴你来定吧！"柔奴娇俏一笑："要么三方意见都不采用，我们去听小唱吧！十几年前，全东京城，小唱功夫最强的，我若称第二，就没人敢称第一了!"王巩戳戳她额头:"居然敢这么大言不惭!快说,是谁宠得你如此不知天高地厚的?"

几个人说说笑笑来到勾栏。勾栏其实就是戏棚子,由戏台、观台组成,四周用隔板围起。戏台的前部为舞台,后部为戏房,供演员装扮和休息。观台留有观众出入口,门口贴着花花绿绿的节目单——招子。王巩爱看的杂剧颇为流行,它杂糅了唱曲、杂耍、武艺、乐舞、戏曲等行当表演,以讽刺戏谑、辛辣逗趣的表演,勾画千奇百怪的众生相,演绎帝王将相的家国要事,讲述寻常百姓的家长里短,表演时边"讲"边"唱",讽刺中带有温情,戏谑中带有情理,未见一丝言教,却惹人深思,回味悠长。

比如一出讽刺嘲弄抄袭他人作品的演出,说的是大宋祥符年间,许多诗人经常抄袭李商隐的诗。演出时,一个扮演李商隐的演员,穿着破烂不堪的衣服参加宴会,令在座宾客诧异不解。李商隐就说:"我这是被别人撕扯至此啊!"自嘲自己作品被人剽窃、瓜分得"体无完肤",引得观众哄堂大笑。

"说到杂剧,我还想到一件经年往事。"柔奴突然开口道。"哦?"两人饶有兴致地看向她,示意柔奴讲下去。"那年还是先帝在时,一日宫中请进戏班子,有个人戴着高高的子瞻帽,说,你们见了我怎么不下跪?别人问,为什么下跪?那戴帽子的人说,这里数我学问最大啊!没见我戴什么帽子吗?"朝云听了不免流露出骄傲的神色。柔奴又郑重其事地说:"苏大学士名满天下，他日必是千古风流人物！"

当下几人就寻找小唱的戏棚子。"小唱"是伴随着宋词的兴盛而兴起的一种唱曲艺术，深受宫廷和文人雅士青睐，其曲调典雅纡徐，唱腔重起轻杀，又称"浅斟低唱"。通常由一位女子手执檀板，拍打节奏，清唱宋词"长短句"、令词、小曲、慢曲、曲破等，情深意浓，十分动人。随着宋代餐饮消费文化兴起，市井经纪之家流行"下馆子"，旋买饮食，不置家蔬，"小唱"便活跃在歌楼酒肆的筵前席间，娱乐宾客，助酒添兴。柳永《木兰花》里曾描述："佳娘捧板花钿簇，唱出新声群艳伏。"当年柔奴被选为花魁后，雅号"点酥娘"，由于色艺双全，尤擅小唱，在各教坊中独领风骚，享誉京城。她不仅嗓音婉转，且能歌善舞，举手投足自有一股不俗的气质。当年文人墨客纷纷趋附风雅，每当有新词，都请柔奴一唱，或为她专门创作曲目，以显示文采和品位格调。如今，时间已经过去了十几年，恐怕无人记得当年的点酥娘了吧？现在小唱又是谁独领风骚呢？

三人买了票，走进一个专看小唱的戏棚子，看舞台上一个十四五岁的女孩子正在手执檀板、浅斟低唱。柔奴看向朝云："那孩子，倒有几分你昔日的风采。"朝云点点头："唱成这样，不知要挨多少打呢？"她想起当年在花满楼挨打、受欺负的事。"若是将来有个好人看上了她，这女孩子还算有个不错的结局，如若没有，草草找个人嫁了，可惜了她这副人品和才情。"两人正为女孩子叹息时，柔奴却无意中看到一个熟悉的身影："茹玉？"

原来竟是当年花满楼的乐师茹玉，宇文璟的邻居。当年，柔奴悄悄离开花满楼，奔赴大辽契丹去救耶律浚，未来得及也不敢与茹玉辞行。后来花满楼倒了后，茹玉离开花满楼，因一时不知去哪里谋生，就来到这勾栏瓦肆，卖唱为生。那上面唱曲的女孩子竟然是茹玉的女儿，唤作朝华。几人相见，激动万分。

当下茹玉拉住柔奴，急切地问："当年你不辞而别，到底去了哪里？"柔奴不想让他知道自己去了大辽，又去了大宋皇宫的诸多凶险之事，只好编了个谎："母亲重病，情势紧急，来不及向你辞行。"

茹玉摇摇头："自你走后，王妈妈病重，不久竟病死了。花满楼物是人非，我只好到这里卖艺为生。前几日，我去为宇文璟一家人烧纸上香，看到坟前有新烧的纸钱，我还琢磨着，宇文一家在汴梁城并无亲戚，是谁给他烧了纸？原来是你！"他拉着柔奴，久久不愿撒手，"点酥娘这十几年并无什么变化，可看我，可是老朽一个了！"

柔奴仔细看他，发现茹玉的确老态龙钟，背也驼了，头发已经全白了，已不复多年前的孔武有力。"时光不饶人啊！"茹玉喃喃说，"怪就怪在，五六年前，宇文璟突然被平反了，先帝还为他加官晋爵，听说宫里的李贵妃娘娘都被处死了，也不知怎么回事？但善有善报、恶有恶报，报应从来不爽啊！"茹玉连连感叹，"宇文璟正直不阿，这次平冤昭雪，宇文大人还有柔奴母女，这下子在九泉之下该瞑目了！"他连连叹息着，伴着一阵阵咳嗽，看着他的驼背，柔奴感到一阵阵心酸，可见这十几年他过得风餐露宿，并不如意。他又哪里知道为给宇文璟、柔奴一家人报仇，她李琼儿经历了怎样的凶险呢！

"如今你安身在何处？"茹玉擦干眼泪，急切地问。柔奴大大方方把王巩拉至跟前："这是我家相公。"两人见礼，王巩又一揖到底："多谢乐师先前对我家娘子的照拂。"茹玉看王巩一身贵公子打扮，连忙还礼，还唤来朝华与众人见面，众人都赞叹朝华清秀俏丽，颇有当年朝云之风，柔奴忽然掩口道："我倒想起有一良配。"朝云忙问是谁，柔奴只看着她笑而不答，把朝云弄急了，嗔道："别打我家苏大学士的主意。"柔奴不看她："谁敢打你们家苏大学士的主意?! 他都娇妻美妾了，不过，我说的这个人也不是外人，跟你们家大学士有渊源。"随口吟出一段词来，却是："纤云弄巧，飞星传恨，银汉迢迢暗度。金风玉露一相逢，便胜却人间无数。"朝云马上明白了，说："你是说秦观?" 又啐了一口："是有才，但也是浪荡子！别让他误了朝华姑娘终身！"

原来苏轼、王巩奉旨北归回到东京汴梁后，苏门四学士又得以频频相聚。只不过隔了五六年的时光，当年西园雅集的常客，已是七零八落，此番西园雅集又聚是在新帝元祐年间，席间大家喝酒吟诗热闹非凡，东坡也不避嫌，索性把朝云叫出来，给大家唱曲助兴。趁着酒意，东坡先写了一句："十五年前，我是风流帅，花枝缺处留名字。"秦观看到此词，又在后面和了一句"我曾从事风流府"，逗得众人哄堂大笑，借着酒劲，东坡又让朝云当场向自己的学生索诗。于是，便有了这首秦观写给小师娘朝云的《南歌子》：

霭霭迷春态，溶溶媚晓光。不应容易下巫阳，
只恐翰林前世是襄王。

暂为清歌住，还因暮雨忙。瞥然飞去断人肠，
空使兰台公子赋高唐。

苏轼看了秦观的诗，心里有点不悦，这不调戏小师娘的吗？于是挥笔题就一首《朝云诗》，最后两句是这么写的："丹成逐我三山去，不作巫阳云雨仙。"似乎对把朝云比作巫山云雨的行为直接还击。朝云当时心里也是有点不高兴，所以听柔奴吟出这首诗，又提到秦观这个人，朝云不由得说出了这段往事。

众人见朝云不悦，也就不提了，但是朝华却记在了心里，她早就对秦观爱慕已久，听说大才子秦观居然是朝云相公的弟子，内心又泛起阵阵涟漪。分别时，柔奴送给茹玉父女俩

好多银子，让他们好生保重。自此，柔奴王巩夫妻与这父女俩时常走动，也多有照拂。

太皇太后高滔滔不仅每天好吃好喝地伺候着苏东坡，自己得了地方进献的时令贡品也不忘跟苏东坡分享。东坡有感而发，写了两首诗记录下来。

其一：

上林珍木暗池台，蜀产吴包万里来。
不独盘中见卢橘，时於粽里得杨梅。

其二：

翠筒初裹栋，芟黍复缠菰。
水殿开冰监，琼浆冻玉壶。

高滔滔经常请苏东坡到上林苑品尝各地进供的时令美食。每年农历四五月份，江南、川蜀地区的特产纷纷快马加鞭送进宫里，那些平时在汴京城难以吃到的南方水果，如卢橘、杨梅等都可以在苏东坡和高滔滔的餐桌上见到。一日，两人吃着时鲜水果，聊起往事，高滔滔微微叹道："许是老身岁数大了，近年常常想起往事，想起那年欧阳爱卿尚为文坛盟主，欧阳爱卿对你赞赏有加，曾给梅卿（梅尧臣）写信说：'读轼书，不觉汗出，快哉快哉！老夫当避路，放他出一头地。'当时社会上流传甚广，连老身在深宫中都听说了。他还夸你，'此人可谓善读书，善用书，他日文章，必独步天下。'欧阳爱卿真是目光灼灼、识人很准啊！""是啊！"东坡叹口气，"老仙翁如今离世已经二十年，我经常想起他。最后一次见面，我与他在颍州西湖泛舟，那几天游兴很浓，可没想到第二年老师就仙逝了！后来我在湖州任上，还曾去平山堂专门拜会过恩师灵柩，还写了首词。""哦，什么词啊？"高太后饶有兴趣地问，东坡放下手中吃了一半的橘子，站起身来，目朗如星，大声念道："三过平山堂下，半生弹指声中。十年不见老仙翁，壁上龙蛇飞动。欲吊文章太守，仍歌杨柳春风。休言万事转头空，未转头时皆梦。""休言万事转头空，未转头时皆梦。"高太后嘴里喃喃重复着这两句，回味良久，"许是老身老了吧，这几年天天梦到这些老臣，也想念这些老臣。人生如梦啊，老身渐渐觉得身子大不如从前了。"

第六十三节

　　高滔滔提起欧阳修，也触动了苏轼的心。人生匆匆、岁月无情，当年赏识提擢他的欧阳修如今已过世二十多年了！苏东坡受教欧阳修十六年，政治上共进退，学识上共切磋，生活上共互助，精神上共慰藉。欧阳修一生为官高洁，先后经历了开封府、枢密副使、户部侍郎、参知政事、刑部尚书、知青州蔡州等岗位。

　　苏东坡与恩师有一个共同的特点：他们都强烈反对过王安石变法，又因为反对王安石的变法，都走向命运的低谷。此番，高太后主动提起欧阳修，两个人都是感叹不已，想起仙逝的欧阳修，两人相顾垂泪，水果都没心思吃了。还是高太后率先打破了沉默："别伤心了，如今政风清朗，君实也很能干，咱们君臣尽心尽力辅佐当今皇帝，看能不能再创个盛世出来！""可是……"苏轼欲言又止。高太后看出了他的迟疑："有什么话苏爱卿尽管说。""臣与宰相（司马光，字君实）

最近争执颇多，宰相在朝堂上怒不可遏，一度想把臣撵出京城去。臣也知有些事臣可以不说，但黎民百姓不应该一遍遍受苦，新法不好的地方尽可废除，但新法利民的部分可以保留啊！为百姓计，新法不可全部废止啊，太皇太后！"

高滔滔沉默了一会儿："我了解君实，他被先帝、王安石打压了十五年，这次重登相位，很想大有作为，你与他政见有些不和，还是要好好商量，别伤了自家人和气。你们俩可都是老身和皇帝倚重的股肱老臣啊！"

话虽如此说，也只是太皇太后的一厢情愿，因为朝堂之上，苏轼与司马光还是冲突激烈。苏轼开始请假不上班，司马光就很不满意，百般催促他，谁知上班后更让他恼火。对司马光尽废新法的做法，苏轼屡次讽刺说："相公此论，故为鳖厮踢（鳖相互踢）。"司马光不解，问："鳖安能厮踢？"苏轼说："是之谓鳖厮踢。"司马光终于明白，他是说尽废新法像"鳖厮踢"一样不可能。苏轼提出免役、差役择善参用，官赠空地以雇衙前的新思路。司马光听了却勃然作色，不许他再讲。苏轼说："以前韩琦当宰相时，您是谏官，凡事还能与他据理力争，虽然韩琦宰相不高兴，您还是不管不顾。怎么您今天做了宰相，反而不许我说句公道话呢？"司马光听后很不高兴地拂袖而去。东坡也气得脸色紫涨，回到学士院，一边脱官帽，一边气愤地一迭声骂："司马牛！司马牛！"没想到，这一声声宣泄式的怒骂却被追随司马光的谏官听到，又开始在朝堂上大肆攻击苏东坡，搞得东坡灰头土脸，不想再上朝。

转眼到了端午时节，高滔滔依照闽楚地区的习俗，带东坡在皇宫中的金明池游船缅怀屈原，欣赏池中美景，皇帝赵煦也陪同在侧。东坡对这个皇帝学生悉心教导，发现赵煦表面恭顺，脑子也极聪明，但东坡从他桀骜不驯的眼神中也瞥见了他对祖母专政的不满。高太后如此智慧过人，想必她也知道吧。

有一次太后和东坡谈起已去世多年的范仲淹范文正公，他的儿子范纯仁大有乃父之风，如今也在朝廷当差，高太后刚刚封他做了同知枢密院事。"纯仁这个人有宰相之才。"太后思索着说，"如今朝中，老身最信任、皇帝最可托付的便是你们几个。"她笑着望向东坡，眼神和煦，东坡接口道："纯仁为人正派，确是当今大才！当年熙宁变法，纯仁不畏生死，曾上书先帝，公开指责王安石'搲克财利'，他和臣一样，因反对王安石变法遭贬逐。司马宰相复相后，坚持要废除'青苗法'。对此，范纯仁与臣皆不以为然。范纯仁对宰相说：'王安石制定的法令有其可取的一面，不必因人废言。'他希望宰相虚心'以延众论'，有可取之处的主张，尽量采纳。可惜宰相固执得很，只把范纯仁的看法当作耳边风。宰相如今尽废新法，不能不说他夹带了许多个人情绪。臣与纯仁私底下议论：'奈何又一位拗相公！'"说起朝中诸多问题，东坡不禁感慨万千，开始滔滔不绝诉苦，高太后则侧耳细听，不发一言。

苏轼见太后如此虚心礼下，颇受感动。又想自己饱读诗书，为人臣子、尽忠尽孝，尚且有些力不能支、无可奈何的地方，宋家江山交在高太后高滔滔这一介女流身上，她如今已年过五旬，精力、体力一天不如一天，尚且能勤政纳言、重用忠臣，东坡对她很是敬佩。

听完东坡一肚子牢骚，高滔滔轻声抚慰了一番，左右不过是司马光一心为公，这些肱股老臣要和气着来，不要因政见不同撕破了脸，东坡只能讪讪应了。听到东坡说司马光和王安石一样，都是顽固不化、听不进意见的人，高滔滔也笑了，"拗相公"三个字用在他二人身上，是何等贴切！东坡又提起请求外放的事，高太后还是不答应。

这段时间宫里节日庆典活动、宴会多了起来，东坡每次都是太皇太后特邀的座上宾。有一日宴会上，东坡见到了向太后，还有朱太妃等一众嫔妃。向太后身穿蓝底翟衣，衣上百只凤凰及太极图点缀，衣袖、裙摆以红底绣龙腾加宽边修饰；头戴九龙花钗冠，两博鬓，带绶，环佩。她还是一副谨言慎行的模样，言语不多。

太皇太后高滔滔对苏东坡的才华很是佩服，凡是苏东坡拟定的诏书和文稿，她一个字都舍不得删改。苏东坡博闻强识，拟文写稿从不用翻书，优美动听的文字对于他来说就如行云流水般自然。每每听到苏东坡口中吟诵出惊艳华美的词句，高滔滔的眼睛里都充满了星星，用一种小迷妹的眼神凝视苏东坡，崇拜敬仰之情毫不掩饰，常常令苏东坡感到心潮澎湃，情难自抑。高滔滔虽然已为人祖母，当时也不过五十三岁，只比东坡大三岁，年纪相当又意趣相投，政见还高度一致，两人自然是有不少共同话题。除了政治上的问题，文化、艺术和生活上的情趣都是他们日常的谈资。谈得兴起时，高滔滔还将身边的宫女侍从屏退，单独与苏东坡私聊。

高滔滔五十三岁大寿时，苏东坡受邀出席寿宴。司马光、范纯仁等一批老臣也纷纷为太皇太后祝寿。但司马光看上去好像身体不适，神色黯然，腿脚无力，仿佛走不动路。苏轼为太后写了两首祝寿诗。

瑞日明天仗，仙云拥寿山。

倚栏春昼永，金母在人间。

彤史年来不绝书，三朝德化妇承姑。

宫中侍女减珠翠，雪里贫民得裤襦。

东坡作这首诗绝不是拍马屁。高滔滔向来厉行节俭，她不仅自己节衣缩食，开销用度不动用朝廷一分钱，连娘家人为高氏家族修建宅邸，她都自掏腰包支付。为了赵氏皇朝子嗣昌盛，高滔滔决意要重新修缮道观——上清储祥宫，然而她并不想动用国库的资金，而是号召宫里人省吃俭用，并几乎花光了自己的积蓄，才把这座意义重大的道观修缮完毕。国库省下的钱也都花到了人民的头上。

那年六月十二日，司马光病情再度加重。这一次发病，脚上的疮引发的脓肿一直肿到前脚掌，导致整个脚面都不能着地，只能仰面躺着。太皇太后高滔滔遣御医前去探望，御医回去后回复太皇太后："司马相公恐怕是来日无多了。"太皇太后闻言，神色泫然，良久不语，随后下旨，司马相公居家休养，为国珍摄，暂可不必忧劳国事。

然而，值此新旧交替、路线变换之际，司马光哪里可以静得下心来踏实休养？他的心里有太多的事情放不下。

这头一件事是对西夏的政策。他主张尽早与西夏正式休兵，结束边境的紧张状态，与国休息，与民休息。司马光认为，用兵是神宗时期一切恶政的源头。他在给哲宗和太皇太后的形势分析报告中写道："在我看来，如今公家和民间资源耗竭，疲敝不堪，这一切的根源都是因为用兵。"尤其是既无战略规划，又无充分准备的非正义的用兵。先帝为什么要打仗？说得好听点，是因为先帝认为本朝的疆域"跟汉唐相比，还不够完整，深感耻辱，于是慨然生出征伐开拓之志"。说得难听点，还不是为了满足大国虚荣、证明自身血统的高贵?!打仗本该厉兵秣马，选将练兵，搜集情报，充分准备，认真谋划。可是，神宗的西北拓边行动，既没有通盘的战略考虑，也缺乏有秩序的战场组织。一个大国主动发动的对外战争，就像是做小买卖，放任"边鄙武夫"去折腾，赢了是皇帝英明，输了便处罚将领。战场之上，宦官成为统帅，神宗遥控指挥，朝令夕改——打着打着，一封手诏下去，将领之间的统属关系就变了——种将军手下的军队、所控制的给养，原本归王宦官节制，忽然就不归他管了，王宦官的如意算盘全数落空，只好眼睁睁地看着麾下的数万军队在沙漠的朔风里饿死、冻死和逃跑。这样的战争简直就是灾难本身！

司马光希望，趁着新帝即位，摆出大国胸怀，高屋建瓴，早下诏书，赦免西夏人罪过，归还宋朝从西夏掠取的土地，恢复之前的朝贡关系，重建两国间的和平。只有这样，才能重新把握宋夏关系的主动权，恢复"天子"的体面与尊严，与民休息，与国休息。

六月，听说西夏国使节前来，司马光连上三札，请求扶病入见，早定大计。太皇太后制止了司马光。司马光建议将边疆问题交由文彦博讨论，最终，文彦博的意见与司马光相同，太皇太后接纳了二人的建议，大宋与西夏恢复了和平交往。

役法改革也是司马光心心念念的。司马光坚信，原则上差役优于雇役；但他也承认，部分役种"雇"优于"差"，各个地区的情况也有不同，必须予以尊重。蔡京、蔡朦事件更让他意识到事情的复杂性。六月二十八日，司马光专门上疏重申役法改革问题，特别强调，权力下放到县，允许各县因地制宜，制定适合本地的差役执行办法。他说："对于民间利弊的深入了解，转运司不如州，州不如县。"他的观点得到王巩支持，当年赵煦刚刚登基时，高太皇太后主政，求取直言。"吏民上书以千数，诏司马光采阅其可用者十五人，独称奖其二，乃宗翰与王巩也。"对司马光上书，为王巩带来了好运，从此王巩为司马光所知，并且，"缘此得减二年磨勘，仍擢为宗正寺丞"。司马光曾对苏轼称王巩"忠义"，并"亲书与巩简帖，与巩往复议论政事"。司马光还曾对另一大臣李清臣，"称巩之贤"。

八月六日，司马光最后一次上殿，面见太皇太后。这是一次突如其来的上殿，事先并未禀告。司马光为什么要上殿？因为竟然有人要恢复青苗钱！青苗钱，在司马光眼里是如假包换的害民之法。在司马光的坚持下，朝廷已于闰二月下令废除青苗钱。可是谁想到，才到四月间，"青苗钱"竟然改头换面又出现了！司马光难抑悲愤，慷慨陈词。八月八日，他抱病参见高太皇太后，隔帘宣读后，高声说："不知哪个奸邪劝陛下复行此事？"范纯仁在场，闻之色变，后退一步。

连范纯仁都被他斥为"奸邪"，说明司马光已完全失去了讨论问题的耐心和度量，高太皇太后的言听计从、谏官的精神贿赂，使他的自信变成了唯我独尊的武断。

司马光渐渐出现油干灯灭前的回光返照，精神头特好，上疏说可以正常上朝，只要有儿子司马康搀扶，四拜（高太皇太后特准其二拜）也不成问题。可四天后，即八月十二日，在西府议事的他突然昏厥，被抬回家去。这一去，他再也没回来。

第六十四节

　　司马光死后，保守党迅速被分化，分成了朔党、蜀党、洛党等几个派系，每天上朝都是你一言我一语吵来吵去，根本无暇顾及富国强兵的大业。此情此景，是如此熟悉，仿佛又回到了熙宁变法当年，苏轼被王安石、吕惠卿打压的时代。东坡已经疲惫不堪，几个不眠之夜后，他打定主意自请外调，所以一天趁太皇太后高滔滔高兴，东坡请求外放。听到东坡请求离开东京外放颍州，太皇太后吃了一惊，声音里有了一丝不悦："苏爱卿，是老身待你不够好吗？你为何如此一意孤行？"

　　"太皇太后对东坡恩遇有加，东坡没齿不忘。"

　　"君实已仙去，朝廷现在正是用人之际，你若外放了，朝堂之上，谁来主持大局？"

　　苏轼见太皇太后始终不同意他外放，情急之下脱口而出："太皇太后，您可知道我无缘无故被扣上了蜀党的帽子，莫名其妙成了蜀党领袖。您知道我一向反对党争，更不屑朋党，但如何辩得清白啊！我只想外放，以求清白，离开这是非之地！只求您准我请辞！"太皇太后无奈，好大一会儿才说："准。"

苏轼见太皇太后一脸寡然，心里一阵难过，既然太皇太后准了他，东坡想赶紧离开这是非之地。

马上要过年了。东京汴梁的春节是最热闹的，大相国寺门口通常有狮子舞，几十头"狮子"同时起舞，极为壮观。"耍和尚"头戴笑容可掬大头面具，诙谐逗趣；"竹马"活泼喜庆；节日集会时的舞队游行表演"社火"，更是规模宏大，千街万巷，张灯结彩，载歌载舞。划旱船、腰鼓、"村田乐"、傩舞等舞蹈表演，可谓好戏连台，让汴梁老百姓目不暇接。元宵节当天的舞队场面壮观，就有不下数十支，队伍次第簇拥，连亘十余里，一直到正月十六晚上人群才散去。

趁着过年，苏轼、闰之、朝云、王巩、柔奴带着孩子们一起去看了钟馗舞。钟馗舞由"礼"入"戏"，表演结合杂技、武术，使用"吹气""喷火"等舞美特效。獠牙狰狞的鬼怪、貌丑威猛的钟馗、烟雾缭绕的舞美，视觉冲击极其震撼。表演情节也极具戏剧化冲突，先是群魔乱舞，然后阎罗上场，两旁站立牛头马面，蒺藜奋威，群鬼慑伏。白面使者手执竹枪，到处捉拿鬼怪。勾簿判官清点妖孽，虎贲卫士手持剑戟，寒火睒闪。最后是钟馗上场，破裤简靴，醉态蒙眬，婆娑起舞，群鬼围观调戏。突然，钟馗奋髯瞠目，吓得它们四处乱窜。钟馗杀鬼但并不恐怖，相反在体现众鬼害怕时，演员还会故作"踉跄"的搞笑动作，娱乐性十足，常常惹得两家人大笑不止，苏迈、苏迨、苏过、王皋等孩子最爱看这种表演。

那是他们此生最酣畅淋漓的一个春节。转眼之间，柔奴自出宫以来，也已经与王巩红尘做伴多年，两人琴瑟和鸣、日子平淡却恩爱。王巩自从和柔奴在一起，著作颇丰，曾笑言，红袖添香夜读书，是人生一大享受，此生别无所求。

而柔奴，也似乎把自己真真正正地活成了大宋子民。王巩有一次曾笑言："你还是那个古灵精怪的西夏公主吗？你还是那个维摩天女吗？"柔奴笑道："我其实早已分不清自己是琼儿还是柔奴了，人生一场大梦，你我都是红尘过客，何必分得那么清呢？我看难得糊涂就很好，《素书》说，乐莫乐于好善、吉莫吉于知足，我已很知足。"王巩笑着搂住她："有你在身边，我也很知足。得贤妻若此，夫复何求？这几天还听乡亲们称赞你，帮他们祛除病痛，都称你为活菩萨、神医呢。我王巩何德何能，能娶到你呢。"

世事纷乱中，也有好消息传来，种师道终于纳娶了灵瑶，时年灵瑶已近二十四岁，是个老姑娘了。十年的时光相识、相恋，当年那个天真烂漫的西夏将军的女儿，如今已长成有点沉默寡言的少妇。灵瑶长大后话反而愈来愈少，人也越来越稳重，那个大大咧咧、咋咋呼呼的小丫头一下子不见了。

只是，她对种师道愈发温柔体贴，种师道御寒的战袍是她亲手缝就，针脚细密，密不透风。种师道也一如既往地宠溺灵瑶，时常买点小玩意儿赠予灵瑶，表达他的爱意与在意。婚后第二年，两人生了个女儿，取名种落雪，看小丫头黝黑的脸蛋、忽闪忽闪的大眼睛，像极了小时候的灵瑶。柔奴见了，爱得要死，眼泪都要流下来了，想起自己从小与灵瑶在西夏兴庆府一起长大，两人如同亲姐妹一般，如今居然双双在大宋安了家！命运神奇如斯。她与王巩的儿子王皋也已经十岁了，王皋聪明伶俐，而且很喜爱读书，柔奴闲暇教他诗词歌赋及先秦诸子百家，王皋均过目能诵。

一日，夫妻俩闲来煮茶，王巩说："子瞻自请外放，我第一个舍不得他走，我与他都是性情中人，这老家伙天性纯真，至死都是小孩子，世人都道鲁直（黄庭坚）与子瞻（苏东坡）书法并称双绝，开一世之风。他二人反而讥笑对方。鲁直的字瘦长，东坡就笑话他，说他的字'树梢挂蛇'，像树梢上挂着一条蛇一样。鲁直也不示弱，当时反击，讥笑东坡的字像'石压蛤蟆'，这两人如此戏弄对方，还号称大家！"王巩啧啧，柔奴则听得哈哈大笑，嚷着要趁东坡在京，多向他索些蛤蟆字。

王巩果然找了个日子又请东坡喝酒，趁东坡高兴，拿出准备好的纸墨笔砚，请东坡写几个字，东坡含笑答应，随手写了几个字，果然都如石压蛤蟆，柔奴忍不住哈哈大笑。她知道东坡的字很值钱，一幅字至少值十斤羊肉，赶紧仔细收好。东坡心里知道这辈子欠王巩夫妻的，写几幅字算什么，索性多写些。柔奴见他高兴，又拿了几张上等澄心堂纸，请东坡在上面题字，写什么、怎么写都规划好了。果然东坡一见到这么好的纸实在忍不住，一挥而就，斜着眼睛戏谑地问柔奴："我此刻是不是在卖菜？"

此话一出，惹得王巩、柔奴又哈哈大笑。东坡转头问柔奴："最近遇到困难了？这不是我印象中的西夏公主啊。""子瞻莫取笑我。"柔奴笑着说，"最近天气严寒，早晚温差大，百姓伤风感冒者越来越多，我这安乐坊又不收钱，眼瞅着草药都不够用了，只能借苏大学士的字用用。"

苏轼这才知道柔奴一直在免费为汴梁城的穷苦百姓治病，对她的感佩之情又多了几分。"以后这安乐坊也算我一份！"他笔走游龙，又多写了几幅字："这些字够不够？不够我还可以多写些。"

此时，萧兀纳又从大辽传来书信，耶律延禧已经正式被确立为大辽皇位继承人。此时距耶律浚之死已有十四年。十四年啊，冤死的大辽昭怀太子的亲生儿子终于被立为皇位继承人！得知此消息，柔奴泪如雨下，朝北遥祭："耶律浚，你九泉有知，应该安心了！大仇已报，延禧即将成为大辽新一代帝王，你和母后就要沉冤昭雪了！"

第六十五节

　　苏辙奉命出使辽国，庆贺耶律洪基生辰。苏轼特写《送子由使契丹》一诗送给子由：

　　　　云海相望寄此身，那因远适更沾巾。不辞驿骑凌风雪，要使天骄识凤麟。沙漠回看清禁月，湖山应梦武林春。单于若问君家世，莫道中朝第一人。

　　苏辙从大辽归来后便迫不及待给哥哥及王巩详细描述了此次赴辽的经过及盛况，还盛赞耶律延禧器宇轩昂，颇似其父耶律浚。柔奴闻言，想到十几年前自己不顾一切赴辽救爱郎，却眼睁睁看心爱的人死在自己面前。世事变迁，如今，当年奋力救起的小延禧将要成为大辽的新君了，她和耶律浚的爱情，也将永远埋葬在那片黑土地上。

　　元祐八年（1093年）九月，连续数日的秋雨，一直淅淅沥沥地下个不停，东京汴梁阴郁寒冷，一场秋雨一场凉，太皇太后高滔滔忽传病危。已外放的苏轼匆匆回京，和弟弟苏辙一起进宫探望。走在通往大内深宫的小径上，苏轼心头涌现一种不祥之感。路上遇到同样探病的范纯仁，彼此也只是点了下头，便面色凝重地匆匆而过。

进了帷幕低垂的太皇太后寝宫，仅仅数月未见，这位昔日神采奕奕、雷霆万钧的太皇太后，如今脸上几乎没有了血色，形容枯槁、银发蓬乱，平时的富丽雍容都不见了。病榻上，高滔滔勉强打起精神，在榻上向众人微微颔了颔首，就算打过招呼了。少顷，她示意苏辙趋前说话，连咳带喘地交代苏辙："老身……将要撒手了！我走后，你们合力辅佐当今官家，老身忧虑啊，他如今尚小、心性未定，恐为小人迷惑。只怕老身死后，这朝野又要变天啊！你哥哥如果早点外放，也不至于得罪这么多人……"高滔滔说着，一阵激烈的咳嗽使她不得不停住了，宫女赶紧上前拿手帕子拭去她嘴角的涎水，在她后背使劲揉搓了好一会儿，高滔滔这才定了定气又说："子由说话委婉、为人持重，老身很是放心，只是你哥哥说话未免太直了些，以后恐怕还要吃亏，你以后要多劝着他才行。"苏辙含泪点头，这句句关切之情，听着倒不像君臣叙礼，倒像一个老母亲临终前絮絮叨叨教导爱子。东坡听到这里，眼里也早已经蓄满了泪。他深知病重的太皇太后，这是开始安排后事了。句句关切之情，又使他想起这两年他与高滔滔相处的温馨和睦时光，东坡忍不住泪如雨下。眼看太皇太后病体不支，东坡兄弟正要告别，然而太皇太后又叫住了他们，声音微弱地说："传我的旨意，苏轼外放定州吧。定州……"她又咳喘了一会儿："定州乃河北重镇，需要苏轼这样的人才……去经营。"

秋风愈紧，走出宫门那一瞬间，苏轼不由自主地打了个寒战。乌云密布、秋风呼号、秋雨沥沥，他回首望了一眼即将关闭的宫门，一阵寒凉之感遍袭全身。他预感到，这是他与太皇太后的最后一面了，而将来自己的命运将如这凄风苦雨的天气一般了。

苏轼苏辙兄弟俩探病后的第九天，太皇太后高滔滔便撒手人寰，带着她对小皇帝赵煦的不放心、对大宋王朝的无限眷恋离去了。高太皇太后执政的九年期间，是大宋国泰民安的九年，也是苏轼政治上的高光时刻。

人，最庆幸的是得遇明主。东坡自二十一岁出川，名动天下，历仁宗、英宗、神宗三朝，由于种种原因未得重用。只有高滔滔执政这九年，苏轼得以重用，有了一生中最优渥的待遇。

果然高太皇太后去世后，朝中又变天了，东坡重被流放。闰之、朝云以及几个孩子又要随他东奔西走、颠沛流离了。看着苏轼愁眉不展，长吁短叹，温柔敦厚的夫人闰之反而安慰起了他。王闰之已经四十多岁了，她的鬓角也白了，近来也渐渐呈现出疲累之态。犹记得她去年还应召入宫，与太皇太后相谈甚欢，没想到太皇太后今年就离世了，闰之初闻噩耗，也颇为伤感。犹记得与太皇太后闲谈时，太皇太后请闰之约束一下自己的丈夫，"东坡才华过人，但性格太直率，容易得罪小人，我在时，朝中能护他周全，我若不在了，他必招致祸端。"太皇太后抚着她的手背说，"你陪子瞻日久，要时刻提醒他啊！"每每想起太皇太后这些话，闰之都感动得流泪。

自从嫁给苏轼，闰之一直四处漂泊，尤其是乌台诗案后苏轼被流放黄州，闰之随他吃了不少苦，但闰之生性恬淡又勤俭持家，倒不觉得日子过得太苦。东坡对闰之，除了夫妻之爱，更多的是敬重，老妻贤惠，无论丈夫时乖命蹇，惨遭贬职，还是飞黄腾达，步步高升，在人生起起落落和颠沛流离当中，无论生活发生怎样翻天覆地的变化，王闰之始终都能泰然处之，不离不弃。苏东坡感念她与他患难与共，一次王闰之过生日的时候，东坡还特地买鱼回来放生为她祈福，并作《蝶恋花》纪事：

> 泛泛东风初破五，江柳微黄，万万千千缕。
>
> 佳气郁葱来绣户，当年江上生奇女。
>
> 一盏寿觞谁与举，三个明珠，膝上王文度。

放尽穷鳞看圉圉，天公为下曼陀雨。

这些都是他与闰之相伴数十年的有趣回忆。因为长期操劳过度，闰之的身体已经渐渐不好了，怕熬不住这长途颠簸，东坡只能与她商量让她先留在京城，待他安顿好了再来接她，闰之无奈之下同意了。

临行前，王巩、柔奴夫妻俩在白矾楼为苏轼、闰之、朝云一家人饯行。白矾楼，佳肴满桌、酒香扑鼻，王巩举杯道："没想到刚回到东京汴梁，过了两年舒坦日子，你又外放了，嫂子、朝云她们跟着你，到处流浪，日子过得辛苦。定国先敬你一杯，祝你路上平安顺遂！"

苏轼淡然一笑："去哪里我已不再在意，四海也可为家。早年我请蒋之奇为我在宜兴购置了田产，想在那里终老，后来几经贬谪，凄凄如风雨之舟！蒙太皇太后隆恩，在东京汴梁过了几年太平日子，可太皇太后薨逝，朝堂每天党争不断，居然攻击我是蜀党的头子！你不是不知道，我最讨厌党争！也不屑于党争！太皇太后还在病中的时候，就曾留范纯仁、吕大防谈话：我死之后，你们二人最好辞官归隐，幼主必然会另用一批新人。此时不走，更待何时？太皇太后睿智啊！"几人听后唏嘘不已。

果然，高滔滔一死，早已厌烦祖母管教的小皇帝，立马重新起用新党人士，改年号"绍圣"，即继承父亲神宗的改制，公开与祖母高太皇太后当年的"以母改子"作对。

王巩因上书论宗室事，也被贬官了。到绍圣元年，朝廷对王巩甚至来了个算总账："累上书议论朝政，欲尽变先朝法度，追毁出身以来告敕，除名勒停，送全州编管。"可以说，上书论政带给他的多是灾祸。但王巩秉性如此，却并不在意。

章惇做了宰相。苏轼心头有些不安，这可是个狠人呐，其实他和章惇早年就认识，说起来缘分还颇深：二十几年前，他们高中同榜进士，都是青年才俊，意气风发，彼此惺惺相惜，英雄爱英雄。待到二人踏上仕途，兜兜转转，章惇调任商洛县令，苏轼调任凤翔府节度判官，两地相邻，皆为陕西辖地。二人无论是因为公务还是私事，交集颇多，本来就互相仰慕，有此机缘，又是同年，再加上二人的上司对他们两个人青睐有加，颇为欣赏倚重，如此天时地利人和，二人自是志同道合，相得甚欢，遂为莫逆之交。公务闲暇之余，二人时常宴饮郊游，赋诗填词，亲密无间，羡煞旁人。一日，二人同游南山诸寺，有一处渊深万仞，俯视其壑，毛骨悚然，一根独木桥横贯南北。见此情景，苏轼战战兢兢不敢前往，而章惇则面无怯色，坦然自若地跨过了独木桥，并且借着用藤蔓卷成的绳索，爬到悬崖峭壁上挥笔写下了"章惇、苏轼来游"六个大字，大大秀了一把书法和胆识。回过神来的苏轼用手拍了拍章惇的后背感叹道：子厚，你日后必能杀人！

管中窥豹，可见一斑，一个人如果连自己的性命都不在乎，还会在乎别人的性命吗！当年章惇听了，哈哈一笑，只当是朋友戏言，并未在意。待到乌台诗案爆发，章惇和苏轼二人的感情达到了顶峰。此时担任翰林学士的章惇，不惧个人安危荣辱，为苏轼仗义执言，慷慨陈词，立场坚定，名震朝野。待到东坡被贬谪黄州，章惇更是深情款款地写信安慰鼓励，"存问甚厚，忧爱深切"，确实尽到了一个至交好友的情意和本分。

所以刚听说章惇做宰相，苏轼还深深地舒了口气，心想要是换成那班小人，自己真不知道会是什么下场。而章惇，跟自己是同科进士，几十年的老朋友了，虽然政见不合，但关系一直都很好。而且，章惇的儿子章援，还是自己门生。当年苏轼主持礼部考试时，章援被录为第一名，师生情谊可非同一般啊。

万万没想到这一次东坡又天真了，章惇上台后，第一个就拿苏轼开刀，把东坡从大宋北端的河北定州，一下子贬到了最南端岭南惠州，继而又贬到了更遥远、荒僻的海南儋州。

疯狂的"元祐更化"开始了，之前高滔滔在时被贬的新党人士，纷纷登台。他们以章惇为首，对旧党人士展开了疯狂的报复。元祐时代的大臣外放的外放、贬谪的贬谪，司马光虽然死了，还要被新党叫嚣着开棺鞭尸。

第六十六节

　　就在大宋风雨飘摇之际，1093年，苏夫人王闰之不幸染病去世。闰之卒于东京汴梁，终年四十六岁，她嫁给苏轼二十八年，没过几天好日子，只有高太皇太后掌权时享了几年荣光。闰之死后，她的灵柩一直停放在京西的寺院里，直到十年后苏轼去世，弟弟苏辙将闰之与苏轼合葬，实现了苏轼祭文中"惟有同穴"的愿望。闰之是唯一和苏轼合葬的女人。就连苏轼第一个结发之妻王弗及后来他深爱的侍妾朝云都未能与他同穴。

　　闰之死后，哀痛不已的苏轼写下了《祭亡妻文》：

　　　　妇职既修，母仪甚敦。三子如一，爱出于天。从我南行，菽水欣然。汤沐两郡，喜不见颜。我曰归哉，行返丘园。曾不少须，弃我而先！孰迎我门，孰馈我田。已矣奈何，泪尽自干。旅殡国门，我实少恩。惟有同穴，尚蹈此言。呜呼哀哉！

也许是此生无以为报，心中愧疚，苏轼才发出"我实少恩。惟有同穴，尚蹈此言"的誓词。生而同衾，死而同穴，是苏轼对闰之漫长陪伴、细水长流感情的最好回应。

苏轼流放、遭遇政治迫害，苏家主母遭遇不测，朝堂上血雨腥风，王巩也被恶人弹劾。然而，面对这一切，柔奴却始终波澜不惊，她与王巩的爱子王皋已渐渐长大，柔奴每日只管读医书、礼佛经，教育王皋、侍候王巩，余下时间义务为百姓看病。朝云已陪东坡流放去了广东惠州，千里迢迢、山高路长，两人一直有书信往来。

昔日好友乐师茹玉也走到了生命尽头，临终前他托付柔奴为女儿朝华寻个终身依靠，否则他死不瞑目，柔奴只得答应下来。茹玉咽气后，柔奴将他葬在宇文璟一家旁边，生时为邻、死亦为邻。葬了茹玉后，柔奴细细问了朝华，没想到她仍对秦观情有独钟。原来她每日唱小曲，唱的都是苏轼、秦观的词，渐渐地便对秦观无法自拔。时年秦观四十五岁，正是仕途中最顺达的时光。他任职秘书省正字兼国史院编修。柔奴想，他们才子佳人倒也般配。于是找到朝云和苏轼，一番说合，秦观同意纳朝华为妾。

那年朝华年方十九岁。新婚之夜，志得意满的秦观，即兴作了一首诗，其中有两句曰：

织女明星来枕上，了知身不在人间。

但好景不长，不过三年的工夫，秦观意欲悟道修真，为了彻底了断尘缘，便将朝华打发回娘家。被打发走的朝华哭着喊着要回来，秦观只得勉为其难地同意。如是又过了一年，秦观被贬官苏杭，朝华再次要跟着去，秦观这次却坚决拒绝了。他说道："汝不去，吾不得修真矣。"

终于，他还是把朝华给敷衍走了。

可怜的朝华已无处可去，在这世间，父母双亡，孤身一人，何以谋生？柔奴看她可怜，只得把她安排在安乐坊，教她行医抓药，给自己做个助手。最开始朝华因为秦观寻死觅活了好一阵，柔奴带她读佛经，朝华渐渐解脱出来，从此一头扎进医书里，渐渐地，儿女情长竟不太在意了。

秦观、朝华的事刚刚了结，一个坏消息却突然从惠州传来。绍圣三年（1096年）七月五日，柔奴的好友朝云突然在惠州病逝！享年只有三十四岁。听此噩耗，柔奴不禁伏案大哭，只哭得肝肠寸断！王巩慌忙安抚她，却怎么也安抚不住。柔奴千里奔丧，帮助苏轼处理后事。

朝云是这世上最懂苏轼的女人，朝云死后，苏轼一下子觉得身如孤萍，漂荡无依。经历了众多亲人离世，他已经坦然面对死亡，可依然接受不了这个小他二十四岁女人的骤然离世。他依照朝云生前的嘱托，将她葬于栖禅寺松林中东南方向，与大圣塔相对。因朝云临终前一直在念《金刚经》"如梦幻泡影，如露亦如电"而气绝，所以东坡给她的墓取名"六如亭"。

东坡犹记得与朝云第一次惊鸿相见。她娉娉婷婷豆蔻年华，翩若惊鸿，婉若游龙，如洛神再世。犹记得自己被贬黄州，一日回家吃饭时，东坡指着自己的肚子问侍妾们："你们有谁能说说我这肚子里装有什么东西？"一侍女答："是文章。"东坡摇头，另一侍女又答："是见识。"东坡还是摇头，只有朝云笑着说："先生这一肚子里装的都是不合时宜。"东坡笑道："知我者，唯有朝云也。"可如今，佳人已去、徒留追忆，东坡不禁潸然泪下。

第六十七节

　　朝云下葬后，柔奴与王巩亲自前往六如亭祭拜。往事如烟，柔奴不禁想起朝云十岁时被打的惨样，想起年少时姐妹相守的快乐时光，想起年轻英俊、一见倾心的耶律浚，两人电光石火、金风玉露一相逢的初见，想起温敦善良却不幸惨死的宇文柔奴，想起励精图治、壮志未酬的神宗皇帝赵顼，往事一幕幕闪现在柔奴眼前。岁月是如此无情，如今这些人都纷纷离她而去，只剩下她与王巩相依为命。王巩这些年也渐渐老了，那个深情款款、长身玉立的书生，已经变成了一个脾气耿直、倔强可爱的小老头。

　　而当年她和灵瑶拼死救下的小延禧转眼之间已经是大辽的皇帝了。时间真是一味神奇的药，它能抹平伤痛、惩凶除恶，让人们相信，该来的一切总会来，该走的总会走。

　　王朝云英年早逝，对连失至亲的苏东坡来说是致命的打击。他在《惠州荐朝云疏》中痛苦地写道：

轼以罪责，迁于炎荒。有侍妾王朝云，一生辛
勤，万里随从。遭时之疫，遘病而亡。念其忍死之
言，欲托栖禅之下，故营幽室，以掩微躯……

如此美好的女子，如此美好又带有诗词墨香的岁月，原
来也是一刹那间，如梦幻泡影，一眨眼便消逝了。

苏轼在痛失所爱、备受打击时，秦观也经历过短暂的人
生高潮，开始走向仕途的下坡路。那是一条如东坡一样恓惶
的流放之路。

大辽寿昌七年（1101年）正月十三日，辽道宗耶律洪基
去世，耶律延禧奉遗诏继位，改元乾统，即历史上著名的天
祚帝。那时，距耶律浚去世已有二十四年的时光。果然，延
禧登基后第一件事，便追谥父亲昭怀太子耶律浚为大孝顺圣
皇帝，庙号顺宗，母亲萧氏为贞顺皇后。祖母宣懿皇后萧观
音也得到昭雪。受耶律乙辛陷害的大臣一律得以平反，奸臣
耶律乙辛的党羽和族人皆被诛杀。一时杀风四起、血流成河，
朝中人人自危。

因果报应从来不虚，可能迟到，但绝不会缺席。

王巩、柔奴夫妻晚年定居高邮。日常时光，王巩除了读
书写字之外，大部分时间用于作诗、饮茶。两人日常常有诗
作唱和：

齐山僧舍

竹密通幽境，横桥逐涧斜。

阴崖耸珪璧，古蔓引龙蛇。

寺僻虚僧磬，亭荒足兔罝。

紫微今不见，著意采黄花。

全州卷烟阁

长江萦村若练带，晴岫插天如画屏。

山青水秀两奇绝，道人对此开禅扃。

红尘一点飞不到，举手高可摩天星。

诗罢，王巩也请柔奴点评。柔奴总笑："比我强，比苏子瞻还差点儿。"王巩得意道："我的诗，就连苏子瞻也颇为赏识，曾说我新诗篇篇皆奇，怎么你一个女人家，反而说不好呢？"

柔奴逗他："你是我相公，我怎么好意思夸你呢？再说了，人人都说苏子瞻是天上文曲星下凡，你难道比文曲星还厉害？"王巩长叹道："此生碌碌，虽写了不少文章，可终究传世的少，不能不引以为憾啊。倒是你，苏子瞻一写那首《定风波》，说不定你就流芳千古了。"柔奴笑道："流芳千古又怎样？到头来死了还不是什么也带不走。不流芳千古又怎样？左不过我们活这一生，不辜负自己罢了！"

种师道、灵瑶夫妻偶有书信来，老友之间还彼此通个音信。他们两人倒是夫唱妇随，一起相伴抗辽，后抗金，戎马倥偬，倒也是艰难岁月的一份难得的情谊。

柔奴过不惯清闲的日子，她索性在高邮又筹款建了座安乐坊，为百姓义务诊治，看到经过自己的妙手回春，老百姓解除痛苦，是柔奴最快乐的时刻。陈太医早已年迈，白发苍苍，屡次请求告老还乡，但向太后却执意留他在宫中。太皇太后高滔滔死后，如今向太后已成了皇宫大内真正的女主人。大内的龙椅上，如今坐着的，是苍白瘦弱的青年皇帝赵煦，远远望去，和他的父亲赵顼颇为神似。

向皇后终于坐到了太后的宝座上，而李含香的坟墓早已是荒草丛生、荒凉至极了。

柔奴以其一身医道救治百姓，被誉为"神医"，颇受百姓爱戴。此美名居然传到了皇宫，向太后也听说了。她召见陈太医："你那个内侄女儿，也颇是个人物呢，如今，她年岁也不小了吧，不知与那王巩相与还好？"

陈太医已然九十多岁的年纪，满头银发，颤颤巍巍回道："蒙太后惦念，柔奴一切安好。如今她医术日益精湛，而且在百姓中看病经常分文不取，她嫁给王相公后，伉俪情深，如今他们的儿子也长大了，聪慧伶俐，颇有其祖之风。"

向太后吁了一口气，长叹一声："那就好！这小娘子，终究是个有福之人！"随即微微一笑："我近来身体多有倦怠，若召她进宫侍奉，不知可否？"

陈太医稍微迟疑一下："能服侍太后是她的福气，只怕柔奴在民间已久，有些民间习气，况且她现在是命妇身份，也不宜再召进宫。"

"也罢！"向太后略一思忖，抬头微微一笑，"这个柔奴，老身倒不一定能使唤得动。老身只是岁数大了，有时未免无聊，想找人叙叙旧。不过她要感谢老身，当年可是老身亲自把她放出宫去的。"

陈太医笑了笑："太后的恩德，柔儿都知道，太后多保重凤体，她在民间得了好东西还要进献太后您呢。"

"也罢，人各有志，不得勉强。但她行医多年，经验丰富，不妨将她多年经验编撰成书，也好利益更多的人。"

陈太医欣然领命下去，召来柔奴，在太医局组织医生，把经过多年验证，确实有效的方子，编纂成了一本书，取名《太平惠民和剂局方》，在全国范围内发行，作为医生们的临床用药指导用书。此书编撰完成，也算为宇文璟、陈太医做了一件功德无量的事。

第六十八节

　　东坡六十岁时又被贬到极为偏远荒凉的海南儋州。按理来说，儋州应是苏轼的人生凄凉地，是生命的最低谷，东坡甚至觉得要葬于此了。可在三年后，苏轼离开海南时，却留下了"我本儋耳人，寄生西蜀州"的情深之句。

　　徽宗建中靖国元年（1101年），东坡再次被召还京。

　　苏轼接到还京圣旨后，不敢有半点怠慢，即刻启程。走完了旱路改走水道，一直辗转北上，在行船上仍不忘著书立说，以至积劳成疾，落下病根。当快要到达江苏常州的家中时，路过一处繁华重镇，只见运河两岸的码头，以及横跨运河两岸的桥上，已挤满了前来欢迎的黎民百姓和同道好友。大家一起挥手致意，起声山呼"苏大人"，对苏轼的膜拜崇敬非同一般……苏轼看到此情景，先是一愣，紧接着是一阵激动，最后头一歪居然昏死过去……弥留之际，苏轼看到亡妻王弗，她还是二十六岁时的样子，穿着她经常穿的湖绿色家居衣服，望着他浅浅笑着，梨涡清浅、明媚照人。又看到三十四岁的朝云，抱着他的干儿，款款向他走来，柔声唤他："相公、相公，来看我们的干儿长大了——"

苏轼笑着离开了这个又恨又爱的世间，一代文豪陨落。百姓皆说，苏东坡本是天上文曲星下凡，他死了，是天庭召回他去修书了。苏轼历尽世事六十六年，一生留下诗词无数。

东坡的死讯传来时，王巩与柔奴都惊呆了。时年王巩已有五十三岁，柔奴也已四十几岁。岁月的风霜雨雪，本来已使两人宠辱不惊，但听闻消息后两人还是忍不住号啕大哭。回到家中，王巩就将苏轼的一幅小像挂于书房，原是金山（李公麟）为他画的一帧小像，上面有苏轼亲笔题写的："心似已灰之木，身如不系之舟，问汝平生功业，黄州、惠州、儋州。"

苏东坡一生旷达，才高八斗，死前清点自己一生，却唯有黄州、惠州、儋州而已。

十几年后，1117年，风烛残年的王巩在柔奴怀中病逝。他与柔奴相爱一生、了无遗憾。死时，他含笑而去。

柔奴没有哭，然而自那天之后，柔奴却突然消失了，他们的儿子王皋四处寻找，都不见母亲踪影。王皋是至纯至孝的人，连续寻找七天没有找到母亲，王皋夜夜谴责自己没有看管好母亲，竟茶饭不思，大病一场。

出殡那天，抬棺的人感觉棺材异常沉重，便报告了王皋。

王皋冒着大不敬的罪名，重新开棺，竟然发现母亲就躺在父亲身侧，她紧紧拉着丈夫的手，脸上挂着微笑，已气绝多日。

王皋哭晕在父母棺前。深情若此，夫复何求？

1126年，靖康元年，风云突变，金兵突然大举南下，侵占了东京汴梁。繁华的汴梁城，那个公元十一世纪最最伟大的都城，顿时刀光剑影、生灵涂炭、血流成河！国家有难，种师道拍马出来，与灵瑶夫妻两人奉命抗金、四处征战，过着刀光剑影、血雨腥风的生活。

徽钦二帝被金军押解北上，康王赵构在济州聚集兵马，王皋闻讯后，立即告诉孟太后，下诏令康王赵构即位。靖康二年（1127年）五月，康王赵构在应天即位，改年号为"建炎"。王皋又建议太后停止垂帘听政，并派御史带着太后的亲笔书信去应天。不久，宋高宗赵构在扬州集结兵马，派人去接孟太后。路上兵荒马乱，王皋携全家随太后南下，一路服侍、护送太后，寸步不离。

到扬州后，高宗赵构亲自迎接慰问。王皋穿着军服觐见皇上，皇上早闻王皋大名，加上这次护驾有功，龙颜大悦，封他为殿帅府太尉，还奖给王皋一处宅院，以示奖励。

由于行军艰苦，灵瑶不幸小产，只得回家乡静养，由于护理不周，不慎患上一种恶疾，她派人给丈夫飞书传信，但奈何种师道正在前线奔波，收到信时，灵瑶已经停止了呼吸。

相爱之人，反而不能见最后一面。种师道失魂落魄回到家后，经常独自待在灵瑶房内，一坐大半天，不发一言。不出半年，竟也追随灵瑶而去。两人死后，女儿种落雪将父母合葬在榷场，就是当年他们初遇的地方。有人说，落葬之日，曾看见月光下这位大宋名将和西夏将军的女儿骑马驰骋，他们张弓搭箭，追逐嬉戏，笑语不绝。

两人合葬后几个月，大宋和西夏恢复了商贸往来，榷场重新热闹起来。

一日，种师道、灵瑶的墓前来了一对年轻人，男的清瘦儒雅，女的高鼻深目，清丽中带着一股英气。他们仔细扫了墓，摆满供品，敬上美酒。忽然，一阵狂风吹过，空中出现了海市蜃楼，那是宋英宗治平元年的那个夜晚，篝火烧得旺旺的，一身红衣、娇艳如花的西夏公主，意气风发、高贵英俊的大辽太子，初入仕途、才高八斗的苏大学士，一身白衣、俊雅洒脱的王巩，还有一身戎装、孔武有力的种师道和扎着小辫、一双大眼睛忽闪忽闪的灵瑶——他们欢快地聚在一起，他们年轻的脸庞被篝火映得通红，他们大口喝酒、大口吃肉，他们引吭高歌。

年轻女子呆呆望着天空，她看到了父母年轻时的模样，脸上绽放出一个极灿烂的笑容。突然，她扯开嗓子唱了起来：

妾愿随君至天涯

金戈铁马映晚霞

茹毛饮血何所惧

雪山云雾弄清纱

若得君心日日在

天下何处不是家

（完）

图书在版编目（CIP）数据

大宋点酥娘 / 徐君著 . -- 北京：作家出版社，
2025. 3. -- ISBN 978-7-5212-3246-2

Ⅰ. I247.5

中国国家版本馆 CIP 数据核字第 2025SD6187 号

大宋点酥娘

作　　者：徐　君
责任编辑：张　平
装帧设计：书游记
出版发行：作家出版社有限公司
社　　址：北京农展馆南里 10 号　　　邮　　编：100125
电话传真：86-10-65067186（发行中心）
　　　　　86-10-65004079（总编室）
E-mail:zuojia @ zuojia.net.cn
http://www.zuojiachubanshe.com
印　　刷：河北京平诚乾印刷有限公司
成品尺寸：142 × 210
字　　数：225 千
印　　张：11.375
版　　次：2025 年 3 月第 1 版
印　　次：2025 年 3 月第 1 次印刷
ISBN 978-7-5212-3246-2
定　　价：58.00 元